AF884162

दस प्रतिनिधि कहानियाँ

रांगेय राघव

किताबघर प्रकाशन
नयी दिल्ली

दस प्रतिनिधि कहानियाँ सीरीज़

10 प्रतिनिधि कहानियाँ

रांगेय राघव

संपादन

अशोक शास्त्री

ISBN—978-93-83233-63-2

प्रकाशक
किताबघर प्रकाशन
4855-56/24, अंसारी रोड, दरियागंज
नयी दिल्ली-110002

पेपरबैक संस्करण
2015

मूल्य
एक सौ चालीस रुपये

मुद्रक
बीoकेo ऑफसेट
नवीन शाहदरा, दिल्ली-110032

DUS PRATINIDHI KAHANIYAN (Hindi)
by Rangeya Raghava
Price : Rs. 140.00 (Paperback Edition)

वाग्मी की पीढ़ी के लिए

प्राक्कथन

अपनी सृजन-यात्रा के बारे में रांगेय राघव ने स्वयं कोई खास ब्योरा नहीं छोड़ा है—खासकर अपने प्रारंभिक रचनाकाल के बारे में। लेकिन एक जगह उन्होंने लिखा है, "...चित्रकला का अभ्यास कुछ छूट गया था। 1938 ई॰ की बात है, तब ही मैंने कविता लिखना शुरू किया। सांध्य-भ्रमण का व्यसन था। एक दिन रंगीन आकाश को देखकर कुछ लिखा था—वह सब खो गया है—और तब से संकोच से मन ने स्वीकार किया कि मैं कविता कर सकता हूँ। 'प्रेरणा कैसे हुई' पृष्ठ लिखना अत्यंत दुरूह है। इतना ही कह सकता हूँ कि चित्रों से ही कविता प्रारंभ हुई थी और एक प्रकार की बेचैनी उसके मूल में थी" *(साहित्य संदेश, जनवरी-फरवरी, 1954)*।

कहानी लिखना वे इससे पहले शुरू कर चुके थे—1936 से, जब वे सिर्फ तेरह वर्ष के थे। हालाँकि उनकी उस उम्र की कहानियों और दूसरी रचनाओं के संबंध में निश्चयपूर्वक कुछ भी कहना मुश्किल है। मुमकिन है, उनमें से कुछ बाद के वर्षों में नष्ट कर दी गई हों, क्योंकि उनके मित्र-परिजनों के मुताबिक न जँचने पर वे अपनी रचनाओं के साथ यही सलूक करते थे। फिर भी इस संभावना से इनकार नहीं किया जा सकता कि कुछ रचनाएँ बाद में दोबारा लिखी या दुरुस्त न की गईं या बतौर लेखक स्थापित होने के बाद दस्तावेजीकरण की दृष्टि से छपवाई न गई होंगी। मसलन, **अँधेरे की भूख** और **बोलते खँडहर** जो क्रमशः 1954-55 में प्रकाश में आईं, जिन पर लेखक ने किशोरावस्था में पढ़े रोमांचक विदेशी उपन्यासों का स्पष्ट प्रभाव स्वीकार किया है।

बहरहाल, इन पंक्तियों के लेखक ने जब कोई बीस बरस पहले रांगेय राघव की कहानियों को एक जगह जमा करने के लिए खोजबीन की शुरुआत की थी तो उनकी सबसे पहले छपी कहानी **अभिमान** मिली *(हंस, दिसंबर, 1944)*। लिहाजा, **रांगेय राघव की संपूर्ण कहानियाँ** (198[illegible]; दो भाग) में उसे ही स्वभावतः उनकी प्रथम प्रकाशित कहानी के रूप में शामिल किया गया। मगर, इसी वक्त लेखक की तरुणाई के परममित्र **मनमोहन ठाकौर**, जिन्होंने बाद में रांगेय राघव और उनके दौर को लेकर अद्भुत संस्मरणात्मक कृति **पप्पू** लिखी, ने सूचित किया कि इससे पहले प्रकाशित कहानी—**देवोत्थान** थी—जो उनके विद्यार्थी जीवन में **सेंट जॉन्स**

कॉलेज की पत्रिका में प्रकाशित हुई थी।

अब तक ज्ञात रचनाओं को देखते हुए कहा जा सकता है कि रांगेय राघव ने अधिकांश कहानियाँ 1942-43 से 1950-51 के बीच लिखीं। कोई एक दशक के इस अंतराल में उनकी करीब इकहत्तर कहानियाँ प्रकाश में आईं। बाद के ग्यारह-बारह बरसों के दौरान उन्होंने कुल अठारह कहानियाँ लिखीं। कारणों की तह में न जाएँ तो इन कहानियों के भाषा-शिल्प आदि को देखते हुए इनमें से अनेक का रचनाकाल संपादक को उनके प्रकाशन से बरसों पहले का मालूम पड़ता है।

जो हो, लेखक के चयन **मेरी प्रिय कहानियाँ** सहित 1947 से 1963 के बीच रांगेय राघव के कुल ग्यारह कथा-संकलन प्रकाशित हुए। काफी मशक्कत के बावजूद सभी कहानियों का ठीक रचनाकाल पता लगाना संभव नहीं हुआ। नतीजतन, जिन कहानियों (लगभग आधी) का रचनाकाल खोजा जा सका, उन्हें छोड़कर बाकी कहानियों का सृजनकाल उनके प्रकाशन काल के आसपास का मान लिया गया है। इसके पीछे सबसे बड़ा आधार यह था कि लेखन ही आजीविका का मूल स्रोत होने की वजह से रांगेय राघव अमूमन रचना पूरी होने के तुरंत बाद ही उसे प्रकाशनार्थ भेज देते थे; जैसे ही कहानियाँ संग्रह लायक संख्या में हो जातीं, वे पुस्तक रूप में छपने चली जातीं। ऐसे में, युवावस्था के बाद उनकी ज्यादातर रचनाओं के लेखन और प्रकाशन काल के बीच बहुत अंतराल नहीं होता था—अपवादों की बात दूसरी है, मगर जाहिर है, अपवादों से नियम नहीं बनते।

मई, 1947 में रांगेय राघव का पहला कहानी-संग्रह प्रकाशित हुआ : **साम्राज्य का वैभव**। इसी वर्ष उनके दो और संकलन **समुद्र के फेन** और **देवदासी** छपे। 1949 में आए **जीवन के दाने** और **अधूरी मूरत**। **अंगारे न बुझे** 1951 में प्रकाशित हुआ और 1953 में **ऐयाश मुर्दे**। ऐयाश मुर्दे दरअसल देवदासी, जीवन के दाने और अधूरी मूरत का सम्मिलित संग्रह है। **इंसान पैदा हुआ** 1954 में और **पाँच गधे** 1960 में प्रकाशित हुए। आखिरी संग्रह **एक छोड़ एक** लेखक के मृत्युपरांत (1963) प्रकाश में आया, जो उनकी नई-पुरानी कहानियों का चयन है।

रांगेय राघव की कहानियों को लेकर जैसा कि पहले भी संपादक रेखांकित कर चुका है : उनके कहानी-लेखन का मुख्य दौर भारतीय इतिहास की दृष्टि से बहुत हलचल-भरा, विरल कालखंड है। कम मौकों पर भारतीय जनता ने इतने स्वप्न-दुःस्वप्न, आशा-हताशा इस तरह अड़ोस-पड़ोस में खड़े देखे थे—स्वतंत्रता आंदोलन, विश्वयुद्ध की सर्वव्यापी छाया, बंगाल का भीषण अकाल, भारत छोड़ो आंदोलन, भारत-पाक

विभाजन, हिंदू-मुस्लिम दंगे, स्वतंत्र भारत मे साँस लेने का सुख, साम्यवादी दलों पर पाबंदी, महात्मा गांधी की हत्या, कांग्रेस विभाजन, नेहरू युग की शुरुआत और जल्द ही नई व्यवस्था से आम जन के मोहभंग का प्रारंभ…। गौरतलब है कि उस समय की शायद ही कोई बड़ी घटना हो जिसकी गूँज-अनुगूँजें रांगेय राघव की कहानियों में सुनी और खरोंचें देखी, खुरंड टटोले न जा सकें।

रांगेय राघव के बाकी कथा-साहित्य की तरह उनकी कहानियों में भी अनगिन जीवंत, विशिष्ट पात्र और उनकी मनःस्थितियों का चित्रण भी गौर करने लायक है। कस्बे-शहरों के निम्न और मध्य से लेकर प्रभु वर्ग—गुंडे-लफंडरों से लगाकर गाँव-देहात के पीड़ित-दलित चरित्रों की जैसी वैविध्यपूर्ण छवियाँ और वातावरण के जैसे बिंब यहाँ हैं, वे लेखक को अपने समय के उन गिनती के कथा-शिल्पियों में सहज ही शुमार कर देते हैं, जिन्होंने हिंदी कहानी की कथा-परिपाटी के चौखटे को इसलिए तोड़ा, ताकि वह बदलते, जटिल यथार्थ और संवेदन को अपने आँगन में जगह दे सकें।

संपादक ने प्रस्तुत संकलन को यथासंभव लेखक का प्रतिनिधि संग्रह बनाने की कोशिश की है। मसलन, कहानियों का चयन इस प्रकार किया गया है कि उसकी रचना-यात्रा की शुरू से आखिर तक की कृतियों का किसी न किसी रूप में प्रतिनिधित्व हो जाए। उम्मीद है, इससे लेखक के बदलते भावबोध की एक झलक पाठक को मिल सकेगी। अलावा इसके, प्रयत्न किया गया है कि विषयवस्तु, पृष्ठभूमि, भाषा-शिल्प आदि की दृष्टि से भी यहाँ लेखक के रचनाकर्म की थाह पाठक-समाज को प्राप्त हो सके। लेकिन आखिरकार हर संपादक के नजरिए की अपनी सीमाएँ होती हैं। सो, प्रस्तुत दस कहानियों से कहानीकार रांगेय राघव की रचना-यात्रा का एक समूचा चित्र उभर पाना असंभव नहीं तो सरल भी नहीं, समझा जा सकता है।

किसी लेखक का ऐसा संग्रह पढ़कर यदि नया पाठक उसकी अन्य रचनाओं के प्रति भी आकर्षित होता है तभी ऐसे संकलन को सार्थक कहा जाना चाहिए। यहाँ ऐसा हो सका है कि नहीं, यह तो सुधी पाठक-समाज ही बता सकेगा !

—अशोक शास्त्री

अनुक्रम

पंच परमेश्वर

चंदा ने दालान में खड़े होकर आवाज देने के लिए मुँह खोला, पर एकाएक साहस नहीं हुआ। कोठे के भीतर खाँसने की आवाज आई। अभी अँधेरा ही था। कड़ाके की सर्दी पड़ रही थी। गधे भी भीतर की तरफ टाट बाँधकर बनाई हुई छत के नीचे कान खड़े किए बिलकुल नीरव खड़े थे। खपरैल पर लाल-सी झलक थी। देखकर ही लगता था, जैसे सब कुछ बहुत ठंडा हो गया था, जैसे स्वयं बर्फ हो। गली की दूसरी तरफ मस्जिद में मुल्ला ने अजान की बाँग दी। चंदा कुछ देर खड़ा रहा, फिर उसने धीरे से कहा, ''भैया!''

बिस्तर में कन्हाई कुलबुलाया, अपनी अच्छी वाली आँख को मींड़ा। उसे क्या मालूम न था? फिर भी भारी गले से पड़ा-पड़ा बोला, ''कौन है?'' और कहते में वह स्वयं रुक गया। नहीं जानता तो क्या रात को दरवाजे खुले छोड़कर सोता? उसे खूब पता था कि कल सूरज नारायण चढ़े न चढ़े, मगर चंदा लगी भोर आकर बिसूरेगा।

दोनों भाई असमंजस में थे। इसी समय चौधरी मुरली की बूढ़ी खाँसी सड़क पर सुनाई दी। चंदा की जान में जान आई। चौधरी को बहुत सुबह ही उठ जाने की टेव थी। वास्तव में टेव-फेव कुछ नहीं, दिन में हुक्का गुड़गुड़ाने से रात को ठसका सताता था और फिर उल्लू की तरह रात को जागकर वह सुबह ही बुलबुल की तरह जग जाते और लठिया ठनकाते सड़क से गली, गली से सड़क पर चक्कर मारते रहते।

इतनी भोर को जो कन्हाई का द्वार खुला देखा, और फिर एक आदमी भी, तो पुकारकर कहा, ''को है रे?''

चंदा को डूबते में सहारा मिला। लपककर पैर पकड़ लिए।

''क्यों? रोता क्यों है?'' चौधरी ने अचकचाकर पूछा, ''रम्पी कैसी है?''

''कहाँ है, चौधरी दादा,'' चंदा ने रोते-रोते हिचकी लेकर कहा, ''रात को ही चल बसी।''

''और तूने किसी को बुलाया भी नहीं?''

चंदा ने जवाब नहीं दिया। सिसकता रहा। गधे अपनी बेफिक्री से मस्ती के

आलम में खड़े रहे। उनकी दृष्टि में आदमी ने ही अपना नाम उन पर थोपकर उनका असली नाम अपने पर लागू कर लिया था।

"ओह! कहाँ है रे कन्हाई!" चौधरी पंच ने अधिकार से कहा, "सुना तूने! अब काहे की दुसमनी! दुसमन तो चला गया। मट्टी से बैर करना सुहाएगा?"

कन्हाई ने जल्दी-जल्दी धोती पर अपना रुई का पाजामा चढ़ाकर, रुई का अँगरखा पहना और बिगड़ी आँख पर हाथ धरकर बाहर निकल आया। चौधरी ने फिर कहा, "बिरादरी तो तब आएगी जब घर का अपना पहले लहास को छुएगा बावले! चली गई बेचारी। अब काहे को अलगाव है बेटा? देख, और क्या चाहिए? तेरी माँ थी न?"

कन्हाई ने दो पग पीछे हटकर कहा, "दादा! जे क्या कही, एक ही? किसकी माँ थी? मेरी महतारी सब कुछ थी, छिनाल नहीं थी, समझे? अब आया है? देखा? कैसा लाड़ला है? नहीं आऊँगा, समझे? बीधों का छोरा हूँ तो नहीं आऊँगा।"

चौधरी ने शांति लाने के लिए कहा, "हाँ-हाँ रे कन्हाई, तू तो बिरादरी की नाक बन गया। पंच मैं हूँ कि तू?"

कन्हाई दबका। उसने कहा, "तो मैंने कुछ अलग बात कही है दादा! उसने मेरे खिलाफ क्या नहीं किया! मैंने हड्डी-हड्डी करके उसके चंदा को ज्वान बना दिया। ताऊ मरे थे तब मेरे बाप की आँख फूट गई थी। जो धरेजा किया तो भाभी से ही और अपनी ब्याहता को छोड़ दिया। रिसा-रिसाके मारा है मेरी माँ को। वह तो मैं कहूँ, मैंने फिर भी उसे अपनी माँ के बरोबर रखा। तुम तो सब अनजान बन गए ऐसे! घर छोड़ दिया। अपनी मेहनत के बल पै यह घर नया बनाया है। अपना गधा है। जब सपूती का सुलच्छना बड़ा हुआ तो कैसी आँखें फेर गई। वह दिन मैं भूल जाऊँगा?"

चौधरी निरुत्तर हो गए। फिर भी कहा, "पर बेटा, तेरे बाप की बहू थी। यह तेरे बाप का ही बेटा है, तेरा भइया है, दस आदमी नाम धरेंगे। गधा लाद के बाजार से दुकान के लिए सब्जी लाता है। आज वह न सही; अनजाना करके लगा दे कंधा, तेरा जस तेरे हाथ में है। कोई नहीं छूटता, अपनी-अपनी करनी सब भोगते हैं…"

कन्हाई निरुत्तर हो गया। चंदा ने उसके पैर पकड़कर पाँवों पर सिर रख दिया और रोने लगा।

"मेरी लाज तो तुम्हारे हाथ है भैया! पार लगाओ, डुबा दो। घर तोऽ तुम्हारा, मैं तोऽ तुम्हारा गधा। कान पकड़ के चाहे इधर कर दो चाहे उधर, पर वह तो बेचारी मर गई…"

और उसकी आँखों का पानी कन्हाई के पैरों पर गर्म-गर्म टपक गया। कन्हाई का हृदय एक बार भीतर ही भीतर घुमड़ आया।

दोनों ने बगल के घर में घुसकर देखा—रम्पी निर्जीव पड़ी थी। हलकी चादर

से उसका शरीर ढका हुआ था। न उसे ठंड लग रही थी, न भूख, न प्यास। कन्हाई का हृदय एक बार रो उठा। इससे क्या बदला लेना! एक दिन सबका यही हाल होना है, उस दिन न घर है, न बार, बस मिट्टी में मिट्टी है...

और वह उसके पैरों पर सिर रखकर रो उठा—"अम्मा..."

रम्पी फुँक गई। कन्हाई ने अपने हाथ से आग दी। उसके पेट का जाया न सही, बाप का बड़ा बेटा तो वही था। बिरादरी के लोगों के मुँह से 'वाह-वाह' की आवाज निकल गई। कारज ऐसा किया कि कुम्हारों में काहे को होता होगा! स्वयं चंदा को भेजकर फूल गंगा में डलवा दिया। पाप कौन नहीं करता? मगर हम तो उसकी गत सुधार दें। बारह बामन हो गए। और जब कन्हाई लौटकर तेरहवें दिन अपने घर आया तो ऐसा लगा, जैसे अब कुछ नहीं रहा। चंदा गधा लेकर मिट्टी डालने गया था। यही आमदनी थी आजकल। कुछ बढ़-चढ़कर ग्यारह आने रोज, सो मिट्टी के मोल पैसा आने पर मिट्टी के ही मोल चला जाता। गेहूँ की जगह बाजरा-चना सस्ता था। सब वही खाते थे और यही सबसे अधिक सुलभ था। चंदा के पास वास्तव में कुछ नहीं था। रम्पी ने अपना पति मरने पर देवर किया। देवर की पुरानी गिरस्ती तोड़ दी, क्योंकि वह चटोरी थी और जलन से सदा उसकी छाती फटती रहती। वह किसी के क्या काम आती? छोड़ा तो है चंदा, उसके पास बस दो साठ-साठ रुपयों के गधे ही तो हैं। पुराना अपना घर गिरवी रखा है और अब शायद छूट भी नहीं सकता। किराए का मकान लेके रह रही थी छल्लो!

कन्हाई का हृदय विक्षोभ से भर गया। भीतर कोठे में घुसकर एक आँख से ढूँढ़कर आँखों पर हरा चश्मा लगा लिया, ताकि आँखों की खोट बाजार वाले न परख लें। पूछने पर कन्हाई कहता—'दुख रही हैं, दुख'—और जवानों से कहता—'स्कूल की लौंडियाँ देखने को पर्दा डाला है, पर्दा'—सब सुनते और हँसते। उसके बारे में कई कहानियाँ थीं कि वह एक प्रोफेसर के यहाँ नौकर था, जिसकी बीवी जवान थी और काम से जी चुराती थी। उसने कन्हाई से खाना पकाने को कहा तो कन्हाई ने अपनी नीची जाति का फायदा उठाने को धर्म की दुहाई दी। बीवी अंग्रेजी पढ़ी-लिखी थी। उसने एक नहीं मानी। तब वह नौकरी छोड़ आया। उसके बाद भटक-भटकाकर सब्जी की दुकान की और वह चल निकली कि कन्हाई शौकिया ही एक-दो गधे रखने लगा, बस्ती में लादने के लिए किराए पर चलाने लगा।

कन्हाई ऊबकर दुकान पर जा बैठा। दिन-भर उसका जी नहीं लगा। आज उसे फिर से घर भरने की याद आने लगी। चंदा बाईस वर्ष का हो गया। अचानक कही उसे उस पर दया भाव उत्पन्न होता हुआ दिखाई दिया। अब तो सचमुच बीच की फाँस हट गई थी। कन्हाई ने अपने पैने से कारज किया था। हृदय की उद्वेलित अवस्था भीतर के संतोष पर तैर उठी। कन्हाई दुकान बंद करके घर लौट आया।

चंदा के ब्याह के लिए कन्हाई ने आकाश-पाताल एक कर दिया। दिल बल्लियों उछलता थां। चौधरी पंच मुरली के घर जाकर जब उसने किस्सा सुनाया तो पंच उछल-उछल पड़े, खाँसी का ढेर लगा दिया। उनकी बहू ने बूढ़ी पलकें उठाकर देखा और गीत गाने के लिए तैयारी करने का वचन दे दिया। आज जैसे घर-घर में हर एक वस्तु में आनंद ही आनंद था। चंदा का घर साफ हो गया। एक ओर मटके सजाकर रख दिए गए। अब चंदा के बच्चे होंगे, वे दिवाली पर दीये बेचेंगे, बड़े होंगे तो चंदा मिट्टी लादने का काम छोड़कर चाक सँभालेगा और फिर हर थिरकन पर झटका खाकर कुल्हड़ पर कुल्हड़ उतर आएगा। चौधरी के पीछे जो बाड़ा है, उसी में भट्ट लग जाएगा···।

चंदा मस्त होकर गा रहा था। फागुन का सुलगता मास था। बारात बाहर गली में बैठकर जीम रही थी। भीतर औरतें गालियाँ गा रही थीं—

मेरौ गरमी कौ मार खसमौ देखिकै रह-रह पलटा खाया···
नैकु लहँगा नीची कर लै···

कन्हाई ने रंगीन फेंटा बाँधा था। आज उसके पगों में स्फूर्ति थी; दौड़-दौड़कर इंतजाम कर रहा था। चारों ओर कोलाहल पर प्रकाश की धुँधली किरणें तैर रही थीं। बारातियों के खच्चर, जिन पर वे चढ़कर आए थे, एक ओर मूर्खों-से चुपचाप खड़े थे, जैसे उन्हें मनुष्य की इस उन्मदिष्णु तृष्णा से कुछ मतलब न था।

और इसी तरह एक दिन बहू ने आकर घूँघट की दो तहों में से देखते हुए कन्हाई के पैर छुए। चंदा की गिरस्ती बस गई और कन्हाई बगल में अपने घर में लौट गया।

चंदा की गाड़ी जब चलने से इनकार करने लगी तभी उसने घर से बाहर कदम रखा। पड़ोस की औरतें लुगाई के इस गुलाम को देखकर कानाफूसी करतीं, राह चलते इशारे करके हँसतीं और जब मिलतीं तो यही चर्चा चलती। चंदा फूलो के सामने पराजित हो गया था। फूलो को देख कुम्हरिया कोई कह दे तो उसे आँखों में काजर लगाने की जरूरत है। वह तो पूरी जाटनी है। जवानी का किला है, लचकती जीभ है, फौरन तर हो जाए। चंदा की क्या बिसात! ऐसा बस्ती में बहुत कम हुआ। दिन में चंदा और फूलो जोर-जोर से बोलते हैं, ठहाके और किलकारियों को सुनकर पड़ोस के लोग दाँतों तले उँगली दबाते हैं। कुंजी, जो प्रायः तीन ब्याहता जवान छोकरियों की मैया है (और तीनों लड़कियाँ गालियाँ गाने में उसका लोहा मानती हैं), वह तक चौंक जाती है कि सरम-हया का तो नामोनिशान ही उठ गया।

इधर चंदा सुबह जाता, सरे साँझ लौटता तो थका-माँदा और फूलो मुँह फुलाकर बैठ जाती। पति-पत्नी में अकसर पैसों के पीछे झगड़ा हो जाता। चंदा कहता, 'तो मैं कोई राजा नहीं हूँ, समझी! जो तू पाँय पसारकर बैठ और मैं दर-दर मारा फिरूँ?'

कहते-कहते बीड़ी सुलगा लेता। फूलो कभी-कभी रो देती। कहती, 'तो तुम मुझे ब्याहकर ही क्यों लाए थे? जमाने की औरतों के तन पर बस्तर हैं, गहने हैं, यहाँ खाने के लाले हैं...'

चंदा काटकर कहता, 'ओह हो! रानी बहू! बस्ती में सब ही ऐसे हैं। तू ही तो एक नहीं है। भैया की तरह सब ही तो नहीं। उनका पैसा-धेली का हिसाब तो मिट्टी में गड़ता है, यहाँ पेट में गचकती है मेरी कमाई, राँड़!'

फूलो कह उठती, 'चलो रहने दो। भाँजी भाँग के परबीन गाहक तुम ही तो हो। जग के नाम धरे, अपना भी देखा? ब्याह तो मुफ्त हुआ था, नहीं तो तुम्हें कौन देता छोरी? सेंत का चंदन, लाला, तू लगा ले, और घरवालों के लगा ले।'

चंदा विक्षुब्ध होकर बोला, 'तो जा, बैठ भैया के घर ही। रोकता हूँ? जमाने के मरद पड़े हैं। चली जा जहाँ जाना हो।'

फूलो लजाकर कहती, 'अरे धीरे बोलो, धीरे, तुम्हें तो हया-सरम कुछ भी नहीं। कोई सुनेगा तो क्या कहेगा?'

चंदा हँस देता। और रोज-रोज की बात या तो रोने में समाप्त होती या हँसने में और दोनों काफी देर तक एक-दूसरे से बात नहीं करते, लेकिन बारह बजे रात को अपने आप फिर दोस्ती हो जाती। चंदा द्विविधा में पड़ा रहा। फिर कन्हाई से एक भी बात नहीं कही। मन ही मन उसके वैभव को देखकर ईर्ष्या करता। कन्हाई ने एक और गधा खरीद लिया।

उस दिन जब वह सुबह चंदा को घर पर समझकर खबर देने आया, चंदा तो था नहीं, आँगन के कोने में पसीने से लथपथ, अस्त-व्यस्त कपड़ों में प्रायः खुली फूलो नाज पीस रही थी। कन्हाई ने देखा और देखता रह गया। फूलो ने मुड़कर देखा और अपना घूँघट काढ़ लिया। वक्षस्थल फिर भी जल्दी में अच्छी तरह नहीं ढक सकी।

कन्हाई पौरी में आ गया और फिर पूछकर लौट आया। चंदा ने गधा खरीदने की बात सुनी और अपनी परवशता के अवरोध में फूलो से फिर लड़ बैठा। फूलो देर तक रोती रही।

प्रायः एक सप्ताह बीत गया। चंदा का मकानदार उस दिन किराया वसूल करने आया था। चंदा ने उसे लाकर आँगन में खाट पर बिठाकर उसकी खुशामद में काफी समय लगा दिया। फूलो कुछ देर प्रतीक्षा करती रही। फिर ऊबकर बाहर सड़क के नल से डोल भरकर कन्हाई के घर में घुस गई। मालूम ही था कि कन्हाई उस समय दुकान पर रहता है, घर पर नहीं।

गरीबों के घर में गुसलखाने नहीं रहते। ऊपर छत पर नहाने से बाबू लोगों के लड़के छिपकर अपने ऊँचे-ऊँचे घरों से देख लेते थे, अतः वह आँगन के एक कोने में बैठकर नहाने लगी। जूँएँ तो फिर भी बीन लेगी। जब तक जेठ बाहर है,

तब तक जल्दी-जल्दी नहा ले। इसी समय न जाने कहाँ से कन्हाई आ घुसा। देखा और आँखों के सामने से बिजली कौंध गई। फूलो घुटनों में सिर छिपाकर बैठ गई। जब वह कपड़े पहनकर निकली, कन्हाई बाहर पौरी में प्रतीक्षा कर रहा था। फूलो ने देखा और बरबस ही उसके होंठों पर एक तरल मुस्कराहट फैल गई। पौरी में उजाला अधिक न था, तिस पर कन्हाई की आँखों पर चश्मा चढ़ा हुआ था। वह थोड़ा ही देख सका, किंतु पुराना आदमी था, समझ काफी दूर ले गई। कहा, "बहू! चंदा कहाँ है?"

उसके स्वर में बड़प्पन था, अधिकार था; डरने का कोई कारण शेष नहीं रहा। उसने सिर झुकाकर घूँघट खींच लिया और पाँव के अँगूठे से भूमि कुरेदते हुए कहा, "घर बैठे हैं।"

कन्हाई ने फिर कहा, "तो ले! लिए जा! बना लेना!"

दो ककड़ी भीतर से लाकर दे दीं हाथ में। फूलो ने घूँघट पकड़कर उठाने वाली उँगलियों के बीच से देखा और मुस्कराती हुई ककड़ियों को डोल में रखकर चली गई।

कन्हाई कुछ सोचता-सा खड़ा रहा। चंदा ने देखा और पूछा, "यह कहाँ से ले आई?"

कन्हाई ने भी अपने आँगन से वह संदेह-भरा स्वर सुना। वह साँस रोककर प्रतीक्षा में खड़ा रहा, देखें, क्या कहती है? फूलो ने तिनककर कहा, "परसों दो आने दिए थे। तुम्हारी तरह मैं क्या चाट उड़ाती हूँ? दारू पीती हूँ? बच रहे थे सो कभी-कभार खाने को जी चाह ही आता है। सो ही ले आई।"

"कहाँ से? भैया की दुकान से?" चंदा ने फिर उपेक्षा से पूछा।

"हाँ! नहीं तो?" फूलो ने धीरे से उत्तर दिया।

"राम-राम," चंदा का स्वर सुनाई दिया, "भइया हैं ये? अकेले का खरच ही क्या है? इसलिए जोड़-जोड़कर रखते हैं? कौन है इनका? न आगे हँसने को, न पीछे रोने को। दो ककड़ी तक नहीं दे सके, जो फूटी आँख से देखकर दाम ले लिए?"

फूलो ने उत्तर नहीं दिया। कुछ बुरबुराई अवश्य, जिसे कन्हाई नहीं सुन सका। उसके दाँतों ने क्रोध से भीतर पड़ी जीभ को काट लिया। कैसी है यह दुनिया? मतलब के साथी हैं सब। इनका पेट तो नरक की आग है। बराबर डाले जाओ, कभी भी न बुझेगी। हाथ फैलाना सीखे हैं। कभी उलटा करना नहीं आया।

फिर मन एक अजीब उलझन में पड़ गया। ब्याह हुए अभी तीन महीने भी नहीं हुए, बहू ने यह क्या रंग कर दिए! ठीक ही तो है। भूखा मारेगा तो क्यों मरेगी सो? उसके तन-बदन में जोस है, तो दस जगह खाएगी। ऐसी क्या बात है लाला में जो सती हो जाए? जैसा फैरा, वैसा धरेजना। बैयर तो राखे से रहेगी।

एक कुटिलता उसके होंठों पर झटका खा गई।

बरसात की ऊदी घटाओं ने आकाश घेर लिया। आँगन की कीच से पाँव बचाता हुआ कन्हाई भीतर आकर बैठ गया। आज रोटी बनाने का मन नहीं कर रहा था। उठकर दीया जला दिया और फिर चुपचाप उसे देखता रहा। दीया भी अपनी एक आँख से ही चारों ओर के अंधकार को देखकर काँप रहा था, जैसे बार-बार उसकी पलकें झपक जाती हों। बाहर अँधेरा छा चुका था। दूर पर सड़क भी नीरव थी। कीचड़ के कारण बहुत कम लोग इधर से उधर आ-जा रहे थे।

एकाएक दालान में खड़-खड़ की आवाज हुई। कन्हाई ने शंका से पुकारकर कहा, "को है रे?"

एक मरियल कुत्ता लकड़ियों के पीछे से निकलकर चला गया। कन्हाई झेंप गया। उठकर बाहर चला गया। निन्हू हलवाई की दुकान पर जाकर दूध पिया और लौट आया। अब कौन खाने के पीछे हाय-हाय करता? अपना क्या है? जो खा लिया, सो ठीक है। गिरस्ती के चक्कर हैं।

कन्हाई बिस्तर पर लेट गया। कुछ ही देर बाद उसकी औंध किसी के खिलखिलाकर हँसने की आवाज़ से टूट गई। इस व्याघात से उसका मन असंतोष से भर गया। निश्चय ही फूलो की हँसी थी। और फिर उसने देखा, वह रात थी, घटाओं वाली रात, सनसनाती, आकाश से पृथ्वी तक फन फुफकारती, रह-रहकर लरजती। आँखों के सामने अप्रस्तुत का चित्र आया। चंदा! फूलो! रात! बिस्तर और...।

कन्हाई पशु की तरह एक बार आर्त स्वर से कराह उठा। बगल के घर की ध्वनियों ने उसे बेचैन कर दिया। अभी कुछ ही देर पहले पड़ोस की औरतों ने गाकर बंद किया था–

रँडुआ तो रोवै आधी राति–
सुपने देखी कामिनी...

अपमान से कन्हाई का पुरुषत्व क्षण-भर को विषधर साँप की तरह बदला लेने की स्पर्धा से भर गया। क्यों है वह आज ऐसा कि बिरादरी में लोग उसके पास पैसा रहने पर भी उसकी इज्जत नहीं करते? सब उसे देखकर हँसते हैं। और यह चन्दा! जो कुल दस-बारह आने लाता है, उसी में गिरस्ती चलाता है, उसको न्योता भी है, बुलावा भी है, उसके गीत भी हैं...

क्योंकि वह बिजार नहीं है। उसके घर है, उसकी बात है, एक गिरस्त की बात, जिसमें दुनियादारी की समझ है। उसका कोई था ही नहीं जो उसका ब्याह कराता। जैसे वह तो आदमी ही न था। तभी भी सब अपने-अपने में लगे थे, आज भी वही। कन्हाई व्याकुल-सा बिस्तर पर बैठ गया। आकाश में बादल गरज रहे थे। अभी उसकी आयु ही क्या थी? पैंतीसवाँ ही तो था। तब शहर में प्लेग फैला था, कन्हाई घुटनों चलता था। आज वह अकेला रह गया है। जैसे उसका कहीं कोई

नहीं। उसके द्वार पर न सौना सरबन कुमार है, न आँगन कोई लिपा-पुता ही। खुद ही जब ऊब जाता है, सोचता है, घर साफ करे, किंतु वह औरत नहीं है। लुगाई का एक काम करते ही आँखें फूट चलीं। चूल्हा फूँकना लोग का काम नहीं।

क्या नहीं किया उसने चंदा के लिए? क्या था उसके घर? आज तो लाला छैला बन गए हैं? कैसी माँग-पट्टी काढ़के फेंटा बाँधना आ गया है। बेटा के पास अधेली भी नहीं। बड़ा सतूना बाँधा है।

उपेक्षा से उसके होंठ टेढ़े हो गए। कन्हाई को याद आया : उसके पास पैसा है। वह भी ब्याह करेगा। चंदा तो उसे लूटे जा रहा है। उसके गधों की लीद तक उसकी अपनी नहीं। क्या करे वह उसका? आती है वह हरम्पा फूलो और ले जाती है बटोरकर। लेकिन कौन धन जमा कर लेगी? उसके चंदा की रोजी ही क्या है? वह तो इज्जतदार है। परसों उसने बिन्नू की जमानत दी है। दुकान है, दुकान। कैसी लड़ती है चंदा से दिन-भर और रात को···

कन्हाई का ध्यान फूलो पर केंद्रित हो गया। काँसे के हैं सब। बोरला तो, कड़े तो, खंगवारी तक। वह चाँदी के मढ़वा सकता है। फिर उसे वह दृश्य याद आया कि कैसे वह भीतर बिना खाँसे घुस रहा था चंदा के घर में और फूलो बैठी चक्की पीस रही थी। यौवन का वह गदराया स्वरूप याद आते ही कन्हाई हारकर लेट गया। किंतु वह क्यों अकेला रहे? चंदा को ऐसे सुख से रहने का ऐसा क्या हक है? जन्म हुआ तब से उसे कभी सुख-चैन न मिला। वह दूसरों के लिए कर-करके मरता गया और लोग-बाग अपना-अपना घर भरते गए। किसी ने यह भी नहीं पूछा कि भैया कन्हाई, तेरे भी कुछ सुख-दुःख हैं? कोई नहीं। सब अपने-अपने मतलब के।

कन्हाई का चंदा के प्रति विद्वेष मुखर हो गया। अनजाने ही विरोध जाग उठा। कल उसके बच्चे होंगे, तो क्या मेरा नाम चलेगा? बूढ़ा हो जाऊँगा तो खाट की अदमान तक कसने कोई नहीं आएगा। अपने फिर भी अपने हैं, पराया तो पराया ही रहेगा···

बादल आपस में टकरा गए। घोर वर्षा होने लगी। कन्हाई तड़पता-सा करवटें बदलता रहा। सामने अंधकार में फूलो आकर खड़ी हो गई। पुरानी घृणा ने फिर आघात किया। वह स्वयं ऐसी है नागिन। जेठ से आँख मिलाके बात करना क्या खेल है? कैसी आती है बात-बात पर। है बड़ी रुठल्लो। बाप के घर में उसके कुछ हैं नहीं, नहीं तो पीहर भाग-भाग जाती। बहू रखना भी आसान काम नहीं है। कहीं गधे ढो के आराम नहीं किए जाते। मैं ऐसे कब तक समझौते कराता फिरूँ। चंदा भी कोई आदमी में आदमी है?

फिर वह मुस्करा उठा।

कौन नहीं जानता, चंदा लुगपिटा है। लुगाई की ठसक देखो, मालक तो गधा

है। वह चमक-चौदिस वाली, डबल बचा नहीं कि फौरन खोमचा वाला बुलाया और चाट उड़ा गई।

मुझे क्या मालूम नहीं कि वह चंदा से बचा-बचाके खाती है, चोरी करती है।

फिर वही चंचल आँखें अँधेरे में चमक उठीं। कन्हाई के सीने पर किसी ने कटारों की जोड़ी भोंक दी। आसमान में जोर से बिजली कड़क उठी। अरे, काम तो काँकर-माटी के खाने वालों को सताता है, फिर दूध-मलाई वालों की तो बात ही और है। चंदा बेटा का गरूर तो देखो! अरे, तुझे ही देखूँगा। तेरी मैया ने मेरा घर तबाह किया था।

कहीं दूर बिजली बड़ी जोर से कडककर गिरी। कन्हाई जगता रहा।

भोर हो गई, लेकिन आकाश में बादल छाए रहे। एक सन्नाटा समस्त बस्ती में समान रूप से घहर रहा था। कभी-कभी सड़क पर भूँकते कुत्तों के शोर से वह हलकी मगर घनी तह टूट जाती थी और जैसे-तैसे स्वर पीछे खिंचने लगते थे कि वही निःस्तब्धता अपना दबाव डालने लगती थी। हवा ठंडी थी। हलकी-हलकी बूँदाबाँदी हो रही थी। समय काफी हो गया था। दफ्तरों और नौकरियों पर जाने वाले सवेरे अँधेरे ही अपनी तकदीर कोसते जा चुके थे। सड़क पर भी गाँवों की-सी हलको तंद्रा छा रही थी। गली में चारों तरफ कीच ही कीच हो गई थी। कन्हाई की आँख खुल गई। उसने सुना, आँगन में कोई औरत चल रही थी। बिछियों की हलकी आवाज उसके कानों में उतरकर दिल में समा गई। वह एकदम उठ बैठा। बाहर निकलकर देखा, फूलो चुपचाप उसके गधों की लीद जमा कर रही थी। उसको देखकर उसके शरीर में नशा-सा फैल गया। पास जाकर कहा, "यह चोरी कर रही है बहू?"

फूलो ने घूँघट नहीं खींचा। मुँह उठा दिया। गेहुएँ रंग में दो मांसल आँखें थीं जिनमें से रात का खुमार अभी बिलकुल मिटा नहीं था। देखा, और धीरे से बोली, "चोरी काहे की जेठजी! वे तो अँधेरे ही लदाई लिए गधा लेकर चले गए। अब बरसात भी तो लग गई है। जो हाथ लगे उसी को बटोर लूँ। कंडे बना लूँगी, कुछ तो काम निकलेगा ही।"

कन्हाई प्रसन्न हुआ, किंतु प्रकट नहीं होने दी उसने वह चंचलता। निरातुर स्वर से कहा, "क्यों? चंदा गिरस्ती नहीं चला पाता?"

"अपना-अपना भाग है जेठजी! इसमें कोई क्या करे? मरद जिसका जोग होगा, लुगाई उसकी पाँय पै पाँय धरके बैठेगी।"

"तुझे बड़ा दुःख है बहू?" यह प्रश्न न होकर एक वक्तव्य के रूप में एक निश्चयात्मक ध्वनि में कन्हाई के मुख से निकला, जैसे उसे स्वयं इस पर पूरा विश्वास हो और वह अपनी बात को अब पीछे नहीं लेगा। फूलो की आँखों में पानी भर आया। उसने मुँह फेरकर आँखें पोंछ लीं। कन्हाई ने उससे कहा, "जो चाहे माँग

लिया कर मुझसे! लाज न करियो। अपना ही घर समझ। चंदा तो निखट्टू है, निरा बुद्धू; समझी? तेरा ही है सब कुछ, खा-पी! मेरा और कौन है?"

"ब्याह क्यों नहीं कर लेते?" फूलो ने टोककर पूछा।

"ब्याह?" कन्हाई ने ऊपर देखकर कहा, "ब्याह करके क्या होगा? मेरे तो परमात्मा ने सब दिया। तू फिकर न कर! मेरे रहते कोई तेरा बाल भी बाँका नहीं कर सकता। यहीं रह तो भी डर नहीं। कन्हाई का नाम बिरादरी में एक है। तेरे लिए उसका सब कुछ हाजिर है।"

फूलो ने आँख टेढ़ी करके कहा, "बिरादरी क्या कहेगी? जात-भाई क्या कहेंगे? मेरा बाप क्या कहेगा? और तुम्हारे भैया की कौन सुनेगा?" जैसे फूलो ने सात पेड़ एक ही बार एक ही बाण से बेधने की कड़ी शर्त सामने उपस्थित कर दी थी।

कन्हाई ने निडर होकर कहा, "बिरादरी कुछ नहीं कर सकती। हुक्का-पानी बंद करेंगे तो जात-भाई देखेंगे कि कन्हाई बीड़ी-सिगरेट पिएगा। तेरे बाप को क्या मतलब? वह तो एक बार पैर पूज चुका। और चंदा की हैसियत ही क्या कि मेरे सामने खड़ा हो? तुझमें हिम्मत होनी चाहिए।"

फूलो ने अविश्वास से पूछा, "दगा तो नहीं दोगे? मैं कहीं की भी नहीं रहूँगी?"

कन्हाई ने हाथ पकड़कर कहा, "सौगंध है गंगाजली की। परजापति का बेटा हूँ तो धोखा नहीं दूँगा। आज से तू मेरी है। यह घर तेरा है। उस भिखारी से तेरा कोई नाता न रहा। रह, हुकूमत कर! मैं चंदा नहीं हूँ जो मिट्टी डालने में बात-बात पर बाबू लोगों के जूते खाऊँ और हँसके चुप रह जाऊँ।...लौटके तो नहीं भागेगी?"

"सौगंध है, मेरे एक बालक न हो जो तुम्हें छोड़कर जाऊँ।"

कन्हाई ने आनंद के आवेश में उसका हाथ जोर से दबा दिया और कोठे में घुसकर द्वार बंद कर लिया। बूँदें गिरने लगी थीं। आसमान साफ होने का नाम ही नहीं लेता था, जैसे पृथ्वी चारों ओर से घनी उसाँसों पर उसाँसें छोड़ रही थी।

बिजली की तरह बात बस्ती के वातावरण पर कौंध गई। चंदा ने जब लौटकर घर खाली देखा और देखा कि चूल्हा बिलकुल ठंडा पड़ा है, तब उसका माथा ठनका। सोचा, शायद पीहर चली गई है। बिना किसी से कहे अपनी ससुराल चल पड़ा। दो दिन बाद जब वहाँ से लौटा तो पग भारी थे, हृदय में घृणा और क्रोध की भीषण आग लग रही थी। इधर कुंजी ने आते ही खबर दी, "लाला! कहाँ चले गए थे रूठकर? बहू बिचारी किसके जिम्मे छोड़ गए थे? लाचार कन्हाई ने दया की, और बिचारी के दो टूक खाने का तो सिलसिला लगा!"

चंदा के पैरों के नीचे से जमीन खिसक गई। सीधे जाकर कन्हाई के आँगन में जा बैठा। फूलो ने भीतर से देखकर कहा, "क्यों आए हो?"

"क्यों आया हूँ?" चंदा ने तड़पकर कहा, "हरामजादी! यहाँ आ गई और

मैं तेरे पीछे जहान ढूँढ़ता फिरा?"

कन्हाई घर पर था नहीं। दुकान गया था, फूलो ने भीतर से ही कहा, "फिर आना, जब वे आ जाएँ, और नहीं, लोग कहेंगे दिन-दहाड़े पराए मरद घर में बैठे हैं।"

चंदा के मुँह की आवाज मुँह में ही रह गई। क्षण-भर वह वज्राहत-सा किंकर्तव्यविमूढ़ कुछ भी नहीं समझ सका। फेर स्वस्थ होकर कहा, "अब चल, यहाँ क्या कर रही है? रोटी सेंक दे।"

फूलो निर्लज्जता से हँसी, कहा, "अब मैं तुम्हारी नहीं हूँ, समझे? जब तुम्हारे भैया लौट आएँ तो उनसे बात करना।"

चंदा नहीं उठा। कन्हाई के घुसते ही फेर लड़ाई शुरू हो गई। जब जूता-पैजार तक हो गई, तब और कोई चारा न समझकर फूलो घूँघट काढ़के दोनों के बीच में आकर खड़ी हो गई। उस समय काफी शोर-गुल सुनकर बस्ती के कितने ही बड़े-छोटे एकत्रित हो गए। बच्चों ने व्यर्थ ही युद्ध का वातावरण लाने को खूब हल्ला किया। कन्हाई और चंदा दोनों छूट-छूटकर एक-दूसरे पर झपटते थे। चंदा जवान था, इसी से लोग भय से उसे पकड़ लेते थे, और स्वाभाविक ही था उसका अधिक क्रोधित होना। इसी बीच में कन्हाई दो-एक मार जाता था। इसी बीच-बचाव की हरकत में चंदा काफी पिट गया, क्योंकि एक चोट भी दस के बीच में बीस चोटों के बराबर है। अपमान से विह्वल होकर चंदा रोने लगा। आँसू देखकर यद्यपि लोगों के हृदय में दया भाव उत्पन्न हुआ, किंतु स्त्रियों ने ठिठोली कर दी—कैसा बालिक है जो जार-जार रो रहा है।

चंदा लौट आकर बड़ी देर तक घर पर रोता रहा। सब जानते थे। किसी ने कन्हाई से कुछ नहीं कहा। क्या सबकी आँखें फूट गई हैं? बिरादरी के कान फूट गए हैं? उठा और चौधरी पंच मुरली के घर की चौखट पर जा बैठा। चौधरी कहीं से सफेदी करके लौटे थे। हाथ-पैरों और गालों पर सफेद-सफेद छींटे दिखाई दे रहे थे। सुन तो चुके ही थे। फिर भी कहा, "कह चंदा, कैसे आया है?"

चंदा का गला रुँध गया। लाज ने जैसे उँगलियाँ गड़ा दीं। कैसे कहे कि उसके जीते-जागते लुगाई दूसरे के घर जा बैठी? वह मरद ही क्या जिसमें इतना भी जोर नहीं कि औरत उसके कहने पर चले? मरद तो वह कि निगाहों पर बैयर के पाँव उठें। पलकें थम जाएँ तो उठा कदम थम जाए। किंतु अवरोध अधिक नहीं टिका। दौड़कर चौधरी के पाँव पकड़ लिए। चौधरी ने संदिग्ध दृष्टि से देखकर गंभीरता से पीढ़े पर बैठते हुए हुक्का सँभाला और पूछा, "तू कुछ कहेगा भी कि रोए ही जाएगा? क्या आफत टूट पड़ी ऐसी?"

चंदा ने कहा, "दादा, नाक कट गई। इज्जत धूल में मिल गई।"

चौधरी ने विस्मय से कहा, "अरे! सो कैसे?"

"बहू तो भैया के जा बैठी।"

चौधरी को झटका लगा। पूछा, "सच? यह कैसे?"

"क्या बताऊँ? गरीब आदमी हूँ। सुबह ही निकल जाता हूँ। संझा को आता हूँ। दिन-भर वह घर में रहती है, भैया रहते हैं, फुसला लिया बिचारी को। मिठाई-विठाई खिलाते रहे। अब दादा, गिरस्ती सँभालने वाले का ही हाथ तंग होता है। अकेला बिजार तो सड़क पर ही खाने को पा जाते हैं। सो चटाने को पैसे की क्या कमी? गरीबी तो तब है जब रोज का बोझ है?"

चौधरी ने सुना। सिर हिलाया। कहा कुछ नहीं। चंदा ने फिर कहा, "दादा, पंच परमेश्वरों के रहते परजापतियों में ये अधरम होगा?"

"पंचायत बुलाएगा?" चौधरी ने शंका से पूछा, "बड़ा खरचा होगा और हारने पर दंड भुगतान करना पड़ेगा।"

"हारूँगा कैसे चौधरी? मैं क्या गलत कह रहा हूँ? मेरी लुगाई है, ब्याहता है, मैं तो उलटे रुपए लूँगा। मेरे जीते-जी दूसरे के पास जा बैठी है। और छोटे की बड़े भाई के घर बैठने की कोई रीत नहीं, बड़े की छोटे के यहाँ बैठने की तो रीत भी है। कोई दिल्लगी है?" चंदा ने सिर उठाकर कहा। चौधरी ने फिर भी उत्तर नहीं दिया। उसने गंभीरता से कहा, "तेरी मर्जी।"

चंदा उठ चला। राह में याद आया। खरचे को पैसा कहाँ है? दो महीने का तो घर का ही किराया चढ़ा हुआ है। अब तक तो कैसे भी खुशामद से काम चल गया! लेकिन अबके कैसे भी मकानदार राजी नहीं होगा। कहेगा, दिल्लगी हो गई? खैर, तब ब्याह की बात थी, धेली-पैसे की बात, हाथ रहा न रहा, अब उसके पास तो कुछ था नहीं। वही मजूरी के दस-बारह आने आए जो, सो उन्हीं में से चार आने खाएगा, बाकी बचाएगा, लेकिन उससे भी कितने दिन काम चलेगा? ऐसा क्या बच जाएगा? फिर विचार आया, अभी रुपया लगा दूँगा। एक गधा बेच दूँ। पंचायत भी हो जाएगी। किराया भी चुक जाएगा और फिर तो कन्हाई को रुपए भरने ही पड़ेंगे। फिर फूलो भी नहीं रहेगी। अपने मस्ती का खरच चलेगा। और जो फूलो लौटी तो कन्हाई दंड भुगतान देगा और अबके फूलो से भी नौकरी करवा लूँगा। तब घर ठीक से चल पड़ेगा। अबके तो हरामजादी को जूते की नोक के नीचे रखूँगा, ऐसा कि याद करे। मैंने ही दुलार कर-करके बिगाड़ दिया उसे।

उधर कुंजी और अनेक स्त्रियों में ठिठोली हो रही थी। लजमंती ने कहा, "ऐ भैना, एक आँख का कर बैठी। दो आँखों से ऐसी क्या दुश्मनी निकली?"

"कलदार की ठसक है बेटी, कलदार की," चंपी ने कहा और हाथ मटकाए। कुंजी अपने ग्यारहवें बच्चे को बैठी दूध पिला रही थी, जो अपने सबसे बड़े भाई से लगभग सत्ताईस बरस छोटा था। बैठे ही बैठे मुस्कराई और गा उठी—'जैसे देवरिया मलूक तैसे होते बालमाउ…'

हँसी-दिल्लगी के इस व्यापार में एक कौतूहल था, एक ईर्ष्या की अभिव्यंजना

थी। सब जानते थे, फूलो बदमाश थी, लेकिन चंदा के गरीब होने के कारण किसी बात पर पक्का निर्णय नहीं ठहरता था।

शाम हो चुकी थी। अँधेरा गहरा हो गया था। बस्ती अँधेरे में डूब गई थी। किसी-किसी के ओसारे में दीया जल रहा था। औरत और मरद आँगनों में बैठे बात कर रहे थे, हुक्का पी रहे थे। औरतें रोटी बना चुकी थीं। मरद खा चुके थे। अब रात हो गई। दुनिया की रोशनी सूरज है। वही चला गया तो फिर रात से होड़ किसलिए? कैसे हुआ यह? रासन, फलाने का ब्याह, फलाने का दहेज आदि अनेक बातें हैं, जिन पर वे बहस करते हैं और कच्चे मकानों में चुपचाप सो जाते हैं। उनके गधे चुपचाप खड़े रहते हैं। कभी सोते हैं, कभी जागते हैं। उनके सोने-जागने का भेद भी अधिक स्पष्ट नहीं।

चौधरी पंच ने कन्हाई के घर में प्रवेश किया। उस समय कन्हाई कोठे से बाहर निकल रहा था। फौरन आगे बढ़कर कहा, "आओ दादा, आओ!"

पीढ़ा डाल दिया। हुक्का भरकर फूलो पास में ही घूँघट काढ़कर धर गई। चौधरी ने टेढ़ी आँख से उसका वह गदराया आकार देखा और हुक्के में कश मारते हुए वे सब समझ गए। कन्हाई ने इधर-उधर की बातें कीं। फिर उठाकर भीतर से एक चीज लाया। चौधरी ने देखा। हँसकर कहा, "अरे, इसका क्या होगा?"

किंतु कन्हाई ने कहा, "तो बात ही क्या है दादा? कौन पराए हो?"

और खोल दी ठर्रे की बोतल। "अब तो," चौधरी ने कुल्हड़ में मुँह लगाते हुए कहा—"महँगी हो गई है। हो गई है न?"

"दादा, लड़ाई है जे। कौन महँगा नहीं हो गया है? मैं नहीं हुआ, कि तुम नहीं हुए? अब तो मौत का इतना खरचा नहीं, जितना जिंदगी का।"

दोनों हँसे। हलका नशा चढ़ चुका था और अब खोपड़ी में घोड़े की-सी टाप लगने ही वाली थी। ठर्रे की महक में कन्हाई ने कहा, "दादा, तुम्हारा ही भरोसा है!"

चौधरी ने झूमते हुए कहा, "अरे, काहे की फिकर है तुझे?" कन्हाई ने हर्ष से कुल्हड़ फिर भर लिया और चौधरी के 'हाँ-हाँ' करते भी उनके कुल्हड़ में आधी बोतल खाली कर दी। और उसके बाद चेतना के सत पर वही अंधकार छा गया, जो बाहर एकाग्रचित्त होकर तड़प रहा था।

पंचायत बड़े जोर-शोर से जुड़ी। चारों तरफ वही एक चर्चा थी। बस्ती के सारे मरद कुम्हार आकर इकट्ठे हो गए। चौधरी चौतरे पर आ बैठे। हुक्का हाथों-हाथ घूमने लगा। चौधरी ने पहले कश लगाए और हुक्का सरका दिया। एक ओर कन्हाई खड़ा हुआ था। उसके शरीर पर सफेद अँगरखा, साफ धोती थी और साँझ होने पर भी आँखों का खोट छिपाने को हरा चश्मा लगा हुआ था। फूलो घूँघट काढ़े बैठी थी।

दूसरी ओर चंदा था। मैली धोती, मैली फितूरी और मैली ही हलकी-सी नखदार टोपी मशीन से कटे बालों पर चिपक रही थी।

चौधरी ने गंभीरता से पूछा, "तुमने क्या किया?"

चंदा ने कहा, "पंच परमेश्वर सुनें। चौधरी महाराज ने पूछा है, मैंने क्या किया? सो कहता हूँ, बड़े भैया ने छोटे की बहू घर डाल ली है। वह उसकी बेटी के बराबर है।"

चौधरी ने रोककर कहा, "सो हममें भेद नहीं है चंदा! बड़ी जातों में बड़े की बहू माँ समान है, हमारे तो यह कायदा नहीं। यह बामन-छत्री जात की बात है। हम तो नीच कहे गए हैं। और सुना!"

चंदा का पहला बाण पत्थर से टकराया, फलक टूट गया। शिकारी विह्वल हो गया। उसने फिर धनुष पर बाण निकालकर चढ़ाया। कहा, "मेरे जीते-जी दूसरी ठौर जा बैठी है, मुझे हरजाना मिल जाना चाहिए।"

चंदा बैठ गया। पंचों के सिर हिले, कानाफूसी हुई और कोलाहल से जगह भर गई। चौधरी ने फिर कहा, "कन्हाई! बोलो, तुमने लड़की को घर कैसे डाल लिया?"

कन्हाई ने नम्रता से कहा, "चौधरी महाराज, न्याय करें। घर में भूखी नार आई। मालिक रोटी तक नहीं जुटा सका। तब मैंने देखा, घर की बैयर डगर-डगर ठोकर खाएगी। सो कहा—रह, तेरा घर है। मुझे कौन छाती पर बाँधके ले जाना है?"

चौधरी ने कहा, "पंच सुनें। फूलो कहे कि कन्हाई ने ठीक कहा। क्या चंदा के घर तुझे खाना नहीं मिलता था?"

फूलो ने स्वीकार किया। चौधरी ने कहा, "पंच बताएँ, लुगाई तब तक ही रहेगी जब तक मरद खाना देगा, भूखी मरने को तो नहीं?"

"नहीं," पंचों ने एक स्वर उत्तर दिया।

कन्हाई ने फिर कहा, "चंदा के फूलो के बाप ने जब ठौर कर दी, तो चंदा ने वादे के जेवर नहीं दिए।"

चंदा गरजकर बोला, "यह झूठ है। मैंने कोई वादाखिलाफी नहीं की।"

चौधरी ने रोककर कहा, "फूलो, बता कि किसने ठीक कहा?"

फूलो ने फिर इंगित से कन्हाई की बात को ठीक साबित किया।

चंदा घृणा से विक्षुब्ध हो गया। चौधरी ने कहा, "और तो बात साफ हो गई। जैसे बड़े की छोटे ने की तैसी छोटे की बड़े ने की। जेवर नहीं दिए, वादाखिलाफी की, रोटी नहीं दी, सो वह क्यों रहती? पंच बताएँ, किसका कसूर है?"

पंच फिर परामर्श करने लगे।

चंदा ने उठकर कहा, "पंच परमेश्वर की दुहाई! चौधरी भगवान् के औतार हैं। मैं गरीब हूँ; जैसी रूखी-सूखी मैंने खाई, तैसी उसे खिलाई। घर-गिरस्ती में मरद के पीछे लुगाई चलती है। बताएँ, मैंने क्या दोस किया?"

फिर पंच विचार में पड़ गए। चौधरी ने सबके शांत होने पर फिर कहा, "चंदा

रुपए माँगता है कि उसके जीते-जी बहू ने दूसरी ठौर कर ली। अगर उसने दूसरा ब्याह करके फूलो को छोड़ा होता तो जब तक फूलो दूसरी ठौर नहीं कर लेती, तब तक उसका महीना उसे बाँधना पड़ता। सदा की रीत है कि चंदा को रुपया मिलना चाहिए। पंचों का न्याय हो। भूखी मारी या न मारी, वह खुद गरीब है। बेटी बाप ने देते बखत क्यों नहीं सोचा? जैसा खुद खाया तैसा उसे खिलाया। लेकिन ब्याहता है उसकी फूलो। फूलो रजामंद नहीं कि ब्याह करके जन्म-भर भूखी मरे। वह ठौर छोड़ गई। जो खाने को दे, जो पालन करे, वही भरतार। पंच कहें। रुपया लेने का चंदा को हक है या नहीं?''

फिर कोलाहल मच उठा। चौधरी ने तो जैसे हाथ धो लिए। उन्हें अब निर्णय को दुहराकर सुना देना था। फूलो अभी तक चुप खड़ी थी। बाजी कमजोर पड़ रही थी। उसे यह असह्य था। इससे तो वह कुलटा साबित हो जाएगी। बैठ गई सो बुरा नहीं, पर यह रुपया देना तो भुगतान है। उसने भरी पंचायत में आगे बढ़कर कहा, ''चौधरी भगवान् हैं। पंच परमेसुर हैं। लुगाई मरद की है, मगर जो मरद ही न हो, उसकी कोई लुगाई नहीं है।''

सबने विस्मय से सुना। सच, ठीक कहा था। ब्याह हो जाने से ही क्या? पुरुषार्थहीन पुरुष को कोई अधिकार नहीं कि वह स्त्री को दास बनाकर रखे।

पंचायत उठ गई। चंदा पर पच्चीस रुपए दंड लगाए गए जो रोष से उसने वहीं फेंक दिए और हारकर लौट आया। आज उसे कहीं मुँह तक दिखाने की जगह न थी। अब उसका कहीं ब्याह नहीं हो सकता। भरी पंचायत में फूलो ने उसकी टोपी उछालकर पैरों तले कुचल दी थी। यह ऐसी बात थी, जिसमें फूलो की बात अंतिम निर्णय थी।

कन्हाई फूलो को लेकर लौट आया और रात को कन्हाई और चौधरी ने फिर से ठर्रे की बोतल खोली और दोनों मस्त होकर पीने लगे। जब बहुत रात हो गई तब चौधरी लड़खड़ाते हुए चले गए। फूलो चुपचाप बैठी थी। वह न जाने क्या सोच रही थी और कन्हाई नशे में आँगन में औंधा पड़ा था।

दूसरे दिन शाम को मकानदार ने चंदा का किवाड़ खटखटाया। चंदा ने चुपचाप उसके हाथ पर किराया रख दिया। वह झूम रहा था। उसके मुँह से दारू की बू आ रही थी। मकानदार चुपचाप लौट गया।

चंदा लौटकर पीने लगा और बकने लगा, ''बेटा कन्हाई, छिनाल तो छिनाल ही रहेगी। कुत्ते की पूँछ क्या सीधी हुई है? तेरी बहार भी कै दिन की है? बेटा, अब गिरस्ती पड़ी है, अब दो दिन बाद तेरे भी खरचे देखूँगा। हाथ-पाँव ढीले हो जाएँगे, पर मैं करूँगा मजे। बेटा! चटाने को तो मेरे पास भी पैसे हो जाएँगे, समझा? भगवान् समझेगा तुमसे, पापी!''

और वह देर तक बकता रहा, जोर-जोर से सुनाकर बकता रहा। कन्हाई ने

सुना और संदिग्ध दृष्टि से फूलो की ओर देखा। उसका हृदय भीतर ही भीतर काँप उठा। फूलो समझ गई। चूनर के कोने में बँधे बीस रुपए खोल लिए। पाँच पंचायत में लग गए। बीसों रुपए आँगन में खड़े होकर चंदा के आँगन में बीच की जैर पर से फेंक दिए और कहा, "भूखा मत मर! तेरे धन से सुरग नहीं जाऊँगी। समझा? ऐसे चटाने को बड़ा मक्खी का छत्ता लगा रखा है न?"

कन्हाई ने सुना, रुपए चंदा के आँगन में खन्न करके गिरे और बिखर गए, किंतु चंदा उस समय नशे में बेहोश पड़ा था। उसे कुछ भी मालूम नहीं पड़ा।

फूलो आगे बढ़ आई। गर्व से कन्हाई की ओर देखा और एक चंचल हँसी बरबस ही अंग-अंग को गुदगुदाती उसके होंठों पर काँप गई। कन्हाई ने सिर झुका दिया। उसने मन ही मन अनुभव किया, फूलो बहुत जवान थी और वह भाटे पर था।

['हंस', अगस्त, 1945]

नारी का विक्षोभ

"अभी चार-पाँच साल की ही बात है," कल्ला ने अपने चश्मे को उतारकर साफ करते हुए कहा, "मैं तब लखनऊ यूनिवर्सिटी में पढ़ता था। आप तो जानते ही हैं कि लखनऊ में कैसी बहार है।"

बीच ही में सिद्दी बोल पड़ा, "ओह, बला की ठंड है। चंदू, जरा यार, ढंग से बैठो! कोई खुदगर्जी की हद है कि सारा कंबल अपने चारों तरफ लपेट बैठे हो। भाई, वाह!"

"अमाँ, तो बिगड़ते क्यों हो? आखिर कोई बात भी हो? फिर," मुड़कर चंदू ने कहा, "हाँ, भाई कल्लाजी, फिर?"

कल्ला ने अपने दुशाले को और अच्छी तरह लपेट लिया। फिर कहा, "लखनऊ की जिंदगी के तीन पहलू हैं, एक नवाबों का, दूसरा टुटपुँजियों का और तीसरा गरीबों का। क्या बताएँ यार, हमारा समाज ही कुछ..."

"खबरदार!" सिद्दी ने जोर से डाँटकर कहा, "कह दिया है, बको मत!"

और चंदू ने अपने मटरगश्ती वाले लहजे से कहा, "हाँ भई कल्ला जी, फिर?"

कल्ला फिर कहने लगा, "देखो यार, यह बोलने नहीं देता!"

चंदू ने सिद्दी की ओर देखकर कहा, "खामोश!"

कल्ला ने कहना शुरू किया, " जवानी किस पर नहीं आती, मगर जो उस पर आई, वैसी शायद हमने कभी नहीं देखी। मेरे साथ एक तड़का सूरज पढ़ता था। जात का वह कायस्थ था, पर था एक लफंगा। लफंगा से तुम लोग कुछ का कुछ न समझ लेना। भाई, वक्त ऐसा है कि कॉलेज के लड़के चाहते हैं कि उनकी गिनती उस्तादों में हो। नेकटाई, सूट, चमचमाते जूते कॉलेज में कोई कुछ पहन ले, पर बातें करने तक का जिसे सलीका नहीं, वह किसी काम का नहीं।

" सूरज की आँखें सदा लड़कियों को ही खोज में रहती थीं।

" संयोग की बात है, " कल्ला ने आगे कहा, " एक लड़की सविता को देखकर सूरज पागल हो गया।

" सूरज के बाप नहीं थे, माँ नहीं थी। हाँ, गाँव में उसके चाचा थे, चाची

थीं। उनके बाल-बच्चे थे। और सबसे बड़ी एक और बात थी। चाचा जमींदारी का इंतजाम करते थे। सूरज उनका कहना मानने वाला लड़का था। लेकिन कानून की नजर से चाचा सूरज के चाचा हों, या सिकंदर के चाचा हों, जायदाद का वह कुछ नहीं कर सकते थे, क्योंकि वही जायदाद का मालिक था।

"इस गारंटी के होते हुए सूरज को किस बात की चिंता होती?

"सविता देखने में जितनी सुंदर थी, उतनी की चतुर भी थी। सबसे बड़ी बात उसमें यह थी कि वह कॉलेज के डिबेटों में खूब हिस्सा लिया करती थी। जब वह बोलना शुरू करती, तो कोई कहता—इसका बाप भी ऐसी बातें नहीं सोच सकता! जरूर कोई उस्ताद है इसके पीछे, जो प्रेम के कारण अपने आपको छिपाकर इसे आगे बढ़ा रहा है; लेकिन इन बातों से होता-जाता कुछ नहीं। अगर मान लिया जाए कि वह रटकर हो आती थी, तो रटने की भी एक हद हुआ करती है। आज तक हमने नहीं देखा कि 'चंद्रकांता संतति' के चौबीसों हिस्से किसी की जबान पर रखें हों। वह बोलने में एक भी भूल नहीं करती।

"उसके खयाल एकदम आजाद थे। विधवा विवाह, तलाक, सहशिक्षा, स्त्री का नौकरी करना, गोया जिंदगी के जिस पहलू में नारी की जो बात है, वह सविता की ही थी। हर बात पर उसके अपने अलग विचार थे।

"नए विचारों की वह लड़की शाम को लड़कों के साथ घूमने निकलती, पार्टियों में जाती, कविता लिखती। कविता का मजाक शायद आप लोगों को मालूम नहीं। कोई आपकी तरफ आँखें उठाकर देखता तक नहीं तो बस, कविता लिखिए!

"सूरज ने जब सुना कि वह कविता करती है, तब दौड़ा-दौड़ा उस्ताद हाशिम के पास गया। उस्ताद ने उसे देखा, तो सब कुछ समझ गए। उनके लिए क्या बड़ी बात थी? कॉलेज का लड़का चटकदार कपड़े पहने उनके पास आया है। चेहरा गुन्ना नून है, मतलब आँखों में वह खुशी नहीं, वह उत्साह नहीं, जो जवानी का अपना लक्षण है, तो आखिर इसका क्या कारण है? उस्ताद बिना पूछे ही भाँप गए। उस्ताद ने मुस्कराकर पीठ ठोंकी। कहा, 'बेटा, शाबाश! मगर मैं एक गजल के बारह आने से कम नहीं लेता। हुलिया बताओ, जो टूटा-फूटा खयाल हो, उगल जाओ! आला जबान में तरतीब से सजी हुई वह चीज दे दूँगा कि जिसके लिए वह होगी, वह तो रीझेगा ही, इधर-उधर बैठे हुए भी दो-चार अपने आप रीझ जाएँगे।'

"पाँच रुपए का नोट काफी था। सूरज लौटा तो गुनगुनाते हुए। मुझे खुद ताज्जुब हुआ : चार बजे गया था, तब एक शरीफ आदमी था। अब सिर्फ छह बजे हैं, मगर शायर हो गए हैं।

"आप शायद पूछेंगे कि सविता तो करती है कविता हिंदी में और सूरज साहब करते हैं शायरी उर्दू में, ऐसा क्यों? तो सुन लीजिए कि कायस्थों में अधिकतर मर्द हिंदी नहीं पढ़ते, औरतें पढ़ती हैं।

" सविता भी कायस्थ थी। उसके एक छोटी बहन, एक छोटा भाई और एक बड़े भाई थे। बड़े भाई लॉ में पढ़ते थे। इरादा था—छूटते ही वकालत शुरू करने का ।

" सविता अंधी न थी। उसे सूरज की बातें मालूम हो गईं, लेकिन न जाने उसे एकदम टाले दे रही।

" सूरज सविता को गुजरते देखता, तो गजल पढ़ता। जब उसका कोई नतीजा नहीं निकलता, तो कहता, 'खुदा समझे उस कमबख्त हाशिम से! ऐसे हँसकर चली जाती है, जैसे हम सिर्फ गजल पढ़ रहे हों।'

" किंतु प्रेम की कोई बात स्थिर नहीं है। उसके अनजाने के बंधन किसी भी वक्त जंग बनकर कठोर से कठोर लोहे को भी चाट जा सकते हैं। दोनों ओर एक-सी परिस्थिति है। दोनों ओर एक ही सूनापन है। आप कहें, यह बेवकूफी की इंतहा है। मैं कहूँगा, असली प्रेम वही है, जिसे दुनिया बेवकूफी समझे, क्योंकि बेवकूफ वही है! "

चंदू ने टोककर कहा, "हम समझ रहे हैं!"

कल्ला ने एक बार सिर हिलाकर कहा, "समझ रहे हैं, तो बताइए, क्या हुआ?"

सिद्दी ने कहा, "नहीं, आप ही बताइए?"

कल्ला मुस्कराया। कहने लगा, "तो हुआ वही जो होना था।"

"यानी?" सिद्दी ने चौंककर पूछा।

" एक दिन, " कल्ला ने कहा, " सविता के बड़े भाई मेरे पास आए। कहा, 'आप सूरज के गहरे दोस्तों में से हैं न?'

" मैंने कहा, 'जी हाँ, फरमाइए?'

" वह कुछ सोचते हुए बोले, 'कैसा लड़का है?'

" इसके बाद तीरों के पंडों की तरह मुझे सूरज की सात पुश्तों के नाम गिनाने पड़े। घर की हालत बतानी पड़ी।

" भाई साहब ने बताया कि उन्होंने कुछ उड़ती हुई उनके प्रेम की कहानियाँ सुनी हैं। मैंने कहा, 'जी, वे सिर्फ कहानियाँ ही नहीं हैं।'

" मेरी तरफ गौर से देखकर भाई साहब मुस्कराए। कहा, 'खैर! मैं औरतों की पूरी आजादी का कायल हूँ, मेरी बहन हो सही, मगर जब मैं खुद चाहता हूँ कि कोई पसंद की शादी करूँ, तो मेरा फर्ज है कि उन्हें पूरी मदद दूँ।'

" अब मेरी भी सविता से जान-पहचान हो गई। हमारी जो मामी हैं, उनके भाई की बहन सविता की भाभी होने वाली थी। मगर अचानक उसके गुजर जाने की वजह से वह शादी न हो सकी। "

सिद्दी ने जम्हाई लेकर कहा, "बड़ा लंबा किस्सा है!"

"लीजिए, साहब," कल्ला ने चिढ़कर कहा, "शादी हो गई सूरज और सविता की। छोटा हो गया अब!"

"भाई, तुम्हारे मुँह में घी-शक्कर!" चंदू ने सिगरेट पेश करते हुए कहा, "सिनेमा का-सा लुत्फ आ रहा है।"

सिद्दी ने कहा, "फिर?"

कल्ला ने एक लंबा कश खींचा और धुआँ छत की तरफ छोड़कर फिर कहना शुरू किया, " उसके बाद एक दिन की बात है। सूरज, मैं और मेरा एक और दोस्त, चंद्रकांत, कॉलेज में घूम रहे थे। सविता की कॉलेज की पढ़ाई जारी थी। अब भी वह अपने भाई के यहाँ ही रहती थी, सूरज के यहाँ नहीं। शादी के तीन-चार महीने बीत चुके थे।

" शादी हो जाने से तमीज आ जाती है, यह हमने जरा कम देखा है। सूरज की आदतें बदस्तूर कायम रहीं। किंतु इस बीच में यह जरूर हुआ कि मेरा सविता के यहाँ आना-जाना काफी बढ़ गया।

" चंद्रकांत मुँह का बक्की था, लेकिन दिल का बिलकुल पक्का। सौ लड़कियों को देखकर दो सौ तरह की बोलियाँ निकाल सकता था, मगर वह जहर उसके दिल में नहीं, सिर्फ गले के ऊपरी हिस्से में ही था।

" उस दिन चंद्रकांत ने लड़कियों की एक भीड़ देख मुस्कराकर कहा, 'देख यार कल्ला! कभी-कभी तो देख लिया कर!'

" लेकिन हम चूँकि जरा ऊँचे खयालों के आदमी हैं, इन बदतमीजियों में हमारा दिल, आपकी कसम, बिलकुल नहीं लगता।

" जिस लड़की की नीली साड़ी थी, वह चंद्रकांत की पुरानी जान-पहचान की थी। चंद्रकांत ने हाथ से इशारा करते हुए मुझसे कहा, 'देखा?'

" मैंने देखा, और बिलकुल चुप। लड़की की पीठ मेरी ओर थी। झट से लायब्रेरी में घुस गई। सूरज अपने ध्यान में मग्न पहचान नहीं पाया उसे। झट से चंद्रकांत का हाथ पकड़कर बोल उठा, 'चलो, जरा देखें तो हातिमताई की हीरोइन बनने के लायक है या नहीं?'

" पहचान तो मैं गया था कि वह कौन है, फिर भी चाहता था कि सूरज को आज एक ऐसी नसीहत मिल जाए, जिसे वह जिंदगी-भर याद करे।

" लड़की की पीठ ही फिर नजर आई। सूरज ने दबी आवाज से कहा, 'काश, हमें भी दीदार हो जाता।'

" लड़की ने मुड़कर देखा। सूरज के काटो तो खून नहीं। वह सविता थी। उसकी त्यौरियाँ पहले तो चढ़ीं, लेकिन जब सूरज को पहचान लिया, तब न जाने क्यों उसे हँसी आ गई। भला बताइए, कोई स्त्री अपने ही पति को इस हालत में देखे तो उसे कोफ्त तो होगी ही, लेकिन हँसी न आ जाए उसे, यह नामुमकिन है। रेल में कोई आपकी जेब काटे और आप जेबकट को पकड़कर देखें कि वह तो आप ही का छोटा भाई है, तो हँसकर डाँटिएगा या पुलिस के हवाले कर दीजिएगा?

"हम तीनों लौट आए। चंद्रकांत को मालूम नहीं था कि सूरज सविता का पति है। उसने कहा, 'देखा आपने? है मुझमें कुछ अक्ल? पूरी भीड़ में ले जाकर किसके आगे खड़ा कर दिया आपको? जनाब, जेब में पैसा चाहिए, बस फतह है!'

"सूरज मेरी तरफ देख रहा था। मैं अब चंद्रकांत को चुप होने का इशारा नहीं कर सकता था। वह बकता गया, 'सारा कॉलेज जानता है कि आज से दो साल पहले जब यह लड़की आई०टी० में थी, तब इसका एक मास्टर से दोस्ताना था। मास्टर काबिल आदमी था। पढ़ाई में तेज, हॉकी खेलने में नंबर वन और हिंदुस्तान में चुनाव और प्रेम में कमाल कर दिखाने वाली चीज भी उसके पास थी, मेरा मतलब मोटर से है। यह दिन-रात उसके साथ मोटर में घूमा करती थी। भाई हैं इसके अपने अलग मस्त।'

"कमबख्त बके जा रहा था। सूरज का सिर झुक गया। मैंने धीरे से इशारा किया कि चुप रह! मगर उसने समझा कि सूरज पर उस लड़की का प्रेम भूत बनकर सवार होने लगा है। उसने कहा, 'अमाँ, छोड़ो भी, ऐसी लड़की से तो दूर ही रहा जाए तो अच्छा। यह हिंदुस्तान है, हिंदुस्तान! जब अपनी देसी सरकार बनेगी तो इन अधगोरों का क्या हाल होगा, यह पंडित नेहरू भी नहीं बता सकते। जाने दो, यार! समझदार आदमी हो। क्यों तुम प्रेम-व्रेम के चक्कर में फँसना चाहते हो?'

"रात आ गई थी। सूरज बैठा सिगरेट फूँके जा रहा था। उसके चेहरे पर उदासी छाई थी। वह किसी घोर चिंता में पड़ गया था। देर के बाद उसने कहा, 'कल्ला, चाचा को मालूम होगा यह सब, तो क्या कहेंगे?'

"मैंने सुना और सोचकर कहा, 'क्यों, क्या चंद्रकांत को तुम्हारे चाचा का पता मालूम है?'

" 'नहीं तो।'

" 'तो फिर उन्हें कैसे मालूम होगा? मैं तो कहने से रहा और सविता भी क्यों कहने लगी? अब आप ही अगर इतने अक्लमंद हों, तो मैं लाचार हूँ। कम से कम, भई, मैं तो इसमें कुछ नहीं कर सकता।'

"सूरज ने कहा, 'और तो कुछ नहीं, लेकिन मुझे एक बात कचोट उठती है। जाते वक्त चंद्रकांत ने कहा था कि जिस आदमी से इस लड़की की शादी होगी, वह भी एक ही काठ का उल्लू होगा।'

" 'गनीमत है'—मैंने दिल में कहा

" 'एक काम करोगे?' सूरज ने कहा।

"मैंने पूछा, 'क्या?'

" 'सविता से मैं एकांत में मिलना चाहता हूँ। उसे कल यहाँ ले आओ।'

"मैंने कहा, 'चेखुश! यह क्या मुश्किल है?'

"सूरज ने एक लंबी साँस को जैसे लाल किले से रिहा किया। मैंने कहा,

'कल शाम को जाऊँगा उसके यहाँ।'

" सूरज खुश नजर आता था। दूसरे दिन जब शाम को मैं उसके कमरे में घुसा, तो उसने हर्ष से मेरे कंधों को पकड़कर कहा, 'क्या कहा सविता ने?'

" मुझे मन ही मन बड़ी हँसी आई। कानून की निगाह से, धर्म की रूह से, समाज के नियम से वही उस औरत का देवता है। मगर बात ऐसी करता है, जैसे शादी के पहले का प्रेम हो रहा है।

" मैंने कहा, 'बात जरा गौर करने की है। बैठ जाओ, तब कहूँगा।'

" सूरज ने बैठकर सिगरेट सुलगा ली।

" मैंने कहा, 'मैं गया था उसके पास। उसने कहा—ऐसे कैसे मिल सकती हूँ? अभी तो हमारा गौना भी नहीं हुआ।'

" सूरज ने तड़पकर कहा, 'मुझसे मिलने के लिए गौने की जरूरत है? मास्टर से मिलने को तो किसी की जरूरत नहीं थी? कैसे-कैसे आदमी हैं इस दुनिया में?'

" मैंने कहा, 'मास्टर से सिर्फ मिलना-जुलना था। तुम्हारे यहाँ आने का मतलब स्पष्ट है। जमाना हँसेगा।'

" 'और तब न हँसता था?' सूरज ने मुझे घूरते हुए पूछा।

" मैंने कहा, 'खूब हो यार, तुम भी! हकीकत से दुनिया डरती है। अपना ही मन साथ न हो, तो तिनका भी पहाड़ नजर आता है।'

" लेकिन सूरज की समझ में न आना था, न आया। उसने मेज पर मुट्ठी मारकर कहा, 'तो एक महीने के अंदर देख लेना!'

" मुझे फिर हँसी आई, जैसे वह कोई कमाल कर रहा हो।

" लिख दिया सूरज ने अपने चाचा को। इजाजत लेना तो क्या, एक तरह से इत्तला देनी थी। काम हो गया।

महीने-भर बाद गौना हो गया। सविता उसके घर में आ गई। अब सूरज कभी-कभी मुझे भी घूरने लगा, क्योंकि मैं बार-बार सविता की तरफदारी करता था। कहा कुछ नहीं। थोड़े दिन तक जिंदगी ऐसे चली, जैसे चाय और दूध। लेकिन मैं आखिर कब तक चीनी बनकर स्वाद कायम रखता?

" एक दिन दबी जबान से सूरज ने सविता से उसके पहले जीवन के बारे में प्रश्न किया।

" सविता ने कहा, 'आप ऐसी बातें करते हैं? मुझे सचमुच बड़ा ताज्जुब होता है। आप लोग जो कुछ करते हैं, हम लोग तो उसका पाँच फीसदी नहीं कर पाते।'

" सूरज मन ही मन कुढ़ गया। उसके हृदय में पुरुषत्व की वह जायदाद की मिलकियत वाली बात, जो उसमें कूट-कूटकर सदियों से भरी हुई थी, भीतर ही भीतर चोट खाते साँप की तरह फुफकार उठी। स्त्री और पुरुष की क्या बराबरी? वेद में जिक्र है, यज्ञ के खंभे में अनेक रस्सियाँ बाँधी जा सकती हैं। हाँ, एक रस्सी से

दो खंभे नहीं बाँधे जा सकते। सूरज चुप हो रहा। मास्टर से सविता का क्या संबंध था, इस पर कोई प्रकाश नहीं डाला। वह जो अँधेरा था, उसमें भीतर का अविश्वास, नफरत का भयानक भेड़िया बनकर इधर-उधर घूमने लगा कि कब शिकार की आँखें जरा झपकें और कब वह झपटकर अपने दाँतों की नोकों को उसके गले में गड़ा दे और उसके शरीर को नोच-नाचकर तीखे नाखूनों से फाड़ डाले।

"सीधी-सादी बात थी। अगर सूरज पूछ लेता, तो बात वहीं की वहीं साफ हो सकती थी। लेकिन अपना पाप ही तो समस्त निर्बलता की जड़ है।

"सविता ने कहा, 'आप मुझ पर अगर शुरू से ही भरोसा नहीं करेंगे और बाहर वालों की बातों का ही यकीन करेंगे, तो न जाने आगे क्या हाल होगा? माना कि आप मुझे अपनी बात पूरी तरह कहने का अवसर देंगे, तो भी क्या यह जरूरी है कि जो मैं कहूँ, आप उसे सच ही मानेंगे? जाहिर ही है कि कोई अपने मुँह से अपनी बुराई नहीं करता। तो स्त्री होने के नाते जब आप मुझ पर किसी तरह भी विश्वास नहीं कर सकते, तो मैं अपने आप चुप हो रहूँ, यही बेहतर है!' फिर तनिक रुककर कहा, 'आपने तो कहा था कि आप मुझे किसी तरह भी अपना गुलाम नहीं बनाएँगे। पर मैं देखती हूँ, शादी के पहले जो आपने अपने खयालों की आजादी दिखाई थी, वह सब झूठ थी।'

"सूरज उस समय तो हँसकर टाल गया। उसी शाम को उसके लिए एक नई रेशमी साड़ी भी लाया। सविता ने पहले तो प्रसन्नता दिखाई, फिर उसने कहा, 'इस महँगाई में इसकी क्या जरूरत थी?'

" 'तो क्या हो गया?' सूरज ने प्रसन्न होकर कहा, 'पच्चीस जगह उठना-बैठना होता है।'

" 'सविता ने उदास होकर पूछा, 'आप मेरी दिन की बातों का बुरा तो नहीं मान गए?'

"सूरज ने आँखें झुका लीं। तीर नर्म पर जाकर गड़ गया था।

"सविता ने कहा, 'आप मेरी बातों का बुरा न माना कीजिए। मुझे बचपन से ही ऐसे बक-बक करने की आदत पड़ गई है, क्योंकि माँ-बाप तो रहे नहीं, जो तमीज सिखाते। लेकिन एक बात का मैंने पक्का इरादा कर लिया है अब। काम वही करूँगी, जिसमें आप खुश हों। स्त्री के विचार वही होने चाहिए, जो उसके पति के होते हैं। आप मुझे माफ कीजिए!' कहकर वह रो पड़ी।

"सूरज ने स्नेह से उसके आँसू पोंछकर कहा, 'तो रोती क्यों हो? छिः!'

"वह चुप हो गई।

"सूरज ने मुझसे जब ये बातें कहीं, तो मैंने कहा, 'यह है हिंदुस्तानी! इसे कहते हैं हार!'

" 'क्या मतलब?' सूरज ने कहा, 'कैसी हार?'

"एक जंगल का आजाद परिंदा पिंजरे में पड़कर सोच रहा है कि पिंजरा ही जीवन का सबसे बड़ा स्वर्ग है"

" 'हूँ!' सूरज ने मेरी ओर तीक्ष्ण दृष्टि से देखा और कहा, 'अभी अकेले हो न! जब तुम्हारी बारी आएगी, तब देखेंगे!'

"मैंने कोई उत्तर नहीं दिया। बेकार बहस करने से क्या फायदा? मैं चुप हो रहा। पर मुझे ऐसा लगा, जैसे अँधेरे चलते-चलते किसी को यक-ब-यक यह खयाल हो जाए कि उसका कोई पीछा कर रहा है, और धोखे से वार करके उसे मार देने की राह देख रहा है।

सिद्दी ने चंदू की ओर देखा। दोनों इस समय गंभीर थे। कल्ला ने नई सिगरेट जलाकर फिर कहना शुरू किया, "आना-जाना पहले की तरह जारी रहा। तुम जानते हो, आदमी का दिल एक चट्टान की तरह है, जिसकी जड़ को शक की लहरें एक बार काटने में कुछ भी सफल हो जाती हैं तो एक न एक दिन ऐसा आता है, जब पूरी की पूरी चट्टान लुढ़क जाती है।

"कॉलेज में सूरज ने मुझसे कहा, 'यार, आज तो शाम को गोमती में बोटिंग को चलेंगे। वहाँ से फिर सिनेमा। साढ़े चार बजे हमारे घर में ही आ जाना?'

"जब मैं उसके घर पहुँचा, तो सूरज नहीं लौटा था। सविता ने गोल कमरे में ले जाकर मुझे बैठाया और जाकर स्टोव पर चाय के लिए पानी चढ़ा दिया।

"आकर पूछा, 'क्या खाते हैं आप?'

"मैंने कहा, 'सब कुछ खाता हूँ, बशर्ते कि कोई खिलाए!'

"हँस पड़ी वह। बोली, 'खाने की तो ऐसी पड़ी नहीं, पर उनका इंतजार तो करेंगे न?'

"मैंने कुछ नहीं कहा।

" 'आते ही होंगे।' उसने मुस्कराकर कहा, 'वक्त तो हो गया है। क्यों, आज क्या कोई प्रोग्राम है?'

"मैंने कहा, 'जी नहीं, बस शाम को नदी की सैर करने का विचार है। फिर सिनेमा…'

" 'उसने काटकर कहा, 'तो और क्या रात-भर घूमना चाहते हैं?' कहकर वह हँस पड़ी। कहा, 'आप जानते हैं, मैंने कॉलेज छोड़ दिया है।'

" 'जी, ऐसा क्यों?' मुझे सचमुच मालूम नहीं था।

"उसने मुस्कराते हुए उत्तर दिया, 'उनको मेरा कॉलेज जाना पसंद नहीं। कहते थे, बी॰ए॰ तो कर चुकी हो, एम॰ए॰ करके क्या तुम्हें नौकरी करनी है?'

"उसके स्वर में एक तीव्र वेदना थी जो उसके मुस्कराने के प्रयत्न से और भी कठोर प्रतीत हुई। मुझे ऐसा लगा, जैसे खिलौने सामने फैलाकर कोई बच्चे से कह रहा हो, खबरदार, जो हाथ लगाया!

" मैंने विक्षुब्ध होकर कहा, 'आपने सूरज से यह नहीं पूछा कि उनको बी॰ए॰ तक पढ़ने की क्या जरूरत थी?'

" 'अब यह तो आप ही पूछिए! मुझमें तो इतनी ताब नहीं कि बार-बार उलटी-सीधी बातें सुनूँ।'

" मैंने सुना। किंतु मन का कौतूहल फिर भी जगा ही रहा। मैंने पूछा, 'अच्छा, एक बात पूछता हूँ, माफ कीजिएगा, बात जरा कड़ी है। आप कॉलेज में न होतीं, तो सूरज बाबू क्या आपको कभी देख सकते थे? और जब यही नतीजा निकलना था, तो चाचा से कहकर किसी बिलकुल ही पुराने ढंग की लड़की से उन्होंने क्यों नहीं शादी की?'

" मन तो बहुत कुछ बकने का था, लेकिन हठात् चुप हो गया, क्योंकि उसी समय सूरज कमरे में आ दाखिल हुआ। उसका प्रवेश इतना आकस्मिक था कि एक बार हम दोनों ही चौंक उठे। सूरज की तेज आँखों ने इसे देख लिया।

" दूसरे दिन जब मैं सूरज के यहाँ गया, तो बाहर बरामदे में ही ठिठक गया। अंदर से सूरज की आवाज आ रही थी, 'मेरी गैरहाजिरी में अगर कोई भी आए, तो दरवाजा खोलने की तो क्या, जवाब तक देने की जरूरत नहीं है।'

" फिर सविता की आवाज सुनाई पड़ी, 'बहुत अच्छा! आपके चाचा जी आएँ, तब भी!'

" 'उन्हें तो दूर करने की कोशिश करोगी ही! अजी, बाहरी लोगों के लिए कहा है।'

" 'तो मैंने किस-किसको बुलाया है?'

" 'कल वह कौन आया था?'

" 'मैंने बुलाया था कि आपने? मैंने तो उलटे आप पर एहसान किया कि आपके एक दोस्त की नजर में आपको गिरने नहीं दिया!'

" 'मुझे इन एहसानों की जरूरत नहीं!' सूरज का स्वर दृढ़ था, कठोर भी।

" 'आपकी जैसी मर्जी। मुझे किसी से क्या मतलब?'

" मैंने सुना। क्रोध से मेरी आत्मा छटपटा उठी। बाहर ही से लौट आया।

" इसके बाद मैंने उसके घर पर आना-जाना बहुत कम कर दिया। इम्तहान आ गए।" कहकर कल्ला चुप हो गया।

"चुप क्यों हो गए?" चंदू ने चौंककर पूछा।

"सिगरेट! माथे पर बल डालकर पूरी आँखें फाड़ते हुए कल्ला ने कहा, "जरा थक गया हूँ।"

"तो हुजूर, मालिश?"

"नो, थैंक्स!"

सिगरेट जलाकर कल्ला ने कहा, 'मुझे अपनी साइकिल वापिस मिल गई।

जो लड़का मेरी साइकिल पहुँचाने आया...''

सिद्दी ने काटकर पूछा, ''इसी बीच में साइकिल कहाँ से आ गई?''

''यार, कोई मैं गढ़-गढ़कर तो सुना नहीं रहा। अब जैसे-जैसे याद आता जाएगा, मैं तुम्हें सुनाता जाऊँगा। कोई सबक तो मैं आपको सुना नहीं रहा हूँ।'' कल्ला बिगड़कर बोल उठा।

''अच्छा, अच्छा!'' चंदू ने बीच में पड़ते हुए कहा, ''तो साइकिल वाला लड़का?''

''हाँ,'' कल्ला ने कहा, ''उसके हाथ में एक खत था। खोलकर पढ़ा—

'प्रिय भाई,

अब हम गाँव जा रहे हैं। आपकी साइकिल वापस भेज रही हूँ। धन्यवाद!

आपकी

सविता!'

'' साइकिल उठाकर धर ली। मुझे मालूम हुआ कि साइकिल ही इस विद्वेष की जड़ थी।

'' मेरे एक दोस्त थे। साइकिलों की चोरी करना ही उनका रोजगार था। एक बार वे कानुपर से एक साइकिल चुराकर लाए। बोले, 'बहुत दिन से सस्ती साइकिल माँगा करते थे। अब ले लो!' मैंने कहा—'वाह, यार! गोया हम मर्द न हुए, औरत हो गए, जो आप जनानी साइकिल लाकर एहसान जता रहे हैं! माँगी थी पतलून, लाए हैं साड़ी!'

''बोले, 'भई, दिक न करो! हमें कुछ नहीं चाहिए, सिर्फ पंद्रह रुपए दे दो! फिर मामला तय होता रहेगा।'

'' 'चंद्रकांत की भाभी आने वाली थी।' उसने कहा, 'अबे, भाभी के काम आ जाएगी। ले ले!'

'' एक दिन कॉलेज में सविता मिली। बात चलने पर उसने कहा, 'देखिए, घर हमारा है बहुत दूर। पैदल आते-आते दिवाला निकल जाता है।'

'' मैंने कहा, 'आपको साइकिल तो दे सकता हूँ, पर कुछ ही दिन के लिए।'

'' सविता प्रसन्न हुई।

'' अब वह साइकिल पर बैठकर कॉलेज जाने लगी।

'' एक दिन सविता ने मुझे कॉलेज में रोक लिया। पैर में पट्टी बँधी थी। लँगड़ा-लँगड़ाकर चल रही थी।

'' मैंने कहा, 'क्या हुआ?'

'' 'चोट लग गई।'

'' 'तो अब तो ठीक है?'

'' 'हाँ, एक तकलीफ दूँगी।'

'' मैंने कहा, 'फरमाइए?'

“ ‘एक ताँगा ला दीजिए!’

“ ‘क्यों, साइकिल क्या हुई?’

“ ‘वह मैं वापस कर दूँगी।’

“ ‘क्यों?’

“ ‘कल वे आए थे हमारे घर। मैं लौटकर आई, तो भैया ने कहा, ‘सविता, यह साइकिल तू कहाँ से ले आई?’ मैंने बताया। भैया ने कहा, ‘सूरज को मालूम है?’ मैंने कहा, ‘उनसे तो कभी मिलती नहीं।’ भैया ने कहा, ‘आज सूरज आया था, कहता था, चाचा आए थे। उन्होंने सविता को साइकिल पर बैठे देखा था।’

“ मैं सुनता रहा। सविता सुनाती रही, ‘चाचा ने बहुत बुरा माना था। भला कोई बात है कि घर की बहू-बेटियाँ साइकिलों पर घूमा करें!’ भैया ने कहा, ‘सूरज बाबू कह गए हैं कि सविता को साइकिल पर जाने से तो रोक ही दें।’ मैंने भैया से कहा, ‘आपने कहा नहीं कि कॉलेज दूर है?’ ‘कहा था,’ भैया ने कहा, ‘पर सूरज ने कहा कि यदि यह बात है, तो पढ़ाई की ही ऐसी क्या जरूरत है?’ मुझे बहुत बुरा लगा। मैंने कहा, ‘मैं तो साइकिल पर जरूर चढ़ूँगी।’ तब भैया ने कहा, ‘देखो, सविता, अब तुम बच्ची नहीं हो। शादी के बाद तुम्हें अपनी आँखें खोलकर चलना चाहिए! यह बचपन अब काम नहीं देगा।’ कहकर सविता चुप हो गई। फिर कहा—‘भिजवा दूँगी आपकी साइकिल!’

“ मैंने कहा, ‘सुना है, आपका…’

“ ‘जी हाँ!’ उसने लाज से सिर झुकाकर कहा।

“ मेरा इशारा उसके गौने की ओर था। वह ताँगे में चली गई।

“ पत्र हाथ में लेकर मैंने सोचा, अब वे गाँव में होंगे। साइकिल लाने वाला लड़का खत देने के कई दिन बाद आया था। उसकी मेहरबानी थी, कोई नौकर थोड़े था वह।

“ एक-एक कर चित्र मेरी आँखों में घूमने लगे। यही थी सविता की सूरज के प्रति उपेक्षा। उसकी आदतों की वास्तविकता देखकर धीरे-धीरे उसका मन भीतर ही भीतर कुढ़ता जा रहा था।

“ किंतु यौवन फिर भी प्यासा होता है। समाज के जिस बंधन को हम विवाह कहते हैं, उसका कार्य-कारण रूप चाहे कैसा ही कठोर, वास्तविक, आवश्यक क्यों न हो, किंतु उनकी पृष्ठभूमि में मनुष्य-जीवन का वही संचित व्याकुल मोह है।

“ मैं नहीं जानता कि यह कहते हुए मैं कहाँ तक ठीक हूँ कि मनुष्य के समस्त अन्वेषण, उसकी कला, उसके विज्ञान, युद्ध और जो कुछ भी उसकी हलचल है, उसके मूल में वही एक हाहाकार करती तृष्णा है, जिसे वह संवेदना, सहानुभूति और प्रेम की मृगतृष्णा समझ रहा है।

“ सविता का जीवन उस तलवार की तरह था, जिसकी धार को कोई कायर

योद्धा पत्थर पर मारकर तोड़ देना चाहता हो। उसमें इतना साहस नहीं है, जो वह उसे उठाकर उससे समाज की घृणित व्यवस्थाओं पर चोट करे और उसके खून से उसकी धार चमका दे।

" सविता की बहन कभी-कभी जब कॉलेज में मिलती, तो पूछती कि मुझे दीदी की कोई खबर मिली? मैं कह देता कि जब उसे ही कोई खबर नहीं मिली, तो भला मुझे कैसे कुछ ज्ञात हो?

" अविश्वास की जिस तेज छुरी से सूरज के भय ने सारे संबंधों को जड़ से काटना शुरू किया, वही उसके सुख को काट-काटकर लहूलुहान करने लगी। मैं बहुधा सोचता कि क्या उसका जीवन अब सुधर गया होगा?

" इसके बाद एक शाम को मैं इलाहाबाद में गंगा के किनारे टहल रहा था। सूरज डूब रहा था। लाल-लाल किरणें पानी पर उतरकर ललाई फैला रही थीं। हवा में कुछ नमी आ गई थी।

" एकाएक किसी ने आवाज दी, 'मिस्टर कल्ला!'

" मैं एकदम चौंक गया। सोचा, यहाँ कौन कमबख्त आ टपका? जान-पहचान वालों से मैं उतना ही चकराता हूँ, जितना सड़क पर बदतमीजी से भागती हुई भैंस को देखकर। मुड़कर देखा, आँखों को विश्वास नहीं हुआ। सोच सकते हो, कौन था वह? "

सिद्दी और चंदू ने सवालिया जुमला बनी भौंहों को उठा दिया।

"था कौन? वह सविता थी!"

"सविता?" दोनों ने आश्चर्य से कहा।

"जनाब! वह सविता ही थी।" कल्ला ने खाँसकर कहा, " देखकर मेरी आँखें फैलकर रह गईं। वह अकेली थी, उसके शरीर पर सादी साड़ी और एक ब्लाउज था। माँग में सिंदूर नहीं था। माथे पर बिंदी जरूर थी। हाथों में चूड़ियाँ भी थीं। समझ में नहीं आया कि उस फैशन की पुतली में यह सादगी कैसे आ गई?

" मेरे मुँह से सहसा निकला, 'सविता देवी! आप यहाँ? अकेली?'

" वह हँस दी। कहा, 'क्यों, आप इलाहाबाद कब आए?'

" 'जी, मैं तो कल ही रिसर्च के सिलसिले में आया हूँ।'

" 'सामान कहाँ पड़ा है?'

" 'होटल में।'

" 'मेरे यहाँ ठहरने में आपको कोई एतराज तो न होगा?'

" मैंने कहा, 'आप कहाँ ठहरी हैं?'

" 'मैंने तो यहीं रहती हूँ।'

" इसके बाद हम लोग थोड़ी देर तक टहलते रहे। कुछ रिसर्च के बारे में बातें हुईं, मुझे विस्मय हुआ उसकी जानकारी की बातें सुनकर। पहले तो उसने कहा कि

उसका वह विषय नहीं है और उस पर बात करना उसके लिए एक अनधिकार चेष्टा है। पर सच कहता हूँ, उसकी बातें सुनकर मेरी रूह काँप गई। मैं अपने खास विषय पर उस सफाई से बात नहीं कर सकता, जिस पर सविता सिर्फ अनधिकार चेष्टा मात्र कर रही थी। फिर सोचा, अच्छा ही है कि सविता का यह विषय ही नहीं, वरना मुझे सात जन्म में भी डॉक्टर बनना नसीब नहीं होता।

" अँधियारी घिरने लगी। सविता ने कहा, 'तो चलिए, अब आपके होटल चलें, वहाँ से आपका सामान लेकर चलेंगे।'

" मैंने कहा, 'कहाँ चलिएगा?'

" 'घर,' उसने हँसकर कहा, 'हँसिए नहीं। कुल एक कमरा है। उसे घर कह लीजिए, बँगला कह लीजिए, मेरे लिए काफी है। छोटी बहन को लिखा था आने को, लिखा है उसने कि एक हफ्ते के भीतर ही आ जाएगी। मैंने तो भैया से भी कहा था कि प्रैक्टिस-प्रैक्टिस का खब्त छोड़ दें और आकर यहीं कोई नौकरी कर लें। चलिए न!'

" मैं लाचार हो गया। हम लोग चलने लगे।

" सविता ने कहा, 'एक वक्त था, जब घर की हालत बहुत अच्छी थी। मगर अब हालत ठीक नहीं रही।'

" मैं सोच में पड़ गया। पारिवारिक जीवन की जो झंझटें अधेड़ औरतों को हुआ करती हैं, वे आज सविता को खाए जा रही थीं। कल वह एक लड़की थी। लजाया करती थी। आज उसकी बातों में एक बुजुर्गी थी, एक स्थिरता थी।

" जब हम होटल पहुँचे, तो काफी ठंडी हवा चलने लगी थी। आसमान में कुछ बादल भी इकट्ठे होने लगे थे। एक ताँगे में सामान रखा। हम दोनों बैठ गए। सविता ने घर का रास्ता ताँगे वाले को समझा दिया और फिर मुझसे बातें करने लगी। अबकी उसने मेरे विवाह के पहलू पर बात शुरू कर दी।

" उसकी बातों में कोई सिलसिला नहीं था। उसके मन में जैसे इतना कौतूहल था, इतनी संवेदना थी कि वह मेरे विषय में सब कुछ जान लेना चाहती थी।

" घर पहुँचकर उसने बत्ती जला दी और खाने का इंतजाम करने लगी। चूल्हे पर कुछ चढ़ाकर जब वह बाहर आई, तो उसमें और हिंदुस्तानी घरों की औरतों में कोई फर्क न था। कल वह शायद इन औरतों से नफरत करती थी।

" मैं बैठा-बैठा सिगरेट पीता रहा। सविता ने कहा, 'कहाँ सोइएगा? बरामदा तो है नहीं। छत पर तो शायद रात को आप भीग जाएँगे।'

" 'आप क्या कमरे में ही सोती हैं?'

" 'जी नहीं, जब गर्मी होती है तो ऊपर सो रहती हूँ। चटाई बिछाई और बिस्तर लगा दिया।' फिर रुककर बोली, 'सच, आपसे मिलने की बड़ी इच्छा थी। आप ही तो हमदर्द थे मेरे उस जीवन में, जिससे सब घृणा करते थे, और वह सच्च

विश्वास सबकी आँखों में व्यभिचार का पाप बनकर खटका करता था। अरे···मैं तो भूल ही गई। कहीं दाल उफन न गई हो।'

"फिर वह उस छोटी-सी रसोई में घुस गई। मैं कुछ-कुछ समझने लगा।

"उसके बाद जब वह लौटी, तो मेरे सामने थाली धर दी। फिर अपने लिए खाने का सामान लगा लाई।

"हम दोनों खाने लगे।

"खाते-खाते हठात् उसने पूछा, 'कैसा खाना बनाती हूँ?'

"मैंने कहा, 'अच्छा तो है।'

"धीरे से उसने कहा, 'वे लोग कहते थे कि मैं खाना बनाना भी नहीं जानती हूँ!'

"वह 'हूँ' मेरे कानों में सूई की तरह चुभ गई।

"मैंने कहा, 'कौन कहते थे?'

" 'वे कहते थे,' उसने कहा, 'मैं तो मेम हूँ। बेवकूफ! वे क्या जानें कि मेम भी अपने कायदे से अपना खाना बनाना जानती हैं। फिर क्या खाना अच्छा बनाना औरतों के लिए जरूरी है?'

"मेरे मुँह से निकला, 'फिलहाल तो है ही। वैसे बना लेना काफी है। उस्ताद तो खाना बनाने में औरत कभी नहीं रही। पाक तो दो ही प्रसिद्ध हैं—भीम-पाक और नल-पाक और दोनों ही पुरुष थे।'

"वह जोर से हँसी। उसने कहा, 'वहाँ नौकरानी थी, पर काम तो बहू ही करेगी। करने को तो मना नहीं किया मैंने। पर कोई तुल जाए कि मेरा बनाया उसे पसंद ही नहीं आएगा, तो कोई कितना भी अच्छा बनाए, क्या नतीजा निकलेगा? बस, वही हुआ, जो होना था।'

"हम लोग खा चुके थे। छत पर चटाई बिछाकर बैठ गए। मैंने अपनी सिगरेट जला ली।

"मतवाली हवा थी। सिर पर पीपल खड़खड़ा रहा था। हम दोनों उस अँधेरे में पास-पास बैठे थे।

"सविता ने कहा, 'अच्छा, सच बताइए, आपको यह सब देखकर कुछ ताज्जुब नहीं हुआ?'

"मैंने कहा, 'नहीं।'

"वह कुछ देर मुझे घूरकर देखती रही। फिर कहा, 'यह अँधेरी रात, यह सनसनाती हवा और मैं किसी दूसरे की पत्नी! ताज्जुब नहीं होता तुम्हें, कल्लाजी? सोचते नहीं कुछ मेरे बारे में?'

"वह हँसी। फिर गंभीर हो गई। कठोर स्वर में कहा, 'विश्वास नहीं कर सको तो न करना। किंतु यदि घृणा ही तुम्हारे आश्वासनों का एकमात्र आधार है, तो भी

मैं तुमसे घृणा नहीं कर सकूँगी।'

"मैंने रोककर कहा, 'सविता देवी!'

"सविता का बाँध टूट गया। आँखों में आँसू छलक आए, जिन्हें उसने मुँह मोड़कर शीघ्रता से पोंछ लिया। जब उसने मेरी ओर देखा, तो हँस रही थी, जैसे कुछ हुआ ही नहीं।

"सविता ने कहा, 'एक दिन हम दोनों रात को बैठे बातें कर रहे थे। उन्होंने कहा, सविता, अब तो परीक्षा भी हो गई। तुम्हारा क्या विचार है? गाँव चला जाए तो कैसा रहे? मैं नहीं जानती, उन्होंने क्या सोचकर यह प्रस्ताव किया। गाँव तो दूर न था, किंतु मैं गाँव जाने का नाम सुनकर ही डर-सी गई। न जाने मेरी आत्मा में एक अनजान यातना की भावना कैसे भर गई? किंतु मैंने कहा, चलिए, मुझे कोई उज्र नहीं।

" 'तीसरे दिन हम चल पड़े। मैंने एक बसंती रंग की रेशमी साड़ी पहन रखी थी, पैरों में ऊँची एड़ियों की सैंडल थीं। बस और कोई खास बात न थी।

" 'हमने इक्का कर लिया। इक्के वाले ने मुझे घूरकर देखा। उनसे पूछा, 'सरकार, कहाँ चलूँ?'

" 'उन्होंने पता बताया। उसी गाँव का इक्के वाला भी था। फौरन उन्हें पहचान गया, फिर उसने एक बार दबी नजरों से मेरी तरफ मुड़कर देखा और मुस्कराकर अपनी तरफ की बोली में कहा, सरकार को पढ़ाई तो खतम हो गई?

" 'उन्होंने कहा, हाँ।

" 'इसके बाद वे कुछ चिंता में पड़ गए। उनके मुख पर स्पष्ट ही कुछ व्याकुलता के चिह्न थे। मैंने अंग्रेजी में पूछा, आप इतने परेशान क्यों हैं?

" 'उन्होंने मेरी ओर देखकर एक लंबी साँस ली। शायद एक बार पूरे शरीर में एक कँपकँपी-सी दौड़ गई। उन्होंने बहुत धीरे से अंग्रेजी में ही उत्तर दिया, मैंने गलती की कि तुम्हें यहाँ इस तरह ले आया। अब भगवान् के लिए कम से कम कुछ तो शरम करो! सिर तो ढक लो।

" 'मैं मन ही मन बहुत विक्षुब्ध हुई। मैंने भला कब मना किया था। किंतु शहर में तो इन्हें यह सब बुरा नहीं लगता। गाँव की तरफ पैर उठाते ही क्यों कुछ से कुछ होने लगे? जैसे मैं कोई अंग्रेज थी कि मुझे हिंदुस्तान में शरम करने की रीति भी नहीं मालूम थी। शरम का विचार भी कैसा अजीब लगता है। मदरासी औरतें कभी सिर नहीं ढकतीं तो क्या वे सब बेशरम हैं?

" 'खैर, एक सिर क्या, मेरे दस सिर होते तो भी मैं उन्हें ढक लेती। एक दिन में तो किसी देश के रीति-रिवाज, अच्छे हों या बुरे हों, कभी बदल नहीं जाते।

" 'इक्का बढ़ा जा रहा था। उस राह के दचके याद आते ही अब भी कमर में दर्द होने लगता है। पहली बार मुझे मालूम हुआ कि गाँव की जिंदगी कितनी कठिन है।

'' 'उसके बाद हम लोगों ने बैलगाड़ी पकड़ी। जैसे-जैसे गाँव पास आता जाता था, उनका चेहरा फक पड़ता जा रहा था। लगता था, जैसे उन्हें मुझ पर असीम क्रोध आ रहा हो। मेरा मुँह खुला ही था। यह मुझे वास्तव में बहुत ही घृणित मालूम दिया कि मुँह पर मैं एक लंबा-सा घूँघट खींच लूँ और फिर उनकी एड़ियों पर नजर गड़ाए चलूँ।

'' 'रास्ते में जो भी गाँव वाले मिलते, हमें खुली बैलगाड़ी में बैठ आपस में एक-दूसरे की ओर देखकर वे मुस्कराते। वे यह सब देखते और जल-भुनकर खाक हो जाते। किंतु करते क्या? एक बार तो मुझे लगा, जैसे अब एक चाँटा पड़ने ही वाला है। लेकिन मुझे स्वयं उनके ऊपर अचरज हुआ। यह आदमी, जो शहर में क्या-क्या रंग नहीं दिखाता, यहाँ बिलकुल ही फक पड़ता जा रहा है? गाँव के बहुत-से छोटे-छोटे लड़के और लड़कियाँ हमें देखकर कौतूहल से इकट्ठे हो गए। मैंने उनकी बातों को सुना। वे आपस में कह रहे थे—छोटे मालिक शहर से पतुरिया लाए हैं। आज कोठी में नाच होगा'''।

'' 'उनके आनंद की सीमा न रही। उनके जीवन का यह भी एक बड़ा स्वर्ग है कि मालिक के घर रंडी नाचेगी और वे देख सकेंगे। मेरे मन में तो आया कि धरती फट जाए और मैं समा जाऊँ। वह घृणित शब्द 'पतुरिया' मेरे हृदय पर हथौड़े की-सी भयानक चोट कर उठा। आज उन अज्ञानी, देहाती अनपढ़ बच्चों ने उस संस्कृति का पर्दा फाड़कर रख दिया था, जो उनके मालिक ने उन्हें दी थी।

'' 'मैंने देखा, वे चुप बैठे थे, जैसे यह मोम की एक पुतली मात्र है। मेरी आँखों में आँसू उबल रहे थे, जिन्हें मैं जबरन अपने होंठ काटकर रोक रही थी और बच्चों की खुशी का वह कठोर शब्द 'पतुरिया' मेरे सारे जीवन के संचित पुण्य और अभिलाषाओं के साथ एक भीषण बलात्कार कर रहा था।

'' 'शहर में कोई यदि मुझसे यही बातें कहता, तो मैं उसकी आँखें नोच लेती। किंतु वहाँ मैं कुछ भी नहीं कर सकी। वास्तव में यह सोलहवीं सदी के स्थिर अंधकार का बीसवीं सदी की चलती किरण पर हमला था।

'' 'दिन-भर मुझे लंबा घूँघट खींचकर रहना पड़ता था। किंतु मैंने कभी कुछ नहीं कहा।

'' 'घर में उनकी चाची, उनकी बुआ, बुआ की बहन की लड़कियाँ और एक बूढ़ी मामी थीं। उन बूढ़ियों को जैसे एक नया शिकार मिल गया था।

'' 'जब कभी वे मुझे मिलते, मैं कहती, शहर चलिए! यहाँ तो मन नहीं लगता। तो वे कहते, कुछ दिन तो रहना ही होगा। सदा तो यहाँ रहना नहीं। फिर इतनी घबराती क्यों हो? थोड़े दिन ऐसे ही रह लो!

'' 'गाँव में अँधेरा हुआ नहीं कि बस ब्लैक आउट हो गया। जहाँ लोग पढ़ना-लिखना नहीं जानते, जहाँ लोग दिन में इतनी कड़ी शारीरिक मेहनत करते हैं

कि रात को कोशिश करके भी नहीं जाग सकते, वहाँ रोशनी जले भी तो किसलिए? वहाँ तो बस आदमी ने प्रकृति से इतना संघर्ष किया है कि सिर पर एक छप्पर छा लिया है, और कुछ नहीं।

" 'घर की बगल में अपना ही एक छोटा मकान था। उसमें उन्होंने लगभग तीन-चार साल पहले एक पुस्तकालय खोला था। उसमें सैकड़ों पुराने उपन्यास भरे हुए थे। दैनिक पत्र भी आता था।

" 'सुबह चाची जी मुझे सबके उठने से पहले उठा देतीं। मैं तब झाड़ू-वाड़ू लगा देती, ताकि जब लोग उठें, तो मुझे उनके सामने यह काम करने की नौबत न आए। फिर मैं खाना बनाने में जुट जाती थी। सबको खिलाते-पिलाते प्रायः तीन बज जाते। फिर शाम को खाना बनाने की तैयारी होती। रात को जब सब खा चुकते, तब प्रायः नौ बज जाते। उसके बाद पैर दबाने की रस्म के लिए तैयार रहना पड़ता। जितनी स्त्रियाँ थीं, सभी के पैर दबाने पड़ते। आप ही बताइए, किसके पैर में दर्द नहीं होगा जब कोई आदमी पैर दाबने को खुद-ब-खुद पहुँच जाए?

" 'साढ़े ग्यारह बजे रात को मैं एक दिन उपन्यास लेकर, लालटेन जला छत पर बैठ गई। दूसरे ही दिन चाची ने कहा, बहू, तुम रात तक पढ़ती हो। लोग-बाग कहते हैं कि सिर खोले ही बहू छत पर बैठती है। यह तो भले आदमियों के घर के कायदे नहीं! रात को देर तक पढ़ोगी, तो सुबह उठने में भी देर हो जाया करेगी।

" 'मैं खून का घूँट पीकर रह गई।

" 'रात को मेरा बिस्तर भी उसी छत पर लगाया जाता था, जिस पर और औरतें सोया करती थीं। यह मैं मानती हूँ कि कभी-कभी मैं पढ़ने के कारण देर तक जागती रहती और उठने में देर हो जाती। कभी-कभी रात को मैं इतनी थक जाती कि फिर किसी के पैर-वैर दबाने नहीं जाती। इस पर एक हंगामा उठ खड़ा होता—बहू क्या हुई, आफत का परकाला हो गई। भला कोई बात है? यह कायदा है?

" 'मैंने अब इधर-उधर ध्यान देना छोड़ दिया। रात को पढ़ने के बाद इतनी थकावट आ जाती कि जाकर बिस्तर पर एकदम बेहोश हो जाती और किसी बात का ध्यान ही नहीं रहता। जब दो-चार दिन ऐसे ही बीत गए, तो अचानक एक रात उनके सिर में दर्द होने लगा। मैं मरहम लेकर गई। किंतु यह दर्द कैसा था, वह मुझसे छिपा नहीं रहा। दर्द की भी कोई हद होती है। रोज रात हुई नहीं कि उनका दर्द शुरू हो गया और मुझे उसी तरह वहीं रह जाना पड़ता। हम दोनों को दूसरी छत पास होने के कारण कोई स्वतंत्रता नहीं थी।

" 'डॉक्टर कहते हैं, इंसान को जवनी में कम से कम छह घंटे सोना चाहिए। किंतु मेरी रात तीन घंटे की हो गई थी। उस थकान के कारण मुझमें एक प्रकार का चिड़चिड़ापन पैदा हो गया।

" 'एक रात उन्होंने कहा, तो तुम पढ़ती क्यों हो?

'' 'मैंने कोई उत्तर नहीं दिया।

'' 'उन्होंने कहा, भारतीय नारी सहनशक्ति की एक प्रतिमूर्ति समझी जाती है।

'' 'मैंने ऐसी रटी हुई बहुत-सी बातें सुनी थीं। कहा, आप मुझे शहर में ही रखें तो अच्छा हो!

'' 'उन्होंने देर तक सोचा। फिर कहा, शहर तो चलना ही है। लेकिन जिस गाँव के कारण शहर है, उसमें भी तो रहना होगा।

'' 'मैं फिर चुप हो गई। देर के बाद मैंने कहा, आप बुरा न मानें, तो एक बात कहूँ?

'' 'उन्होंने कहा, कहो!

'' 'मैंने कहा, गाँव की यह जिंदगी आपको जैसी भी लगे, मुझे तो अच्छी नहीं लगती। इससे तो यह अच्छा हो कि आप अपने पैरों पर खड़े होकर कमाएँ, खुद खाएँ और मुझे भी खिलाएँ। गरीबों का खून चूसकर, अपने स्वार्थों को कायम रखने के लिए उन्हें धोखा देकर, अपने जीवन का आदर्श खो देना मुझे तो अच्छा नहीं लगता!

'' 'वे चौंक उठे। उन्होंने कहा, तुम्हारी हर बात में कुछ नफरत है। प्रत्येक स्त्री तकलीफों के होते भी अपने पति से अवश्य मिलना चाहती है। तुम हो कि किस्से-कहानियाँ पढ़कर सो जाती हो। तुम्हें कभी मेरी चिंता भी नहीं हुई। इसी से सिर दर्द के बहाने तुम्हें बुलाना पड़ता है। फिर एक लंबी साँस खींचकर कहा, तुम्हें न जाने क्या हो गया है?

'' 'मुझे हँसी आ गई। मैंने मजाक में कहा, आपसे नफरत भी करूँगी तो क्या हो जाएगा? आप फिर मेरे पति न रहकर कुछ और हो जाएँगे क्या?

'' 'उन्होंने मुझे घूरकर देखा और कहा, तो तुम समझती हो कि तुम फँस गई हो। अर्थात् तुम मुझे प्यार नहीं करतीं?

'' 'मैं बड़े चक्कर में पड़ी। किसी से कोई कैसे कहे, मैं तुम्हें प्यार करता हूँ? सच, मेरा तो मुँह नहीं खुलता। एकदम बड़ी लाज-सी मालूम देती है। मैंने कोई उत्तर न देकर एकदम चुप्पी साध ली। उन्हें जमींदारी की शान के विरुद्ध कही हुई बात अच्छी नहीं लगी। कहने लगे, खानदान की इज्जत को कायम रखना पहला फर्ज है, सविता!

'' 'मैंने कहा, लेकिन अब तो सवाल ही दूसरा है। कल तक आप दूसरों को पिटवाने में अपनी शान समझते थे, आज वह बर्बरता बढ़ गई है। आप स्वतंत्रता के आदर्श को लेकर चले थे और यहाँ रीति-रिवाजों की खूनी धारा में सब कुछ बहाते चले जा रहे हैं। खानदान की इज्जत क्या इसी में है कि आप इसी तरह बेकार पड़े रहें, दूसरों के पसीने की कमाई खाया करें? क्या आप जिन रस्मों को खानदान की इज्जत कह पाल रहे हैं, आप उसी गँवारपन में विश्वास करते हैं?

'' 'वे घूरते रहे। कहा, तुम्हारी बातें कैसी रटी हुई-सी लगती हैं। यहाँ कोई डिबेट हो रहा है क्या?

'' 'मैंने कहा, आप इतनी बड़ी बात को हँसकर टाल रहे हैं? आप में मुझे यकीन हो गया है, साहस की कमी है।

'' 'उन्होंने कहा, धीरे-धीरे बात करो, सविता! कोई सुन लेगा।

'' 'मुझे बहुत ही बुरा लगा।

'' 'उन्होंने कहा, अच्छा मान लो, तुम्हारे पीछे सबको छोड़ दूँ।

'' 'मैंने कहा, ऐसा आप सपने में भी खयाल न करें। अगर आपने ऐसा सोचा है, तो आपने बड़ी भारी गलती की है। मैं अपने लिए नहीं कहती। मैं उस विचार-स्वातंत्र्य और आदर्श का विचार करके कहती हूँ, जिसके आप पहले स्वयं कायल थे। घर छोड़ने को तो मैंने नहीं कहा। मैंने सिर्फ कहा कि पुराने ढर्रे की झूठी रस्मों को छोड़कर हम और आप वही करें, जो आज तक कहा है।

'' 'उन्होंने कहा, ऐसा नहीं हो सकता सविता! भले ही तुम आदर्शों की दुहाई दिए जाओ, लेकिन जो कुछ होगा, उसे देखकर लोग समझेंगे कि एक औरत की बातें सुनकर घर छोड़ चला गया कपूत! और यह मैं कभी बर्दाश्त नहीं कर सकूँगा?

'' 'एक बार मेरा रक्त क्रोध से खौल उठा। कितना भारी कायर था वह व्यक्ति, जो अपने जीवन के सारे झूठ का सहारा ले अपनी प्यास बुझाने के लिए मुझसे प्रेम की आड़ में विलास चाह रहा था।

'' 'सुबह की सफेद झलमलाहट पर मुर्गे की गूँजती हुई बाँग सुनाई दी। मैं उठ गई, क्योंकि मेरे झाड़ू लगाने की बेला आ गई थी।

'' 'मैंने एक बार करुण आँखों से उनकी ओर देखा, किंतु वे झपकी ले रहे थे।

'' 'मैं उठ गई। वे सो गए।

'' 'उन दिन मेरा शरीर थकान से चूर-चूर हो रहा था। काम तो करना ही था। यदि किसी से कहती कि मैं सोना चाहती हूँ, रात को सो नहीं सकी, तो जो सुनता वही मुझे निर्लज्ज समझता! लज्जा और संकोच ने मेरी जीभ को तालू से सटा दिया और मैं बराबर काम करती रही।

'' 'दोपहर को जब मैं कमरे में बैठी थी, मुंशीजी पुस्तकालय बंद कर चाभी देने भीतर आए। उस समय वहाँ कोई और नहीं था। मुंशीजी मुझे देखकर ऐसे घबरा गए, जैसे कमरे में कोई साँप पड़ा हो। मैंने कहा, चाभी मुझे दे जाइए, और कल का अखबार आपने क्यों नहीं भेजा?

'' 'मुंशीजी ने लजाते हुए सिर नीचे करके जवाब दिया, भिजवा दूँगा।

'' 'वे चले गए। इसी समय मैंने उनकी बुआ की बहन की बेटी का कर्कश स्वर सुना—आय-हाय! देखो तो, कैसी लपर-लपर जीभ चला रही है! जरा भी तो

हया-शर्म हो!

" 'मैं एकाएक काँप उठी। उत्तर दिया बूढ़ी मामी ने, अच्छा किया दुल्हन, बहुत अच्छा किया! मुंशीजी को देखकर तेरी चाची या सास तक घूँघट खींचकर चुप हो जाती हैं। एक नहीं, उनके अनेक बच्चे हो चुके हैं। तेरे एक-आध तो हो जाता।

" 'एक तीसरी आवाज सुनाई दी, अजी हटो, मामीजी! कोई बात है। उलटे मुंशीजी शरमा रहे थे और दुल्हन रानी हैं कि मुँह तक नहीं ढका गया। छिः! यह भी कोई बात है?

" 'बुआ की भांजी ने कहा, पढ़ी-लिखी हैं जी! तुम तो हो गँवार! शहरों का यही रिवाज है। पराए मर्द से जब तक हँस-हँसकर बातें कर न ले, तब तक खाना कैसे हजम हो? जाने बेचारी कितने दिन के बाद आज यह मौका पा सकी है।

" 'इसी समय चाची आईं। उन्होंने भी सुना। तुरंत आ गईं मेरे कमरे में। हाथ मटकाकर कहा, हाय, दुल्हन, यह तूने क्या किया? झाड़ू न लगी, न सही, पैर न दबाए तूने बड़ी-बूढ़ियों के, तेरी बात तेरे ईमान पर! हमने कभी तुझे कुछ कहा हो, तो हमारी जबान में कीड़े पड़ जाएँ! मगर यह क्या है कि पढ़ाई-लिखाई ने तेरी चुटिया के नीचे से अकल ही साफ कर दी?

" 'वे क्रोध से हाँफ रही थीं। मैं चुप बैठी रही, जैसे मैं जीवित नहीं। मुझे मालूम हो रहा था कि जो कीड़े मेरी नसों में खून बनकर भाग रहे थे, वे अब धीरे-धीरे जमने लगे थे, मरने लगे थे, और अब वे सब मर जाएँगे, और उन्हीं के साथ मैं भी मर जाऊँगी। मेरे मुख पर पीलापन छा गया। हाथ-पाँव काँपने लगे। उस कठोर लांछन से मुझे प्रतीत हुआ कि वास्तव में अब जिंदा तो हूँ ही नहीं, लेकिन ये लोग हैं कि मेरी लाश पर थूकने से भी बाज नहीं आते।

" 'चाची ने फिर कहा, मामीजी, दुहाई है तुम्हें! इस घर में आज तक कभी ऐसा नहीं हुआ! आज तक किसी ने इस घर की औरतों की शक्ल देखना तो क्या, यह भी नहीं जाना कि उनकी आवाज कैसी है। क्या कहेंगे गाँव के लोग सुनकर? जब जमींदार के घर ही से धर्म उठ जाएगा, तब लोगों के घर में क्या रहेगा? हमने सोचा था, अभी लड़की है, सब ठीक हो जाएगा। लेकिन मामीजी, जिसके मुँह खून लगा हो, उसकी पानी से प्यास बुझेगी?

" 'मैं जोर से रो उठी। मैंने चिल्लाकर कहा, किसका खून लगा है मेरे मुँह? किस काम से इनकार किया है मैंने, जो आप मुझ पर दोष लगा रही हैं?

" 'ओ हो! चाची चिल्ला उठी, दुल्हन रानी पर दोष लगा दिया मैंने! दुश्मन तो मैं हूँ ही! इसी से दुश्मनी निकालने के लिए ही तो मैंने सूरज की माँ के मरने पर उसे पाल-पोसकर इतना बड़ा किया था!

" 'मामीजी ने डाँटकर मुझसे कहा, अरी, बेहया! क्या करूँ, समझ में नहीं आता! जमाना बदल गया है, वरना पुराने वक्तों में इतनी बात कहने पर सारे दाँत

झाड़ दिए जाते। मर्द नहीं रहे बेटी, वरना मजाल है कि औरत 'आ' से 'ऊ' कर जाए?

" 'बुआ ने कहा, सूरज ने सिर चढ़ाया है इसे। जूती सिर पर धरेगा, तो धूल लगेगी ही। हम तो जानते ही थे शहर की लड़कियों के गुन। क्या किसी से छिपे हैं? देखो न उस लछमन को! जात का नीच ही है, मगर राजी नहीं हुआ कि शहर की लड़की आ जाए उसके घर में बहू बनकर। अरे, जो नीच जातों ने नहीं किया, वह तुमने किया! मेरे राम, इस घर को अब क्यों भूलते जा रहे हो?

" 'और सचमुच शाम तक खबर गाँव-भर में फैल गई। मैं कमरे में छिपकर बैठी रही। समझ में नहीं आता था कि क्या करूँ? खाना बनाने गई तो मुझे सबने लौटा दिया यह कहकर कि जा, हमें आबरू बेचकर सुख नहीं भोगने हैं!

" 'मैं लौट आई। चारों ओर अँधेरा ही अँधेरा नजर आता था। एक ही आशा थी कि कम से कम वे तो मुझे अपराधी न समझेंगे। कम से कम वे तो मेरी रक्षा करेंगे?

" 'दिन बीत चला। मेरी किसी ने सुधि तक नहीं ली। किसी ने खाने तक को नहीं पूछा।

" 'रात को जब वे आए, तो शिकायतों का ढेर लग गया। ईंटों की बनी वे दीवारें शायद नहीं रहीं, क्योंकि बातों के तीर उन्हें छेद-छेदकर मेरे अंतस्तल में बार-बार गड़ने लगे। और मुझे दर्द से चिल्लाने का तो क्या, कराहने तक का अधिकार नहीं था।

" 'चाची ने कहा, सूरज, इसे तो तू शहर ही ले जा बेटा! इसमें घर-गृहस्थी में बहू बनकर रहने का सलीका नहीं है बिलकुल!

" 'मामीजी ने भीतर से चिल्लाकर कहा, जाने कौन जात-कुजात उठा लाया है। अच्छा जमाना आया है!

" 'क्या बात है आखिर? उन्होंने घबराकर पूछा।

" 'और जैसे यह कुछ हुआ ही नहीं! चाची ने ताना मारकर कहा, तो क्या राह में गाने-बजाने की जरूरत थी? भैया सूरज, हम तो कुछ कहते नहीं, पर खानदान में अपने चाचा के बाद बस तू ही सबका मालिक है। हमने तो तुझे अपना बेटा मानकर ही पाला है। चाहे तो रख, चाहे छोड़ दे! हमारा क्या है, रो लेंगे! मगर तेरी तो गत बन जाएगी।

" 'वह घबराहट से बोल उठे, पैर नहीं दाबे? झाड़ू नहीं दी? खाना नहीं पकाया?

" 'कौन कहता है भैया? चाची ने फिर कहा, कसम है मेरे बच्चे की, जो आज तक कभी हम कोई बात जबान पर भी लाई हों! इसका तो पढ़ना गजब है बेटा! पढ़ेगी तो आधी रात तक, और यह भी नहीं कि रामायण, उलटे वह किस्से-कहानी तोता-मैना के।

'' 'मैंने सुना, वे कुछ बोले। फिर उनके पैरों की चाप सुनाई दी। जैसे वे वहाँ से चले गए हों।

'' 'स्त्रियाँ अब भी आपस में फुस-फुस किए जा रही थीं। और मैंने सोचा, कमबख्त पढ़ाई न हुई, मेरी मौत हो गई!

'' 'जिस समय उन्होंने कमरे में प्रवेश किया, अँधेरा छा रहा था। उनके पीछे-पीछे ही लालटेन लिए चाची थीं।

'' 'वे मेरे पास आ गए। कठोर स्वर में उन्होंने कहा, क्यों? यह मैं क्या सुन रहा हूँ?

'' 'मैंने उत्तर नहीं दिया।

'' 'चाची ने कहा, ओहो! अब इतनी लाज हो गई कि बोल गले से निकलने के पहले सौ गचके खा रहा है?

'' 'मैंने क्रोध से सिर उठाया। मेरी आँखों से आँसू सूख गए। मैंने चिल्लाकर कहा, क्या किया है मैंने, जो तुम सब मेरा खून पी जाना चाहती हो? क्यों नहीं मुझे गला घोंटकर मार डालते?

'' 'उन्होंने मुझसे फिर कहा, मुझे जवाब दो! मैं जानना चाहता हूँ। आज न सही, कल। मैं इस घर का मालिक हूँ। मेरे ऊपर खानदान की इज्जत का सवाल है। क्या जरूरत थी तुम्हें मुंशीजी से बात करने की? समझा नहीं दिया था मैंने तुम्हें? या अकेली तुम ही एक शहर की पत्नी हो? मैं तो हमेशा से गाँव ही में रहा हूँ।

'' 'चाची कमरे से बाहर चली गईं। लालटेन वहीं छोड़ गईं। मैंने देखा, वे क्रोध से व्याकुल होकर काँप रहे थे।

'' 'उन्होंने कहा, अब तक मैं तुम्हारी बात को तरजीह देता आया हूँ! शुरू में तुम्हारे पच्चीसों किस्से सुने, पर सुनकर पी गया। और कोई होता तो मार-मारकर खाल उधेड़ दी होती। मैंने कहा कि थोड़े दिन की बात है, फिर शहर लौट चलेंगे। वहाँ तो मैं तुम्हें मटरगश्ती करने से कभी नहीं रोकता। फिर वे दो दिन तुमसे नहीं कट सकते?

'' 'उन्होंने उँगली उठाकर कहा, तुमने मुझे कहीं का भी नहीं रखा! आज तुमने यह नहीं सोचा कि तुम क्या कर रही हो! कभी देखा था आज तक घर की किसी और औरत को उनसे बातें करते?

'' 'मैंने दृढ़ होकर कहा, लेकिन वे कमरे में घुस आए थे। उस वक्त और कोई न था। वे मेरी तरफ देख रहे थे।

'' 'देखेंगे नहीं? उन्होंने कहा, तुम मुँह खुला रखोगी, तो वे जरूर देखेंगे! आज तक किसी और घर की बूढ़ी तक ने उनके सामने अपना मुँह खुला रखा है? तुमने वह बात की है, जो हममें से किसी के भी बस की नहीं रही। घर-घर चर्चा हो रही है।

" 'उन्होंने कहा, बोलो! जवाब क्यों नहीं देती?

" 'मैंने कहा—तुम पागल हो गए हो? तुम कुछ भी सोच नहीं सकते? दुरंगी जिंदगी बिताने वाले ढोंगी! पुस्तकालय से सिर्फ अखबार मँगवाया था मैंने, क्योंकि इस नरक में सिवाय पढ़ने के मुझे और कुछ अच्छा नहीं लगता! तुम मुझसे उसे भी छीन लेना चाहते हो? मुझसे नहीं हो सकती यह गुलामी! मैं तुम्हारी बुआ, मामी, चाची की तरह अपढ़-गँवार नहीं हूँ, जो अपने आपको तुम्हारी जूतियों की खाक समझती रहूँ।

" 'मेरी बात पूरी भी न हो पाई थी कि मेरी पीठ, हाथ और पाँव पर सड़ासड़ बेंत पड़ने लगे। मैं नहीं जानती कि मैं रोई क्यों नहीं। मैंने केवल इतना कहा, मार! और मार!

" 'उनका हाथ थक गया। घृणा से बेंत फेंक दिया और उनके मुँह से निकला, बेशरम!

" 'और मैं वैसी ही खड़ी रही।

" 'रात बीत गई। मैं वहीं बैठी रही। दूसरे ही दिन मैंने भैया को चिट्ठी लिख दी।

" 'उन्होंने चिट्ठी भेजने में कोई बाधा नहीं दी।

" 'दो दिन तक मुझे किसी ने खाने को भी नहीं पूछा।

" 'सुबह उठकर देखा, द्वार पर भाई साहब खड़े थे। उनके चेहरे पर हवाइयाँ उड़ रही थीं। उनको देखते ही मेरी आँखों में आँसू आ गए। बहुत रोकने का प्रयत्न करके भी अपने आपको रोक न सकी।

" 'भैया ने कहा, क्या हुआ, सिवे?

" 'मैंने कहा, मैं यहाँ नहीं रहना चाहती।

" 'आखिर क्यों? कोई बात भी तो हो।

" 'मैंने उनसे कहा, आपने मुझे कहाँ फेंक दिया?

" 'क्यों, सूरज बाबू ने कुछ कहा?

" 'मैंने कुछ उत्तर नहीं दिया। बाँह खोलकर बेंत की मार के निशान दिखा दिए।

" 'एक बार क्रोध से उन्होंने अपना नीचे का होंठ काट लिया। फिर सिर झुकाकर कहा, मैं समझता था कि तुम दोनों एक-दूसरे से प्रेम करते हो। तुम्हारा जीवन सुख से बीतेगा, लेकिन वे लोग कहीं अच्छे जो दुखी हैं, किंतु दुःख का अनुभव नहीं करते, क्योंकि वे गुलामी और आजादी का फर्क ही नहीं जानते। हिंदुस्तान में अव्वल तो प्रेम-विवाह होते नहीं और होते भी हैं तो निभ नहीं पाते, क्योंकि यह प्रेम समाज की भीषण बेड़ियों को तोड़ने में असमर्थ रह जाता है।

" 'मैंने कहा, किंतु मैं ऐसी नहीं हूँ।

" 'भैया ने सिर झुकाकर कहा, हम लड़की वाले हैं। हमें सिर झुकाकर ही चलना होगा। वरना मैं नहीं जानता कि क्या होगा? जो वे कहेंगे, उसी को करने में हमारा कल्याण है। अन्यथा कोई चारा नहीं।

" 'मैं चुप हो गई, भैया ने फिर कहा, पति ही स्त्री का सब कुछ है, सविता!

" 'मैंने सिर उठाया। कहा, पति ही स्त्री का सब कुछ है? किंतु वह पति पुरुष होता है। सीता जिस राम के पीछे चली थीं, वह पुरुषार्थी था। जो व्यक्ति अपनी ही रूढ़ियों में जकड़ा हुआ हाँफ रहा है, वह मेरे जीवन का आदर्श नहीं हो सकता! किसलिए मैं अपने एकांत सुख को इतना बड़ा बना दूँ कि मेरे विश्वास, मेरी श्रद्धा, मेरी शक्ति एक ऐसे व्यक्ति को देवता समझकर उसके पग पर जम जाएँ, जो स्वयं लड़खड़ा रहा हो? जो स्वयं निर्बल हो और स्त्री को केवल वासना बुझाने और खानदान की इज्जत की चक्कियों में पीसने वाली दासी और बच्चे पैदा करने मात्र का एक साधन समझता हो? जो मेरी इंसानियत को धर्म के नाम पर कुचलकर मुझ पर घृणा से हँस देना चाहता हो?

" 'भैया काँप उठे। उन्होंने कहा, तू क्या कह रही है सविता? तेरी एक छोटी बहन है। लोग अगर यह सब सुनेंगे, तो कहेंगे, अरे, यह उसी की बहन है...!

" 'मैंने कहा, किंतु मैं यहाँ अब नहीं रहूँगी! तुम मुझे नहीं ले जाओगे तो मैं किसी दिन गले में फाँसी लगाकर मर जाऊँगी।

" 'भैया सोच में पड़ गए। उन्होंने कुछ नहीं कहा।

" 'मैंने कहा, अच्छी बात है। जो होना है, वही होकर रहेगा! तू यही चाहती है तो चल, तेरी मर्जी!

" 'हम लोग लखनऊ आ गए। एक दिन भी नहीं रही थी वहाँ कि इलाहाबाद में एक मास्टरनी की आवश्यकता का समाचार देखा। यहाँ आ गई हूँ तब से। स्कूल खुलने के पहले इंटरव्यू होगा।'

" मैंने देखा, वह संकुचित नहीं थी। हवा से उसके बाल मुँह पर बार-बार आ जाते थे। मैंने पूछा, 'तो क्या आप वहाँ लौटकर नहीं जाएँगी?'

"सविता ने कहा, 'कहाँ?'

" 'वहीं, गाँव, सूरज के पास।'

" सविता ने दृढ़ स्वर से कहा, 'नहीं, अब मैं निश्चय ही वहाँ नहीं जाऊँगी। आप सोच भी नहीं सकते कि मुझे आते समय भी किसी ने तनिक भी स्नेह से नहीं देखा। वरन् उनके मुखों पर घृणा का विकृत रूप अपनी सीमा पार कर चुका था। वे लोग मुझे मार डालेंगे। मैं वहाँ कभी भी नहीं जाऊँगी!'

" मैंने कहा, 'इस समय क्रोध में हैं। आखिर सूरज से आप प्रेम करती थीं और वह भी प्रेम करता था?'

" सविता हँस दी। कहा, 'आप मुझे जानते हैं, मैं आपको जानती हूँ। अगर

शाम को गंगा किनारे आप मुझे पहले देखते और आवाज देते, पर मैं आपको पहचानने से इनकार कर देती या टालू बातें करती, तो क्या आप फिर कभी मुझसे मिलने की ख्वाहिश रखते?'

" बात सविता ने ठीक ही कही थी। किंतु मैंने कहा, 'फिर?'

" 'फिर क्या?' उसने कहा, 'फिर तो साफ ही है।'

" मेरे मुँह से निकला, 'बड़ी हिम्मत है आप में!'

" 'जी नहीं!' उसने रोककर तुरंत उत्तर दिया, 'हिम्मत से काम नहीं चलता अकेले। अगर भैया न आते और मैं अकेली निकल पड़ती, तो जब राह में लड़के-लड़कियाँ मुझे देखकर तालियाँ बजा-बजाकर चिल्लाते, बाबू की पतुरिया शहर जा रही है! तब सूरज बाबू मुझे शायद क्रोध के विक्षोभ में गला घोंटकर मार देते! उन्हें तो अपनी जमीन अपनी जिंदगी की सच्चाई से भी ज्यादा प्यारी है। उनके खानदान की इज्जत धूल में मिल जाती। इसी से तो कहती हूँ, हिम्मत से ही कुछ नहीं हो सकता। अगर मैं पढ़ी-लिखी न होती, अपने खाने-कमाने लायक नहीं होती तो क्या कभी ऐसी हिम्मत कर सकती थी? आदर्शों को पूरा करने के लिए उसके साधनों की ठोस बुनियाद की जरूरत है!'

" मैं सुनता रहा। सविता कहती रही, 'दुनिया मुझे बदनाम करेगी, मुझे कुलटा कहेगी, किंतु बताइए आप ही, मैं इसके अतिरिक्त और क्या करती? जीवन-भर गुलामी की नफरत को ही पतिव्रत कहकर औरत को समाज में धोखा दिया गया है, अब मैं उस जाल को फाड़कर फेंक देना चाहती हूँ।'

" वह हाँफ रही थी। मैंने देखा, वह उत्तेजित हो गई थी। शायद वह यह जानना चाहती थी कि मैं उसके बारे में क्या सोच रहा था?

" मैंने कहा, 'आपकी बहन का क्या होगा?'

" उसने कहा, 'पढ़ी-लिखी है। कोई तन का ही नहीं, विचारों का भी दृढ़ सामंजस्य मिलेगा, तब शादी कर लेगी। वरना कमा खाएगी। पेट की मजबूरी से ही तो स्त्री सिर झुकाने को मजबूर होती है?'

" 'और,' मैंने कहा, 'आप ऐसे ही जीवन बिता देंगी?'

" वह क्षण-भर सोचती रही। फिर कह उठी, 'नहीं, मैं उनके पीछे अपना जीवन बरबाद नहीं करूँगी, क्योंकि वे मुझसे छूटते ही फिर दूसरा ब्याह कर लेंगे। और मनुष्य उसी स्मृति के पीछे अपने सुखों का त्याग करता है, जिसे वह सुखदायक और पवित्र समझता है।'

" 'तो आप विवाह कर लेंगी?'

" उसने मेरी ओर घूरकर देखा, फिर हँसी। कहा, 'मैं तो सच अपने को अयोग्य नहीं समझती। समाज में क्या एक व्यक्ति भी ऐसा न खोज सकूँगी, जिसमें आत्मा का थोड़ा भी सत्य हो, साहस शेष हो? सब ही तो एकदम निर्जीव, कायर नहीं होते।

समाज मुझसे भले ही घृणा करे, किंतु मैं तो मनुष्य से घृणा नहीं करती, जो अकेली बने रहने की तपस्या का बोझ अपने कंधों पर रखकर छटपटाऊँ और उस यातना को आदर्श बनाकर सत्ता-स्वार्थियों को एक और मौका दूँ कि वे अपने पापों पर धूल उछालकर उसे ढँक दें और अपनी अच्छाइयों की झूठी झलक को सबके ऊपर ला धरें।'

"और मैंने देखा, वह शांत थी। कोई डर नहीं था उसे। कोई शंका नहीं थी उसके मुख पर। आज मैंने देखा कि स्त्री भी पुरुष की तरह आत्मसम्मान की आग में तपकर आजादी माँग रही थी, और सारे संसार का अंधकार-भरा पाप उस पर घृणा से लांछन लगा रहा था, उसे बरबाद कर देना चाहता था, पर वह अडिग खड़ी थी।"

कल्ला चुप हो गया। सिद्दी और चंदू ने भारी पलकों को उठाया। रात बहुत बीत गई थी।

सिद्दी ने कंबल को और अच्छी तरह लपेट लिया। तीनों इस समय गंभीर थे।

कल्ला के मुख पर एक शक्ति दमक रही थी, क्योंकि उसने उस नारी की जीवित मानवता की हुंकार सुनी थी, उसने नारी का यह विक्षोभ देखा था, जिसके सामने परवशता की चिता धू-धू जल रही थी।

['माया', अप्रैल, 1946]

देवदासी

उस समय मंदिर निर्जन हो चुका था। निःस्तब्धना सनसना रही थी। बाहर घोर अंधकार था। आकाश में बिजली कड़क रही थी। उस युवक ने तलवार को टेका और उठ खड़ा हुआ। भीतर सब काम कर चुकने पर पुजारी ने सोचा कि अब शीघ्र ही उसे प्रतिमा के चरणों पर शीश रखकर सोने जाना चाहिए।

पल्लवराज के इस विशाल मंदिर में कामाक्षी का यह भव्य स्वरूप देखने के लिए दक्षिणापथ के अनेक भागों से लोग आकर एकत्रित होते थे। तीन सौ वर्ष पहले सातवाहनों के अंत पर सम्राट् विष्णुगोप ने पल्लव साम्राज्य को स्वतंत्र कर दिया था। उनके उत्तराधिकारी आज कदंबों और गांगेयों के भी प्रभु थे। पेलार नदी के पास कांची का भव्य नगर भुवन-विख्यात था। राजप्रासाद के विराट् अलिंदों में दिन में अगरू-धूप जलता, रात्रि में दीपाधारों से प्रकाश जगमगाता। बाजार-हाट में सुदूर जावा-सुमात्रा के व्यापारी आ-आकर बैठते। समुद्र-तीर पर अनेक सफेद पाल वाले जहाज खड़े रहते, प्रकाश-स्तंभों से रात को किरणें फूट-फूटकर अथाह सागर की चंचल जलराशि पर खेल उठतीं। महेंद्र के समान विक्रमी सम्राट् सिंहविष्णु के चरणों पर आज प्राचीन चोल और पांड्य के रत्नजटित मुकुट रखे थे, चालुक्य-राज ने मैत्री का कर बढ़ा दिया था। सम्राट् सिंहविष्णु युवावस्था को आज से अनेक वर्ष पहले पार कर चुके थे। राजकुमार महेंद्रवर्मा की संत अप्पारस्वामी के प्रति श्रद्धा होना प्रजा में प्रसिद्ध हो चुका था, क्योंकि वे पिता की आज्ञा के बिना ही नगर के ईशान कोण में शैव मंदिर बनवा रहे थे।

पुजारी रत्नगिरि ने इधर-उधर देख भक्ति से प्रतिमा को प्रणाम किया और सोने चला गया। प्रायः आधी रात बीत गई। आकाश में बादल गरज रहे थे। मंदिर का विशाल प्रांगण पानी से भीग गया था। उसी समय बिजली बड़े वेग से कड़क उठी। मंदिर का विशाल गोपुर अंधकार में एक बार चमक उठा। युवक तलवार लिए कुछ देर खड़ा रहा, फिर बाह्य परिवेष्टि को लाँघकर भीतर अलिंद में आ गया। वह एक स्तंभ के पीछे हो गया और अंधकार में कुछ देखने का प्रयत्न करने लगा।

किसी ने उसके कंधे पर हाथ रखकर धीरे से कहा, ''आ गए रंगभद्र?''

रंगभद्र ने मुड़कर कहा, "तुम बुलातीं और मैं न आता रुक्मिणी! देवदासी का कहना तो भगवान् भी नहीं टाल सकते, फिर मैं तो साधारण मनुष्य हूँ।"

"तुम सचमुच बड़े साहसी हो कुमार!" देवदासी ने धीरे से कहा। युवक ने उसका यह दीर्घ निःश्वास भी सुना। उसने उद्वेग से उसका हाथ पकड़ लिया और कहा, "रुक्मिणी, मैं कब तक तुम्हारी अवहेलना में तड़पता रहूँगा? कब तक मैं उस भविष्य के सागर में लहरों की दया पर अपना पोत भटकाता रहूँगा? आज प्रायः एक वर्ष बीत गया। अब मुझे फिर सिंघल लौट जाना होगा। अब के मैं सिंहल के बहुमूल्य मोती काशी भेजने का व्यापार करना चाहता हूँ। चलोगी मेरे साथ?"

देवदासी ने कुछ नहीं कहा। वह चुपचाप देखती रही। युवक ने फिर कहा, "सुंदरी, तुम किस चिंता में डूब गई हो? धन की कमी नहीं, धर्म की कमी नहीं, अधिकार की कमी नहीं, प्रेम की कमी नहीं, और तुम रूपशालिनी हो तो फिर मुझे रूप की कमी नहीं—फिर तुम्हें कौन-सी चिंता खाए जा रही है?"

देवदासी काँप उठी। उसने धीरे से कहा, "धीरे कुमार, धीरे, कहीं देवता न सुन लें। मैं जाती हूँ।"

वह सचमुच एकदम चली गई और युवक के कंठ में उसका स्वर अटककर रह गया।

मंदिर का विशाल अलिंद सूना हो गया। युवक लौट चला।

दो

दूसरे दिन पुजारी ने पूजा समाप्त करके बाह्य प्रवेशद्वार के पास आकर देखा, सूर्य्यमणि भक्ति से नमस्कार कर रही थी। उसने गद्गद होकर उसे आशीर्वाद दिया। सूर्य्यमणि के श्याम मुख पर उस स्वर्ण मुकुट की हलकी प्रभा छिटककर उसे किंचित् हरिताभ बना रही थी। उसके सफेद चीनांशुकों में वह सुघर अंग-संगठन किसी चतुर शिल्पी की कला का अद्भुत प्रमाण लगता था। रत्नों और आभूषणों से लदी वह कुमारी, मानसरोवर के मांसल इंदीवर-सी पुलक उठी। उसके विशाल नयनों के कोरों में शतदल के काँपते दलों की लालिमा, चपल चितवन की विद्युत्-वाहिनी तृष्णा को सहला देती थी। उसने कहा, "देव, आप आजकल मुझे कभी रामायण नहीं सुनाते! पहले तो आपका स्वर गूँजता था। रुक्मिणी नृत्य करती थी। समस्त मंदिर गूँज उठता था। माता कामाक्षी की प्रतिमा के अधरों पर मुस्कान छा जाती थी···।"

"बेटी," पुजारी ने मंद स्मित से कहा, "रत्नगिरि तो तत्पर है, किंतु तू जब से राजमाता की सेवा में जाने लगी है तब से तुझे देव-सेवा का समय ही कहाँ मिलता है? अब तो तू सेनापति के पुत्र धनंजय की पत्नी होने जा रही है न?"

"हाँ, भगवन्!" सूर्य्यमणि ने अपने पाँव के अँगूठे को लाज से देखते हुए कहा, "लेकिन मैं आज रामायण सुने बिना नहीं जाऊँगी।"

"अरे, तेरा हठ नहीं गया, पगली!' रत्नगिरि ने हर्षित होते हुए कहा और फिर आवाज दी, 'रुक्मिणी!'

रुक्मिणी स्तंभ के पीछे से निकलकर आ गई।

वृद्ध पुजारी ने कहा, "बेटी, सूर्य्यमणि रामायण सुनना चाहती है।"

"ओह," रुक्मिणी ने पुलकते हुए कहा, "मुझसे ही क्यों न कह दिया? अभी लो।"

कुछ ही देर बाद उस अलिंद में लोगों की भीड़ इकट्ठी हो गई। सूर्य्यमणि ने देखा, धनंजय भी खड़ा है।

वृद्ध रत्नगिरि ने स्वस्तिवाचन किया और मृदंग पर थाप पड़ी। उधर देवदासी रुक्मिणी का नूपुर बज उठा। ट्रिम-ट्रिम के उस अप्रतिहत नाद पर यौवन से स्फीत कमल-चरण का मंथर चलन स्तंभों से टकराकर समस्त अंतराल में काँप उठा। युवक धनंजय के नयन गड़ गए। देवदासी आज मेनका-सा नृत्य कर रही थी। रत्नगिरि गाने लगे। उनके गंभीर स्वर से लोगों के हृदय में एक पवित्र भावना छा गई। नर्तकी के अंगचालन का मादक उल्लास धनंजय की धमनी-धमनी में डोल उठा। सूर्य्यमणि ने एकाएक दृष्टि उठाकर देखा, धनंजय मंत्रमुग्ध-सा लोलुप दृष्टि से देवदासी के उच्छृंखल यौवन को देख रहा था। वह चंचल हो गई। शंका और ईर्ष्या ने उसके हृदय पर आघात किया। देवदासी नृत्य करती रही, रत्नगिरि गाता रहा और सूर्य्यमणि ने देखा, धनंजय के नयनों के पक्ष्म गिरना भूल गए थे। वह धीरे से उठी और धनंजय के पास गई। धनंजय ने उसे मुड़कर भी नहीं देखा। सूर्य्यमणि के लिए समस्त सौंदर्य विष हो गया। वह एकाएक चिल्ला उठी, "रोक दो यह नृत्य! यह नृत्य रोक दो! नहीं-नहीं, यह नृत्य नहीं है…!"

देवदासी विभोर होकर नाच रही थी। एकाएक उसके पैर ठिठक गए, जैसे किसी ने उस पर वज्र का आघात किया हो। उसने देखा, सूर्य्यमणि उसे ज्वलंत नेत्रों से देख रही थी। रत्नगिरि गाना रोककर उठ खड़ा हुआ। एकत्रित जनसमुदाय कोलाहल करने लगा।

देवदासी क्रोध से फुंकार उठी, "देवदासी का अपमान करना देवता का अपमान करना है मूर्ख लड़की! यदि तेरे हृदय में पाप है तो तू मंदिर छोड़कर चली जा!"

इससे पहले कि रत्नगिरि कुछ कहे रुक्मिणी परिक्रमा की ओर चल पड़ी। उन्मत्त-सा धनंजय उसके पीछे चल दिया सूर्य्यमणि कटे वृक्ष-सी भूमि पर गिरकर रोने लगी। समुदाय तितर-बितर होने लगा। रत्नगिरि कुछ भी नहीं समझा। इस प्रकार अकारण व्याघात से उसका चित्त सूर्य्यमणि से उदासीन हो गया। वह उठकर भीतर चला गया। सूर्य्यमणि स्तंभ के किनारे रोती रही।

तीन

वृद्ध सिंधुनाद कवि था। सूर्य्यमणि उसकी एकमात्र पुत्री थी। जब वह गाता था, साम्राज्य का बड़े से बड़ा कठोर हृदय सेना का उच्च पदाधिकारी झूम उठता था। उसके गीतों को आज पल्लव ही नहीं, चोल और पांड्य के घर-घर की स्त्रियाँ गातीं। पुरुष मुग्ध होकर सुनते और सम्राट् सिंहविष्णु उसे अपने भाई के समान प्यार करते। देवदासियाँ उसके गीतों पर जिस तन्मयता से नृत्य करतीं, उसे देखकर लगता जैसे वे सचमुच देवकन्या हों। उसके गीतों की प्रवहमान लय प्राची से पश्चिम तक गगन में अनंत वर्णों से भरी नीलिमा की छाया-सी काँपती रहती और प्रेम और करुणा का वह स्रोत कहीं भी समाप्त नहीं होता, कहीं भी जैसे विक्रांति को आवास न मिलता।

सिंधुनाद इस समय वीणा के तारों पर उँगलियाँ फेरकर यौवन के खोए हुए स्वर का उत्ताल ढूँढ़ रहे थे। उनके शरीर पर बहुमूल्य रेशम मंद-मंद वायु में फहरा रहा था। उनके प्रकोष्ठ की दीवारों पर सुदूर ताम्रलिप्ति के प्रसिद्ध चित्रकारों ने अद्भुत चित्र अंकित किए थे। स्फटिक के स्तंभों पर दीपों का झिलमिल प्रकाश प्रतिध्वनित हो रहा था, जैसे बादलों में बिजली चमक रही थी। मादक सुरभिवाही समीर जब अगरू-धूम की कवरी खोलकर नृत्य करने लगता था तो दीवारों पर छायाएँ मुद्रा बनाने लगतीं और वीणा के करुण स्वर रुमझुम करते वायु की लहर-लहर पर गा उठते।

सिंधुनाद इस समय दमयंती का विलाप गा रहे थे। उनकी यह कविता अजर-अमर हो जाएगी। आज उनके भाव सीमा में नहीं थे। नल चला गया है। दमयंती पेड़-पेड़ से पूछ रही है, मृग-मृगी कातर होकर रो पड़े हैं, आकाश में प्रतिपदा का चंद्र उग आया है, सघन वनस्पति पर उसकी विलोल-मुखरा किरणें काँप रही हैं जैसे सागर पर फेन काँप रहे हों, जैसे श्यामा सुंदरी के कर्णफूलों की आभा से कपोलों पर प्रकाश रणरण करता अवगुंठन खींच रहा हो।

सिंधुनाद तन्मय होकर विभोर हो गए। एकाएक भारी-भारी श्वास लेती सूर्य्यमणि ने प्रवेश किया और चुपचाप पास बैठकर सुनने लगी।

दमयंती उस समय आकाश के तारों से पुकार-पुकारकर पूछ रही थी, "हे नील असीम के बुद्‌बुदो! हे अनंत कवरी के शीशफूलो! कहाँ है वह मेरे हृदय की एकमात्र सांत्वना?"

सूर्य्यमणि रो उठी। वृद्ध का स्वप्न टूट गया। गीत के आवर्तों में पड़कर सूर्य्यमणि के टूटे प्यार की भग्न नौका झटके खाने लगी। वह पिता की गोद में सिर रखकर रोने लगी। वृद्ध ने एक हाथ से वीणा को हटा दिया और फिर कहा, "क्या हुआ वत्से?" पहले उसने समझा, शायद गीत को सुनकर रो रही है। सूर्य्यमणि ने कुछ नहीं कहा। वह रोती रही। उसके मुख की पत्रलेखा बिगड़ गई। वृद्ध ने उसका सिर उठाया। वेदना से उसका मुख कातर हो उठा था। वृद्ध का हृदय विह्वल हो उठा।

उसने कहा, "पुत्री, तुझे किस बात का शोक है? मैंने आज तक कभी तेरी इच्छा के विरुद्ध कोई कार्य नहीं किया। आज तक तू ही मेरे जीवन का एकमात्र सहारा रही है। फिर तेरे नयनों में ये व्याकुल अश्रु किसलिए? करुण रात्रि की भाँति तेरे इन पंकज-दलों पर ये नीहार-कण क्यों?"

सूर्य्यमणि ने कुछ उत्तर नहीं दिया। वह रोती रही। उस समय कवि को ऐसा प्रतीत हुआ जैसे साक्षात् कामाक्षी आज ग्लपित कंठ से उच्छ्वासरुद्ध-सी आर्तमना सिसक उठी थी। उसके नयनों में आँसू छा गए। देर तक दोनों कुछ न बोले। सिंधुनाद अपनी पुत्री के सिर पर हाथ फेरते रहे, जैसे उन्होंने कविता को सहला दिया था। सूर्य्यमणि के सघन सुचिक्कण केशों पर वृद्ध का वात्सल्य से भरा आर्द्र श्वास ऊष्मा से भरकर बिखर गया। सूर्य्यमणि का हृदय उद्वेग से बारंबार ठोकर खाकर गिर जाता और आँसू बह-बह आते।

वृद्ध ने आंदोलित होकर कहा, "सूर्य्ये, कह न? क्या कष्ट है तुझे, जो पावस की नदी की भाँति तेरे आँसू अज्ञातवास करने निकले जा रहे हैं?"

सूर्य्यमणि ने सिर उठाया। आँखों में आँसू चमक रहे थे, जैसे हीरक के चषक में वारुणी छलक रही थी। डबडबाते अश्रु प्रभात के उज्ज्वल प्रकाश के समान काँप रहे थे, जैसे सीप में मोती जगमगा उठे हों।

"सूर्य्यमणि," वृद्ध ने फिर कहा, "पल्लव के इस समुद्रपर्यंत साम्राज्य में मैं तेरे अतिरिक्त किसी को भी इतना भाग्यशाली नहीं गिनता था। आज तेरी आँखों में ये अश्रु क्यों? सिंधुनाद ने वही किया जो तूने चाहा। जिसके लिए राजकुमारियाँ लालायित थीं, उस कामदेव के सदृश लावण्य-मनोहर धनंजय की तू पत्नी होने वाली है, फिर तुझे कैसा दुःख?"

सूर्य्यमणि ने धीरे से कहा, "पिता, वह मेरी उपेक्षा कर रहा है। आज देवमंदिर में एक साधारण नर्तकी के पीछे पागल-सा घूम रहा था। मैं हृदय की साक्षी करके कहती हूँ, उसने मुझे एक बार भी मुड़कर नहीं देखा।"

"यह नहीं हो सकता सूर्य्यमणि, यह नहीं हो सकता।" वृद्ध सिंधुनाद उठ खड़े हुए। "किंतु," उन्होंने कहा, "प्रेम में बल नहीं चल सकता। मैं जानता हूँ, धनंजय युवक है। यौवन प्रेम के अतिरिक्त लोभ में भी पड़ सकता है। किंतु बल-प्रयोग भी तो नहीं किया जा सकता। मैं उसे समझाऊँगा पुत्री, इतनी व्याकुल न हो।"

"नहीं," पिता से उच्छ्वसित सूर्य्यमणि ने कहा, "नर्तकी मुझसे भी सुंदर है। उसका रंग तुहिन-सा श्वेत, कमल-सा लालिम, रेशम-सा चिकना है और सागर-सा गंभीर रूप है। उसमें अनावृत यौवन है, मादकता में वह मेनका जैसी है। उसके नयनों में त्रिभुवन काँपते हैं, मेखला की प्रभा से उसकी मंद-मंद गति में भुवनमोहिनी वशीकरण की शक्ति आ जाती है। उसके कोमल बाहु जब नृत्य करने में लचकते हैं, तब स्वर्ग का सुख जैसे तुला पर टँग जाता है। उसके केशों की सुरभि से देवमंदिर कमल-वन

की भाँति सुगंधित रहता है, उसकी मांसल गरिमा पर चीनांशुक ऐसे दिखाई देता है, जैसे शरद् के प्रसन्न आकाश में धवल स्वर्ण-गंगा का मुखरित प्रवाह हो···।''

सिंधुनाद हठात् बोल उठे, ''सूर्य्यमणि, वह कौन है?''

सूर्य्यमणि ने पराजित स्वर में कहा, ''पिता, वह देवदासी रुक्मिणी है।''

''देवदासी रुक्मिणी!'' उनके मुख से आश्चर्य से निकल गया।

''हाँ, पुजारी रत्नगिरि की पुत्री रुक्मिणी।''

''ओह!'' कहकर कवि सिंधुनाद बैठ गए, जैसे एकाएक चलते-चलते महानद थम जाए और समस्त लहरों का कलकल नाद क्षण-भर के लिए रोककर स्तब्ध हो जाए। उन्होंने कहा, ''सूर्य्यमणि, तू जा! मुझे सोचने दे।''

सूर्य्यमणि चकित-सी लौट आई। वृद्ध सिंधुनाद को कुछ भी नहीं सूझा। वह चुपचाप वैसे ही बैठे शून्य दृष्टि से सामने जलते दीपाधार में काँपती शिखाओं को देखते रहे।

चार

रात्रि के निरावरण नीलाकाश में सहस्रों नक्षत्र टिमटिमाने लगे। पुजारी रत्नगिरि सोच में पड़ गया। उसके वृद्ध मुख पर चिंता की रेखाएँ खिंच आईं। कुछ देर वह टहलता रहा। वृद्ध सिंधुनाद ने कहा, ''तुम जानते हो रत्नगिरि, सब कुछ जानते हो। पर देवदासी के प्रति धनंजय का हृदय आकर्षित है, यह तुम भी नहीं जानते, मुझे इसका विस्मय है।''

''तुम भी वृद्ध हो गए हो सिंधुनाद! जीवन-भर जिसने अटूट विश्वामित्र-सा दर्प कभी नीचा नहीं होने दिया, जिसके पवित्र जीवन से संसार विस्मित हो उठा था, जिसके सामने सम्राट् सिंहविष्णु एक साधारण नागरिक की भाँति सिर झुकाकर खड़ा रहता है, उसकी बात पर तुम संदेह कर रहे हो? जिसने तुम्हारे जीवन के महानतम पाप को छिपाने के लिए अपने युग-युग के संचित तप और यश को ठुकरा दिया, जिसने ब्रह्मचारी होकर भी केवल तुम्हारी मित्रता के लिए रुक्मिणी को अपनी पुत्री कहकर प्रसिद्ध कर दिया, उसकी बात पर तुम अविश्वास कर रहे हो?''

सिंधुनाद ने कंपित कंठ से कहा, ''मित्र, यह तुम क्या कह रहे हो?''

रत्नगिरि ने कहा, ''तुम मेरे बाल्य-सखा ही नहीं, गुरुभाई हो। तुम कवि हो। सौंदर्य को छलना ही तुम्हारे अंतस्तल की अंतिम प्रेरणा है। जिस दिन तुमने राजकुमारी इंदिरा को देखा था, उसी दिन मैंने तुमसे कहा था कि तुम भूल कर रहे हो। किंतु तुमने कुछ भी नहीं सुना। आज से बीस बरस पहले जब तुम रुक्मिणी को गोद में लेकर आए थे, मैंने उसे बिना हिचकिचाए गोद में उठा लिया था। राजकुमारी इंदिरा आज राजमाता इंदिरा है। आज संसार उसके पुण्य की गाथा गा रहा है। वह नहीं जानती कि उसका पाप आज भी जीवित है। उससे कह चुका हूँ कि रुक्मिणी मर

चुकी है। किंतु सिंधुनाद, आज जब वह पाप मानव-सत्ता के परम पुण्य के रूप में मुझे एकमात्र सांत्वना दे रहा है, तुम उस पर लांछन लगा रहे हो? रुक्मिणी की पवित्रता तुषारधौत शतदल के समान है, देवता में उसकी भक्ति सुमेरु के समान है। उसने अपना तन-मन-धन देवता की सेवा में अर्पित कर दिया है। वह मनुष्य से प्रेम कर सकती है। मैं उसे नहीं दे सकता। देवी कामाक्षी की शपथ है, मैं उसे नहीं दे सकता।''

''तब तो सूर्य्यमणि रो-रोकर मर जाएगी?'' सिंधुनाद ने करुण स्वर में कहा, ''बोलो रत्नगिरि, मेरा इस संसार में और कौन है? किसलिए, मैं इतनी माया-ममता को परवश-सा आज भी सहेजे बैठा हूँ। यश नहीं चाहिए, धन नहीं चाहिए। सांसारिक भोगों से मैं तप्त हो चुका हूँ। देवदासी रुक्मिणी को कुछ दिन के लिए तुम छिपा नहीं सकते? धनंजय उसके पीछे पागल हो रहा है। यदि यह दीपशिखा उसके सामने रहेगी तो वह शलभ की भाँति परिभ्रमण करके अपने पंख जला लेगा। देवदासी से कभी भी उसका विवाह नहीं हो सकता। फिर सूर्य्यमणि के जीवन पर आघात किसलिए?''

रत्नगिरि गंभीर स्वर में चिल्ला उठा, ''सिंधुनाद, रुक्मिणी भी तुम्हारी पुत्री है। क्या तुम एक पुत्री के लिए दूसरी का अहित करना चाहते हो? जब संसार में तुम्हें राजकुमारी इंदिरा से बढ़कर कुछ भी नहीं था, उस समय रुक्मिणी ही तुम्हारी संतान थी। क्या अब तुमको उससे तनिक भी स्नेह नहीं? क्या संसार के नियमों में तुम्हारा हृदय इतना कायर हो गया है कि यदि संसार नहीं कह सकता तो तुम भी उसे पुत्री नहीं मान सकते?''

सिंधुनाद उद्भ्रांत-से इधर-उधर घूमने लगे। उनके मुख पर आशंका काँप रही थी। वे दो पाषाणों के बीच भिंच गए थे। उन्होंने मुड़कर कहा, ''तो रत्नगिरि, देवदासी को मुझे दे दो। मैं साम्राज्य के नियमों को ठोकर मारकर, देवता का अपमान करके, अपने प्राणों का मोह छोड़कर उसे अपनी पुत्री घोषित करूँगा और उसका कहीं विवाह कर दूँगा।''

रत्नगिरि ने धीरे से कहा, ''यह नहीं हो सकता सिंधुनाद!''

''तुम डरते हो रत्नगिरि?'' सिंधुनाद ने आगे बढ़कर कहा, ''राजमाता इंदिरा का सतीत्व डूब जाएगा? पांड्य, चोल और चालुक्य देशों में पल्लवराज के कुटुंब की निंदा के गीत गाए जाएँगे? सिंधुनाद का पाप प्रकट हो जाएगा? रत्नगिरि की घोर मिथ्या सूर्य की तरह जगमगा उठेगी, इसलिए?''

''नहीं,'' रत्नगिरि ने कहा, ''रुक्मिणी फिर से पाप में लिप्त नहीं हो सकती। वह देवता को निष्काम रूप से अर्पित हो चुकी है। वह लौटाई नहीं जा सकती। उसका जीवन धर्म का एक महान् छंद है, उसको अपौरुषेय कहकर ही गाया जाता है। वह कोई साधारण हाटों में नाचने वाली स्त्री नहीं है, वह कलाओं में पारंगत होकर पुरुषों से पुष्कल के लिए विलास करने वाली गणिका नहीं है, वह उत्सर्ग कर

चुकी है अपना स्त्रीत्व, अपना मातृत्व, आजन्म कुमारी रहने के लिए। वह नहीं लौट सकती। वह देवता की संपत्ति है। सिंधुनाद, तुम कर्त्य-अकर्त्य का भेद नहीं समझ पा रहे हो। तभी तुम कविता का प्रथम चरण प्रेम भूल गए हो। जाओ, लौट जाओ। देवदासी तुम सबसे अस्पृश्य आकाश-मंदाकिनी का कमल है। उसे तुम नहीं पा सकते।''

सिंधुनाद आर्त-से बैठ गए। उनसे कुछ भी नहीं कहा गया। उन्हें चारों ओर अँधेरा छाता हुआ दिखने लगा। उनके सामने सूर्य्यमणि का आतुर स्वरूप बार-बार घूम गया, जो उनकी प्रतीक्षा करती होगी, जिसे कुछ नहीं मालूम कि रुक्मिणी उसी की बहन है। जिस पिता की कीर्ति से आज पल्लव साम्राज्य में स्थित सरस्वती का अंचल श्वेत से भी अधिक उज्ज्वल हो उठा था, उसी का पाप वह कैसे सुन सकेगी? कैसे सह सकेगी वह यह घोर अंधकार की गाथा?

वे कुछ भी नहीं सोच सके। एक दीर्घ निःश्वास छोड़कर वे मंदिर से बाहर चले गए और बाहर खड़े स्वर्ण रथ पर आ बैठे। सारथि ने रथ हाँक दिया। वृद्ध सिंधुनाद की आँखों में आँसू भर आए। उनके हृदय में आँधी चल रही थी।

पाँच

रात्रि के घनघोर अंधकार में एक छाया-सी चलने लगी। दूसरी ओर से दूसरी छाया का अंगचालन हुआ। एक ने दूसरे के पास आकर कहा, ''कौन? रंगभद्र, तुम आ गए?''

''हाँ, देवी!'' रंगभद्र ने धीरे से कहा, ''क्या तुम तत्पर हो?''

रुक्मिणी ने कुछ नहीं कहा। रंगभद्र बोला, ''देवी! वहाँ तुम्हारा मान तब हो सकता है जब तुम अर्घ्य के फूल के समान अपनी गंध स्वयं नहीं पहचान पाओगी। तुम्हारी मनुष्यता के हनन पर तुम्हारा यह स्वर्ग है। किंतु क्या तुम्हारे हृदय में कोई कोमलता शेष नहीं है? क्या केवल पाषाण हो? किंतु कामाक्षी के मंदिरों में प्रस्तर गाते हैं, प्राचीरें बोलती हैं। एक तुम हो जो अपने जीवन को देव-सेवा की छलना में बिताए जा रही हो। कभी किसी से पल-दो पल प्रेम की बात नहीं, तुम तो स्त्रीत्व के प्रारंभिक चिह्न तक भूल गई हो। किसलिए यह सब रुक्मिणी?''

''देवता के लिए रंगभद्र! क्या यह सब त्याग करना मेरे लिए पाप नहीं होगा?''

''पाप?'' रंगभद्र ने हँसकर कहा, ''पाप यह नहीं है कि जीते-जागते मनुष्य को एक कठपुतली बना दिया है? उससे उसकी दृष्टि छीनकर दूसरों को लूटने के लिए उसे नयन दे दिए हैं, उससे उसके हृदय का अपहरण करके उसे दूसरों के हृदयों पर दस्युवृत्ति करने के लिए छोड़ दिया है? यदि मनुष्य को झूठे प्रलोभन देकर उसे मनुष्य नहीं रहने दिया तो इससे बढ़कर और कौन-सा पुण्य होगा?''

''रंगभद्र! पिताजी ने तो देव-सेवा को संसार का सबसे बड़ा सुख बताया है।

फिर तुम क्या कह रहे हो? मैं तुम्हारे मुख से पाप को बोलता हुआ सुनकर काँप उठती हूँ। किंतु न जाने क्यों, तुम जो कहते हो, वह अचानक ही मेरे हृदय पर आघात कर उठता है। मैं नहीं जानती, तुम मुझे इतने अच्छे क्यों लगते हो?''

रंगभद्र का मुख प्रफुल्लित हो गया और उसने कहा, ''रुक्मिणी, वह स्त्री नहीं जो अपने प्रेमी के आलिंगन में बद्ध होकर विभोर नहीं हो सकती, जो आँखों में आँखें खोकर एक बार कलकंठ से उसे अपना स्वामी कहने को उद्यत नहीं हो सकती। कहाँ है तुम्हारे जीवन की नीरव हाहाकार करती वेदना का अंत, कुमारी? जिस देवता के पीछे तुम पागल हो रही हो, क्या कभी उसने तुम्हारे हृदय पर हाथ रखकर उसकी धड़कन को सुना? क्या वसंत के मलयानिल में पुंसकोकिल की कुहू सुनकर कभी तुम्हारे हृदय में हूक नहीं उठी? बोलो देवदासी! यदि प्रेम पाप है तो किसलिए कालिदास का नाम आज प्रातःस्मरणीय है? यदि प्रेम पाप है तो तुम्हें क्यों आजीवन देवता से प्रेम रखने का दुरभिमान सिखाया गया है?''

देवदासी सोच में पड़ गई। रंगभद्र उन्मत्त-सा कहता रहा, ''क्या यह माधवी रजनी की अनंत सुगलन शून्य में केवल हाड़ा खाने के लिए है? तुम्हारा यह अनिंदित रूप, जिसको आज संसार उपेक्षा से भयावह गर्त में डाले बेसुध है, किसलिए यौवन की भुजाएँ फैलाकर हृदय में उतरता चल जाता है? पल्लव साम्राज्य की सर्वश्रेष्ठ सुंदरी नहीं जानती कि यौवन क्या है? नहीं है ज्वालामुखियों में वह ताप, नहीं है आकाश के नक्षत्रों में वह रूप जो तुम्हारे श्वास में है, जो तुम्हारे नयनों में है! कांची की कुल नारियों का गर्व रूप तुम्हारी अनंत रूपराशि के सामने धूल के तुल्य है देवी!''

देवदासी ने कहा, ''यही तो सेनाप्ति तनय धनंजय कहते थे।''

''धनंजय?'' रंगभद्र ने काँपते स्वर से पूछा, ''क्या वह आया था? तुम्हें कल मिला?''

देवदासी ने सिर उठाकर कहा, ''कल दिन में नृत्य हुआ था। सूर्य्यमणि ने अचानक नृत्य रोक दिया। उससे रोषित होकर मैं भीतर चली गई। पीछे-पीछे वह भी आ गया।''

''फिर?'' रंगभद्र ने आशंकित होकर पूछा।

''फिर वे कहने लगे—सुंदरी, तुम्हारे सामने सूर्य्यमणि कुछ भी नहीं है। मैं उसे तनिक भी नहीं चाहता। मैं तो तुमसे प्रेम करता हूँ। संसार में मेरी कोई अभिलाषा नहीं, केवल तुमको प्राप्त करना चाहता हूँ।''

रंगभद्र ने उत्सुक होकर आवेग से पूछा, ''और देवदासी, तुमने क्या कहा?''

रुक्मिणी ने उत्तर दिया, ''और देवदासी ने क्या कहा, यह भी जानना चाहते हो?...मैंने कहा—तुम मूर्ख ही नहीं, पतित हो। एक देवदासी से तुम्हें ऐसी बात करते लज्जा नहीं आती? क्या तुम अपने को राजवंश का उच्चारित करने का साहस करते हो? क्या तुम्हारे वाक्यों में भीषण हलाहल है, जिससे देवमंदिर की ईंट-ईंट मूर्च्छित

होती जा रही है। तुम नारायण की पवित्र विभूति को अपमानित करने का दुस्साहस कर रहे हो? जिससे तुम बात कर रहे हो, वह साधारण स्त्री नहीं, एक देवदासी है।''

उसका श्वास फूल गया। वह चुप हो गई। रंगभद्र मंत्र-मुग्ध-सा उसकी ओर देख रहा था। उसने कहा, ''धन्य हो तुम देवदासी! तुम प्रेम करना जानती हो। किंतु जिस पाषाण को तुम जीवन का सर्वस्व बनाती हो वह आत्मा का हनन है। मनुष्य की चरमशांति शुष्क ज्ञान नहीं, भक्ति है। वह भक्ति नहीं, जिसमें त्याग का दंभ हो देवदासी! मैं तुम्हें व्यर्थ ही यह जीवन नष्ट नहीं करने दूँगा। कहो रुक्मिणी, तुम मुझसे प्रेम करती हो?''

रुक्मिणी ने कुछ नहीं कहा। अंधकार में ही उसके हाथ ने रंगभद्र के दृढ़ हाथ को पकड़ लिया। रंगभद्र ने उसे अपने पास खींच लिया। दोनों देर तक एक-दूसरे की आँखों में झाँकते रहे। रंगभद्र ने धीरे से कहा, ''तुम्हारे चरणों पर जीवन का समस्त वैभव उठाकर भिक्षा माँगेगा। तुम्हारे पाँव मेरे हृदय पर चलेंगे। तुम पल्लव साम्राज्य की सबसे बड़ी धनवती, सर्वश्रेष्ठ सुंदरी, सबसे अधिक भाग्यशालिनी स्त्री होगी रुक्मिणी! असमय का यह वैराग्य जैनियों को शोभा दे सकता है, जो अपने शरीर को कष्ट देना ही जीवन का निर्वाण समझने की भूल करते हैं। तुम वैकुंठ की लक्ष्मी हो। काशी में मोती बेचकर मैं दक्षिणापथ का सबसे धनवान् व्यक्ति हो जाऊँगा। भूल जाओ यह परिमित सीमाओं के बंधनों को अंतिम सत्य समझने की कल्मष-भरी छलना। तुम देवदासी नहीं हो, नारी हो। स्त्रीत्व का अधिकार तुमसे कोई नहीं छीन सकता।''

देवदासी का हृदय धड़क उठा। उसका कंठ वाष्पस्फीत हो गया। अंधकार में दूर, बहुत दूर कुछ हलके तारे टिमटिमा रहे थे। और कुछ नहीं। विशाल प्रांगण, दीर्घ स्तंभ, वक्राकार अलिंद-द्वार सब अंधकार में एक हो गए थे। निर्जनता से चारों ओर वायु कोलाहल-सा मचा रही थी। देवदासी की आशंका मन ही मन भयभीत हो गई। उसने अपना हाथ रंगभद्र के वक्ष पर रख दिया और विभोर-सी खड़ी रही। रंगभद्र ने कहा, ''परसों मैं सिंहलद्वीप जा रहा हूँ। प्रतिज्ञा करो कि तुम मेरे साथ पोत पर आरूढ़ होकर मेरी अर्द्धांगिनी के रूप में चलोगी। परसों कांची के देव मंदिर में महोत्सव होगा। उस दिन लोग अपने-अपने काम में संलग्न होंगे। किसी को भी अधिक चिंता नहीं होगी। हम-तुम परिक्रमा के पीछे वाली पुष्पकरिणी के पास मिलेंगे और तुम निर्भीक, पाप की भावना से हीन मेरे साथ चली चलोगी, क्योंकि तुम मुझसे प्रेम करती हो।''

देवदासी ने अपना सिर रंगभद्र के सुदृढ़ वक्षस्थल पर टेक दिया। उसकी आँखें बंद हो गईं और मुँह से धीरे से उच्छ्वसित हुआ, ''मैं प्रतिज्ञा करती हूँ रंगभद्र, मैं चलूँगी। तुमने मेरी नीरवता में जो वीणा बजाई है, उससे मेरा रंध्र-रंध्र गूँज रहा है। मैं अवश्य चलूँगी।''

छह

रंगभद्र ने अंधकार में केशों को चूम लिया। देवदासी लाज से मुस्करा उठी।

राजमाता इंदिरा उद्यान-मंदिर में विष्णु के चरणों पर सहस्त्र शतदल कमलों का धीरे-धीरे विसर्जन कर रही थीं। उनका हृदय पवित्र और स्निग्ध था। जब वे पूजा समाप्त करके उठीं तो उन्होंने देखा, सूर्य्यमणि उदास-सी सामने खड़ी थी। राजमाता के मुख पर करुण प्रभा फैल गई। उन्होंने कहा, ''सूर्य्यमणि, आज तू इतनी उदास क्यों लगती है? श्याम मेघ की तरलच्छाया आज तेरे नयनों में आश्रयहीना-सी क्यों काँप रही है? आज तू निदाघ के कानन की भाँति क्यों यह दीर्घ निःश्वास छोड़ रही है? सिकता पर चंचल क्रीड़ा करने वाली लहर के समान तेरी स्मित आज एकदम ही कहाँ लुप्त हो गई?''

सूर्य्यमणि ने सिर झुका लिया। राजमाता ने स्नेह से फिर कहा, ''महाकवि की तनया को ऐसी कौन-सी पीड़ा व्याकुल कर उठी है? बोल बेटी!''

सूर्य्यमणि ने कहा, ''कुछ नहीं माता, ऐसे ही आज कुछ चित्त में अनबूझ-सी ग्लानि छा गई थी।''

राजमाता चुप हो गईं। उन्हें याद आया कि एक दिन वे भी सिंधुनाद के प्रेम में ऐसी ही व्याकुल हो उठी थीं। आज बीस वर्ष बीत गए। वे अब चालीस वर्ष की थीं। सिंधुनाद पचास से ऊपर था।

उन्होंने मन ही मन अपने उस पाप को भूलने के लिए नारायण का स्मरण किया। हृदय निर्मल हो गया। आज वे राजमाता थीं। उनके पवित्र आचरणों पर दक्षिणापथ को गर्व हो सकता था। उनके पति ने अपार विक्रम से चोलराज के दाँत खट्टे कर दिए थे। सम्राट् सिंहविष्णु ने तभी से विधवा को अपने संरक्षण में ले लिया था। उन्होंने कहा, ''सूर्य्यमणि, तेरा विवाह कब का निश्चित हुआ है?''

सूर्य्यमणि ने मुँह फेरकर उत्तर दिया, ''बसंत पंचमी को''—और वह वहाँ से चली गई।

एक दासी ने झुककर कहा, ''महाकवि आए हैं देवी!''

''महाकवि?'' राजमाता ने विस्मय से सिर उठाकर पूछा।

''हाँ, देवी!'' दासी ने सिर झुकाकर उत्तर दिया।

''उनको उद्यान में ही ले आओ।''

दासी चली गई। राजमाता शंकित होकर इधर-उधर घूमने लगीं। उनका हृदय भीतर ही भीतर काँप उठा। आज वे उस व्यक्ति को बीस वर्ष बाद फिर देखेंगी, जिसकी स्मृति भी उनके जीवन का एक महान् पाप है।

इसी समय वृद्ध सिंधुनाद ने दासी के साथ प्रवेश किया। राजमाता इंदिरा ने आगे बढ़कर उनका स्वागत किया। एक संग्मरमर की चौकी पर सिंधुनाद बैठ गए।

दासी चली गई। राजमाता ने दृष्टि उठाकर देखा और फिर उनका शीश झुक गया। सिंधुनाद के नयनों में आज वही चमक थी, जो बीस वर्ष पहले उनके सर्वनाश का कारण बन गई थी। उन्होंने सारंगपाणि का मन ही मन फिर स्मरण किया और कहा, ''कवि, आज आपने कैसे कष्ट किया?''

सिंधुनाद ने धीरे-धीरे कहना प्रारंभ किया, ''एक दिन अनेक वर्ष पहले हम-तुम इसी उद्यान में अपना सब खो बैठे थे। उस दिन भी तुमने मुझे अपना सब कुछ दिया था। आज मैं फिर तुमसे तुम्हारा सब कुछ माँगने आया हूँ।''

राजमाता ने कहा, ''कवि, मैं कुछ भी नहीं समझी। तुम मुझसे क्या लेना चाहते हो? सूर्य्यमणि के लिए मैंने स्वयं धनंजय जैसा उपयुक्त वर खोज दिया है, फिर और तुम मुझसे क्या माँगना चाहते हो?''

सिंधुनाद ने कहा, ''देवी, धनंजय एक देवदासी की ओर आकृष्ट हो गया है। वह सूर्य्यमणि की उपेक्षा कर रहा है।''

राजमाता निष्प्रभ हँसी हँस उठीं। उन्होंने कहा, ''तो इतने मर्माहत क्यों हो कवि! एक बात कहूँ, बुरा तो न मानोगे?''

''नहीं देवी, आज मैं सभी कुछ सुनूँगा।''

''तो सिंधुनाद,'' राजमाता ने कहा, ''देव-सेवा के लिए अर्पित इन सहस्रों बालिकाओं के जीवन में और एक साधारण गणिका के जीवन में भेद ही क्या है? साम्राज्य का धर्म भले ही इसे स्वीकार न करे, किंतु जिन सामंतों के यहाँ नगर की प्रजा की ललनाएँ कुछ दिन दासी बनने आती हैं और अपने यौवन की भेंट देकर लौट जाती हैं, उन सामंतों के यहाँ क्या देवदासियाँ वेश्या ही नहीं होतीं? क्षमा करो कवि, दिन में वे देव-सेवा करती हैं, रात को छिपकर पुरुष-सेवा! कवि, यौवन कभी भी सत्पथ पर नहीं चल सकता। उसकी ठोकर से विक्षत उँगलियों का रक्त सदा के लिए पथ पर छूट जाता है। फिर तुम्हें इतनी चिंता क्यों? कौन है वह देवदासी जो धनंजय के रूप की अवहेलना कर सकेगी? कौन है वह साधारण नर्तकी जो धनंजय के बल और यश के अंक में सब कुछ खोल न देगी? दो दिन की यह भूख मिटा लेने दो उन्हें। जब हमारा समय था, तब हम भी तो पीछे नहीं हटे। धनंजय का यह लोभ एक आलिंगन में प्रवाहित हो जाएगा और पुरुष के लिए तो कोई पवित्रता नहीं, वह तो अनेक स्त्रियों में मत्त गजराज की भाँति क्रीड़ा कर सकता है। बसंत पंचमी को यदि वह सूर्य्यमणि के साथ अग्नि की प्रदक्षिणा न करे, पुजारी फिर से पुरुषस्य भाग्य का उन्माद न गुँजा दें तो आकर इस पापिनी से जो मन आए, कहना—जो विवाह के पहले माता हो चुकी थी, किंतु जिसके छल से आज भी साम्राज्य उसकी पवित्रता के सम्मुख वैदेही और अनसूया को तुच्छ समझने लगा है। बोलो सिंधुनाद, नारी का मोल ही क्या है? पुरुषों के हाथों में खेलने वाली कठपुतली? पुरुष भूमि पर मरता है, वह आकाश को चूमने का प्रयत्न करती है। यही तो है सबसे बड़ी

दासी गृहस्वामिनी का रूप—जिसकी सत्ता अपने आप में कुछ नहीं!''

''देवी!'' सिंधुनाद ने क्षुब्ध होकर कहा, 'बीस वर्ष पहले मैंने कहा था, मर्यादाओं का संकोच जीवन की वास्तविकता नहीं है। आओ, हम-तुम इस देश को छोड़कर कहीं चले जाएँ। किंतु तुमने स्वीकार नहीं किया।''

''लेकिन कवि,'' राजमाता ने कहा, ''पाप तो मिट गया, पाप की स्मृति अवश्य हृदय में चुभती है। कभी-कभी जब तुम्हारी कविता पढ़ती हूँ, तब लगता है कि वह पाप नहीं था, यह परवश जीवन सबसे बड़ा पाप है।''

''पाप! देवी'' सिंधुनाद ने कहा, ''मेरे-तुम्हारे जीवन का पाप ही आज फिर इस समस्त वैभव को भस्म कर देना चाहता है। मैं इसी से काँप रहा हूँ। तुम देवदासी को साधारण वेश्या कहने तक में नहीं झिझकीं, तो सुनो कि जिस साधारण नर्तकी की पवित्रता को रौंदते देखकर भी तुम्हारा गर्व कुंठित नहीं होता, वह तुम्हारी औरस पुत्री है। सूर्य्यमणि तुम्हारे प्रेमी की पुत्री है, किंतु देवदासी रुक्मिणी तुम्हारी पुत्री है, तुम्हारे यौवन-तरु का प्रथम पुष्प है, तुम्हारे जीवन-सागर में प्रतिबिंबित होने वाली प्रथम बालारुण की दीप्ति है।''

राजमाता ने काँपते हुए कहा, ''किंतु रत्नगिरि ने तो मुझसे कहा था, वह मर चुकी है।''

''रत्नगिरि नहीं जानता था कि एक दिन बलशाली साम्राज्य के एक विशाल स्तंभ सेनापति का पुत्र उसके पीछे व्याकुल हो उठेगा। सहस्रों देवदासियों के बीच उसने उसे छिपा दिया था। किंतु यदि धनंजय उसकी पवित्रता को अपनी उच्छृंखलता से विध्वस्त करेगा तो रत्नगिरि उसे कभी भी नहीं सह सकेगा। उसने कठोर तप में अपना जीवन बिताया है। उसने दूसरों की भूलों को सरल चित्त से क्षमा किया है। उसे रुक्मिणी से पुत्री का-सा स्नेह हो गया है। जिसने आजन्म अखंड स्फटिक जैसा धवल ब्रह्म तेजस् अपने चारों ओर प्रकाशित किया है, वह क्रोध से पल्लव साम्राज्य को खंड-खंड कर देगा। राजमाता, वह वैभव और सुख की इन दीवारों की नींव में पलते पाप को समूल उखाड़कर फेंक देगा। उसके दुर्वासा के-से अग्नि-क्रोध को ठंडा कर सके, ऐसा साहस, ऐसी पवित्रता किसमें है? प्रजा क्या कहेगी? देवता की पवित्र संपत्ति पर वह कभी पदाघात नहीं सह सकेगा। राजमाता, मेरा मन भय से काँप उठता है।''

राजमाता सिहरकर खड़ी हो गईं। उन्होंने कहा, ''कवि, चलो! मैं रत्नगिरि से मिलना चाहती हूँ। देवदासी मेरी पुत्री है। उसे मैं अपने पास ले आऊँगी। वह मेरे शरीर का संचय है। रत्नगिरि माता की आज्ञा की उपेक्षा नहीं करेगा। मेरे वक्षस्थल में एक स्नेह काँप रहा है। मेरी पुत्री भुवन-सुंदरी है! वह मेरी है! मैं उसे देखना चाहती हूँ, कवि!''

सिंधुनाद उठ खड़े हुए। उन्होंने कहा, ''रत्नगिरि पाषाण है देवी! उसके हृदय

में एक सोता है और वह केवल देवदासी रुक्मिणी के लिए है। वह उसकी पवित्रता पर मुग्ध है। जिस दिन उसे उसमें अपवित्रता की गंध आएगी, वह अपने हाथ से उसका वध करके देव-प्रतिमा के चरणों पर उसे समर्पित करके आत्मघात कर लेगा। आत्मघात का पाप भी उसके सामने देवता के प्रति विश्वासघात की तुलना में कुछ नहीं। वह कठोर तपस्वी है। ममता के झूठे आवरण से उसकी आँखें कभी नहीं चौंधतीं। आज जो माता बनकर जा रही हो, वह तुम्हारे मातृ-स्नेह को ठुकरा देगा। वह पूछेगा, कहाँ था यह प्रेम उस दिन, जब सद्यःजात शिशु को स्तन से लगाने के स्थान पर तुमने रातों-रात बाहर कर दिया था। एक राजकुमारी को तुमने पाप बना दिया और जब मैंने पाप को भगवान् की छाया बना दिया है, तुम फिर उसे अपवित्र करना चाहती हो।"

राजमाता ने कहा, "फिर क्या होगा कवि?"

सिंधुनाद ने कहा, "रथ बाहर खड़ा है देवी, चलिए!"

राजमाता ने आवाज दी, "नीला!"

दासी ने आकर शीश झुकाया।

राजमाता ने कहा, "शीघ्र ही रथ तैयार कराओ।"

"जो आज्ञा," कहकर दासी चली गई।

थोड़ी देर बाद राजमार्ग पर दो बहुमूल्य रथ दौड़ने लगे। एक पर महाकवि थे, दूसरे पर राजमाता। रथ राजमंदिर के बाहर रुक गए। दोनों उतर पड़े।

जब वे भीतर पहुँचे, उन्होंने देखा, रत्नगिरि सूर्य्यमणि के सिर पर हाथ रखकर कह रहा है, "पुत्री, यह संसार अत्यंत कुटिल है। सत्य के उन्मीलन आज के संसार में प्रलय का सूत्रपात हो जाएगा। मैं तुझे बताना नहीं चाहता, किंतु तू पवित्र है। तेरी पवित्रता की रक्षा करना, तुझे सत्यपथ पर चलाना, तेरे जीवन को श्रेष्ठ और मनोहर बनाना मेरा कर्तव्य है। मैं तेरी सदा सहायता करूँगा। तेरे सुखों के लिए मैं कुछ भी उठा नहीं रखूँगा। तुझे डरने का कोई कारण नहीं। धनंजय को लाचार होकर तुझसे प्रेम ही नहीं, पवित्र परिणय करना होगा। महोत्सव के बाद मैं देवदासी रुक्मिणी को साथ लेकर काशी चला जाऊँगा। मैं तुझे अपने ब्राह्मणत्व की साक्षी देकर शपथ लेता हूँ।"

राजमाता ने दौड़कर रोते हुए पुजारी के चरण पकड़ लिए। सिंधुनाद गद्गद-से रोने लगे। सूर्य्यमणि कुछ भी नहीं समझी।

अविचलित स्वर से रत्नगिरि ने कहा, "परसों राजमाता! परसों कवि! कल महोत्सव है। अंतिम बार कल मैं कामाक्षी की अपने हाथों से पूजा करूँगा। कल मैं अपने जीवन के सारे पापों के लिए समस्त शक्ति से देवता के चरणों पर क्षमा माँगूँगा। मैं जीवन की इस लुकाछिपी से ऊब गया हूँ कवि! मैं कहीं दूर चला जाना

चाहता हूँ। अपराध का सबसे बड़ा प्रतिदान ब्राह्मण की क्षमा है। ब्राह्मण वह नहीं है जो स्वर्ण और राजमद के सामने अपनी पवित्रता की बलि दे दे, ब्राह्मण वह है जो पाप को पुण्य बना दे, पुण्य को साक्षात् नारायण बना दे। उठो राजमाता, उठो! राजमाता को यदि एक पुजारी के चरणों पर लोग देखेंगे तो विस्मय करेंगे।''

राजमाता के मुख से निकला, ''तुम मनुष्य नहीं हो रत्नगिरि! तुम देवता हो।''

रत्नगिरि ने कहा, ''नहीं राजमाता! मैं केवल देवता का एक पुजारी मात्र हूँ।''

सूर्यमणि आश्चर्यचकित-सी देखती रही। पुजारी मुस्करा रहा था।

सात

राजमंदिर की शोभा आज अनुपम थी। द्वार-द्वार पर आम्रपल्लव बाँधे गए थे। स्थान-स्थान पर घट स्थापित करके केले के नासगर्भा वृक्ष लगाए गए थे। समस्त मंदिर गंध से सुवासित था। सम्राट् सिंहविष्णु आज अपने पूरे वैभव के साथ आए थे। एक ऊँचे मंडप में उनका स्वर्ण-सिंहासन दमक रहा था। कुमारपादीय युवराजों के बाद यथायोग्य आसनों पर सामंतगण आकर बैठ रहे थे। कुलीन स्त्रियाँ एक ओर एकत्रित हो रही थीं। राजकुमार महेंद्रवर्मा चुपचाप अपने आसन पर बैठे आते-जाते मनुष्यों को देख रहे थे। श्याम-सुंदरियों की किलकारियाँ गवाक्षों में से झंकारती वायु के साथ बाहर निकल जातीं और उनके अंगचालन पर विभिन्न आभूषणों की मधुर ध्वनि फूट निकलती। योद्धाओं के भारी चरणों से आहत चमकती भूमि विक्षुब्ध हो उठती और उनके हास्य-तरल स्वरों में मादकता विलोल छाया बनकर प्रभा से दीप्त दंत-पंक्तियों में छिप जाती। मेखलाओं की मंदिम-मंदिम क्वणन-ध्वनि यौवन की द्रिमिक-द्रिमिक हुंकार बनकर चंदन-लेपित स्तनों के उभार के डुलन पर ताल दे रही थी।

एक विराट् स्तंभ के पीछे देवदासी रुक्मिणी प्रतीक्षा कर रही थी। रंगभद्र पास आ गया। देवदासी ने कहा, ''नृत्य के बाद मैं भीतर जाकर पहले वस्त्र बदलूँगी, फिर पुष्करिणी के पास जाऊँगी। तुम प्रायः एक प्रहर के बाद वहाँ पहुँच जाना। क्या सब तैयार है?''

रंगभद्र ने धीरे से कहा, ''तुम्हें चिंता करने की कोई आवश्यकता नहीं देवी! पेलार नदी पर श्रेष्ठि रंगभद्र के अमूल्य वस्तुओं से भरे चौबीस पोत खड़े हैं। बस, हमारे पहुँचने का विलंब है। कल हम स्वतंत्र होंगे।''

''अच्छा, अब मैं जाती हूँ।'' और वह भीतर चली गई। रंगभद्र कुछ देर वहीं खड़ा रहा और फिर भीड़ में मिल गया। प्रसाधन प्रायः समाप्त हो चुका था। बाहर वाद्य आदि लिए सब स्थान सज्जित करके गायक आ गए थे। नृत्य प्रारंभ होने वाला था। सब सामने पट की ओर देख रहे थे। धीरे-धीरे यवनिका उठने लगी। जनसमुदाय स्तब्ध होकर देखने लगा।

अनन्य सुंदरी देवदासी को देखकर सबके नयन चकाचौंध हो गए। वह साक्षात् उर्वशी-सी अंगचालन कर रही थी। मृदंग का निर्घोष प्रतिध्वनित हो उठा। नर्तकी की नूपुर ध्वनि का मधुर प्रवाह सुनकर सभा चित्रलिखित-सी देखती रही। आज वह अद्‌भुत् नृत्य कर रही थी। उसके अंग-अंग में मदन हुंकार रहा था, रति-कोमल कंठ से अपना अजस्र रूप बहाए दे रही थी। उसके प्रवाल-से अधरों पर उन्माद की मोहक गंध तड़प रही थी। उसके विशाल नितंबों को देखकर महादेव का सहस्रों वर्षों का तप आज हाथ खोलकर चिल्ला उठा था।

एकाएक नूपुर मिलकर बज उठे। नृत्य तीव्र गतिमय हो गया। सभा स्तंभित-सी बैठी रह गई। उन्होंने देवदासी को देखा, जैसे प्रलय की अनंत वसुंधरा बाहर आ रही थी। मृगमद का टीका उसके स्निग्ध वर्ण पर स्वर्ण की भाँति दमक रहा था।

आज नृत्य में विभोर वह हीरक की किरन उस मणिकुट्टिभ रंगमंच पर ऐसे डोल रही थी, जैसे शिव के ललाट पर चंद्र की स्निग्ध रश्मि कैलास के शिखरों पर आलोड़ित हो रही हो, जैसे वीणा पर उँगलियाँ द्रुतगति से झंकारमुखर होकर तन्मय हो गई हों! उसका उन्नत वक्षस्थल यौवन का अपराजित गर्व बनकर, अपनी पीवर मांसल सुकोमलता में चंदन से लिप्त ऐसा लग रहा था, ज्यों युगचंद्र पर चाँदनी बार-बार झूम-झूमकर अपने आपको भूल जाती हो। वह इस प्रकार अपनी मादकता में अपने आप खो गई, जैसे मंदाकिनी में परिमल खाकर कलकंठ निनादित कूजन में राजहंसिनी स्वयं अपने आपको भूलकर मृदुल लहरियों पर अपने रेशम-सदृश पंखों को खोलकर क्रीड़ा करने लगती है। क्षण-भर को प्रतीत होने लगा, मानो नर्तकी के साथ समस्त वसुमति आज स्वर्ग की ओर उड़ जाएगी और भारालस वासना का यह मंदिर उत्साह वारुणी की झूम में अपना अनंत विसर्जन कर देगा।

नृत्य रुक गया। सब अविश्वास से चारों ओर देख उठे। सम्राट् सिंहविष्णु ने गद्‌गद होकर कहा, "पुजारी, तुम धन्य हो। देवदासी तुम्हारी पुत्री है?"

"हाँ, सम्राट्!" पुजारी ने गर्व से सिर झुका लिया।

राजमाता इंदिरा और महाकवि सिंधुनाद के नयनों में आनंद के अश्रु छा गए। सूर्य्यमणि भयार्त-सी मौन बैठी रही। देवदासी ने एक बार देवता को झुककर प्रणाम किया और गर्व से सिर उठा लिया। उस समय उसके मुख पर स्वर्गीय आभा खेल उठी। रंगभद्र हर्षित होकर देखता रहा। धनंजय अपने स्थान से उठ गया और अंधकार में कहीं खो गया।

सम्राट् ने फिर कहा, "कवि, रुक्मिणी पर पल्लव को अभिमान है। क्या तुम्हारे हृदय में इस रूप को देखकर सरस्वती का संगीत नहीं उमड़ता?"

सिंधुनाद ने कहा, "मेरा कवित्व रूप की इस अपार राशि को देखकर विक्षुब्ध हो उठा है। मैं असमर्थ हूँ।"

मंथर गति से चलती देवदासी ने प्रांगण पार करके, बाह्य परिक्रमा को लाँघकर

भीतरी परिक्रमा में पाँव रखा। उसी समय उसने सुना, "सुंदरी!"

उसके पाँव ठिठक गए। उसके सामने ही धनंजय खड़ा था। उसके नयनों से वासना ने अवगुंठन हटा दिया। वह लोलुप दृष्टि से उसकी ओर देख रहा था।

देवदासी ने कहा, "क्या है सेनापति तनय?" धनंजय मंत्रमुग्ध-सा उसे देखता रहा। देवदासी ने फिर कहा, "क्या है कुमार? आप क्यों मुझे निष्कारण घूर रहे हैं?"

धनंजय ने उच्छ्वसित स्वर में कहा, "देवी, मैं तुम्हें प्यार करता हूँ।"

"धनंजय!" देवदासी हुंकार उठी। बाहर प्रांगण में उस समय कोई कलकंठ से प्रेम का मनोहर और करुण गीत गा रहा था। धनंजय फिर भी देखता रहा। देवदासी ने आगे चलने को पग उठाया। नूपुर बज उठा। धनंजय को लगा, जैसे रति का विजयी डमरू आकाश, वसुंधरा और पाताल में एक घोष भरता हुआ गूँज उठा। वह पागल हो उठा और धनंजय ने आगे बढ़कर उसके कंधों को पकड़ लिया। देवदासी क्रुद्ध-सी चिल्ला उठी, "धनंजय, तुम दुस्साहस कर रहे हो।"

धनंजय व्याकुल होकर बोला, "रुक्मिणी, तुम भूल रही हो। मैं तुम्हारी पवित्रता से धोखा नहीं खा सकता। मैंने तुम्हें उस युवक से छिप-छिपकर बातें करते देखा है। मेरे हृदय में आग जल रही है। आज तुम्हारे नृत्य ने हविष्य डालकर उसे धक्का दिया है। सुंदरी, आज मैं तुम्हें नहीं छोड़ सकता।"

देवदासी काँप उठी। उसने कहा, "तुम पागल हो गए हो धनंजय! मैं तुमसे भीख माँगती हूँ। मुझे छोड़ दो।"

किंतु धनंजय हँस उठा। उसने उसे खींचकर अपनी छाती से लगाकर उसके सुंदर मुख को चूम लिया। देवदासी क्रोध से उसके मुँह पर हाथ से आघात कर उठी। विक्षुब्ध धनंजय को एक धक्का मारकर भागने लगी। धनंजय उसे पीछे से पकड़कर चिल्ला उठा, "मैं तुझे नहीं जाने दूँगा स्त्री! तुझे मेरी प्यास बुझानी ही होगी। धनंजय आज तक कभी स्त्री से अपमानित नहीं हुआ।"

"नहीं! नहीं! नीच पशु! मैं चिल्ला-चिल्लाकर सम्राट् को बुला लूँगी, तू मुझ पर बलात्कार नहीं कर सकता।"

धनंजय ने हँसकर कहा, "तो तू चिल्लाकर ही देख ले।"

देवदासी के मुँह खोलते ही उसकी कठोर उँगलियों ने उसकी कोमल ग्रीवा को कस लिया और वह दाबते हुए कहने लगा, "चिल्ला! जितनी शक्ति हो, उतना चिल्ला-चिल्लाकर आकाश सिर पर उठा ले। देखें, कौन तेरी रक्षा के लिए आता है?"

धनंजय ने उन्माद में भरकर पूरी शक्ति से उसका गला दबा दिया। अपने बोलने में वह रुक्मिणी का आर्त स्वर नहीं सुन सका। देवदासी का शरीर झूल गया। धनंजय ने अपने हाथ खींच लिए। देवदासी का मृत शरीर पृथ्वी पर धड़ाम से गिर गया। धनंजय व्याकुल-सा देखता रहा। भय से उसका शरीर जड़ हो गया। यह उसने

क्या किया?

इसी समय एक कठोर स्वर सुनाई दिया, "धनंजय, तूने स्त्री की हत्या की है! क्योंकि वह तेरे प्रलोभन में नहीं फँस सकी! कुलांगार!"

धनंजय काँप उठा। उसने मुड़कर देखा। पुजारी रत्नगिरि द्वार पर खड़ा था। धनंजय लड़खड़ा उठा। रत्नगिरि ने हँसकर कहा, "भूल गया अपना समस्त बल और वैभव के अत्याचार का बर्बर रूप? स्त्री की हत्या करके भागना चाहता है? तू एक देवदासी की पवित्रता को कलुषित करना चाहता था, क्योंकि तुझे सेनापति का पुत्र होने का गर्व था। तेरी शक्ति के सामने देवता का अपमान एक साधारण वस्तु है? तेरे बल के सामने एक पवित्र नारी का सतीत्व कुछ भी नहीं? धिक्कार है ऐसे वैभव को, धिक्कार है ऐसे साम्राज्य को! ब्राह्मण तुझे शाप देता है..."

किंतु एकाएक पुजारी की जिह्वा रुक गई। मस्तिष्क में तीन बार कुछ चोट कर उठा। पुजारी ने कहा, "मैं सूर्य्यमणि को वचन दे चुका हूँ पापी! जा, भाग जा! अन्यथा अभी यहाँ भीड़ हो जाएगी और तू पकड़ा जाएगा। तूने अनेक हृदयों का सर्वनाश कर दिया है। किंतु तेरे लिए जैसे युद्धभूमि में यश के लिए अनेक हत्या करना है, वैसे ही एक यह भी सही। वहाँ तू अनेक स्त्रियों को धन और भूमि के लिए विधवा बनाता है, यहाँ तूने ब्राह्मण और देवता की संपत्ति पर पदाघात किया है।"

धनंजय वज्राहत-सा खड़ा रहा। पुजारी ने उसे धकेलकर बाहर कर दिया। उसने पास जाकर देखा, देवदासी की आँखें उलट गई थीं, जिह्वा बाहर निकल आई थी। धनंजय ने पीछे से उसका गला घोंट दिया था। तभी उसके नयनों में कोई चिह्न नहीं था।

कैसा कठोर होगा उसका हृदय, जो इस फूल-सी बालिका की हत्या कर सका? सूर्य्यमणि एक हत्यारे से विवाह करेगी और वह देखता रहेगा? किंतु राजमाता का मान, सिंधुनाद की उज्ज्वल देदीप्यमान कीर्ति!

वृद्ध शव पर रो उठा। उसने कहा, "उन्हें क्षमा कर दे रुक्मिणी! सिंधुनाद तेरा पिता है, राजमाता इंदिरा तेरी माता है, सूर्य्यमणि तेरे पिता की पुत्री है और मैं सूर्य्यमणि को वचन दे चुका हूँ। तू बिलकुल पवित्र है। आकाश की शरद पूर्णिमा की ज्योत्स्ना से भी अधिक श्वेत! उन्हें क्षमा कर पुत्री! मैंने तुझे बचपन से पाला था और वैराग्य मैंने तेरे कारण त्याग दिया। क्षमा कर रुक्मिणी! ब्राह्मण, देवता और देवदासी को सब कुछ खोकर भी क्षमा करना चाहिए पुत्री!"

उसने देवदासी के शरीर को स्पर्श करके ऊपर हाथ करके कहा, "देवता, नारायण, कामाक्षी! देवदासी को स्वर्ग में बुला लो। वह बिलकुल पवित्र है।" पुजारी उठा। उसने अपने आँसू पोंछ लिए और बाहर निकल आया। बाहर कोई वीणा बजा रहा था। रत्नगिरि ने कहा, "मैंने देवदासी की हत्या की है, मैंने देवदासी रुक्मिणी

को गला घोंटकर मार डाला है। भीतर परिक्रमा के पास उसका शव पड़ा है।''

गीत रुक गया। वीणा की सिसक बंद हो गई। महासम्राट् सिंहविष्णु हठात् उठ खड़े हुए। उनके उठते ही समस्त सभा हड़बड़ाकर खड़ी हो गई। चारों ओर निःस्तब्धता छा गई। प्रांगण के बिल्लौर का मध्य भाग एक उदासीनता और किंकर्तव्यविमूढ़ता से स्तब्ध हो गया। महोत्सव रुक गया। स्त्रियों के आभूषण चुप हो गए, पुरुषों के नयन विस्मय से खुल गए। प्राचीन राजमंदिर की विशाल प्राचीरें विक्षुब्ध हो गईं।

कुछ देर तक सब चुपचाप देखते रहे। सम्राट् ने कहा, ''कौन? वही जिसने अभी-अभी अप्सराओं का-सा नृत्य किया था?''

''हाँ, वही सम्राट्!'' रत्नगिरि ने दूर से उत्तर दिया और प्रांगण की ओर बढ़ चला।

चारों ओर कोलाहल मच उठा, ''पुजारी रत्नगिरि ने अपनी पुत्री की हत्या कर दी, ब्राह्मण होकर उसने पवित्र देवता की संपत्ति को मार डाला। जन्म से जिसे उसने पाला, उसी पर हाथ उठाया? उसने निरपराधिनी स्त्री का ध्वंस कर दिया? ब्राह्मण ने आज यह घोर अपराध किया? रत्नगिरि ने पल्लव के गौरव-वृक्ष को फल और फूलों से लदा देखकर भी कुठार चला दिया।'' प्रांगण में आकर अकेला रत्नगिरि सुनता रहा। उसको चारों ओर से सम्राट्, राजकुमार, सामंतों, नागरिकों, कुलीन ललनाओं और जनसमुदाय ने घेर लिया। सब कुछ न कुछ उसके विरुद्ध कह रहे थे। सम्राट् कुछ सोच रहे थे। किसी को भी विश्वास न था। पुजारी रत्नगिरि साम्राज्य का सबसे पवित्र ब्राह्मण था। चारों ओर से प्रश्नों की भरमार होती रही। जनसमुदाय विक्षुब्ध होकर उसे धिक्कार रहा था। सामंतों की भृकुटि खिंच गई थी। सब उसे क्रुद्ध दृष्टि से, घृणा से व्याकुल होकर देख रहे थे। किंतु पुजारी रत्नगिरि निर्भीक खड़ा रहा। रंगभद्र ने उसके पास जाकर कहा, ''पुजारी! तुमने रुक्मिणी को मार डाला? तुमने उसके मनुष्य होने के प्रयत्न को देखकर उसका वध कर दिया? ब्राह्मण! तुम युग-युग तक रौरव की यातना भोगोगे। तुमने एक मनुष्य को पशु बनाना चाहा था और जब उसने मनुष्य होने का प्रयत्न किया, तुमने उसे कुचल दिया? क्योंकि वह मेरे साथ भागने वाली थी?'' राजकुमार महेंद्रवर्मा ने आगे बढ़कर कहा, ''ब्राह्मण होने से तुम अबध्य हो पुजारी! किंतु ब्राह्मण आज तक पशुबलि देते थे, तुमने नरमेध किया है। मैं आज उस धर्म के नाम पर पूछता हूँ, क्या वैष्णव-भक्ति में पिता पुत्री की हत्या करके नहीं मर सकता?'' रंगभद्र की ओर दिखाकर सम्राट् सिंहविष्णु ने कहा, ''यदि यह युवक सत्य कहता है तो पुजारी का कोई दोष नहीं। उसने देवता की संपत्ति को अपवित्र होते देखकर उसका ध्वंस करके पवित्र भागवत धर्म की रक्षा कर दी। रत्नगिरि! बोलो, कहो, देवदासी अनाचारिणी थी?''

रत्नगिरि ने अविचलित स्वर में कहा, ''यह युवक झूठ बोलता है। मैंने इसे कभी भी उससे बात करते नहीं देखा। देवदासी सदा अकलुष, पवित्र और पुण्य से

भी मधुर थी। उसकी आत्मा प्रभात के नीहार की भाँति उज्ज्वल कल्मषहीन थी।''

संम्राट् सिंहविष्णु ने क्रोध से कहा, ''तब तू ब्राह्मण नहीं है रत्नगिरि! तू चांडाल है। अपनी पुत्री को निष्कारण मारकर तू पत्थर की तरह मेरे सामने खड़ा है। राजकुमार महेंद्रवर्मा सच कहता है कि ब्राह्मण को अबध्य कहना धर्म का सबसे बड़ा दुराचार है।''

रत्नगिरि ने कहा, ''सम्राट्, रत्नगिरि पुत्री की हत्या करके अब ब्राह्मण नहीं रहा। वह हत्यारा है।''

इसी समय राजमाता धीरे-धीरे रत्नगिरि के सम्मुख आ खड़ी हुईं। उनकी आँखों में अश्रु छा रहे थे, जिनमें वात्सल्य और भय-मिश्रित घृणा चमक रही थी। उन्होंने कहा, ''पुजारी, सच कहो, पुत्री को तुमने ही मारा है?''

पुजारी ने कुछ जवाब नहीं दिया। राजमाता फूट-फूटकर रो उठीं। उनका हृदय टुकड़े-टुकड़े हो रहा था। उन्होंने कहा, ''तुम रक्षक नहीं हो, तुम हिंस्र पशु हो। जन्म से तुमने उसे पाला, फिर क्या इसी अंत का तुमने उसके लिए निर्णय किया था? पैदा होते ही क्यों न मार दिया पिशाच? स्वर्ग की उस अमूल्य पवित्र प्रतिमा का तुमने अंत कर दिया, तुम्हें क्या मालूम मेरे हृदय की वेदना...''

उनका कंठ रुँध गया। पुजारी ने उनकी ओर देखा। वे रोती-रोती पीछे हट गईं। आगे आकर कवि सिंधुनाद ने कहा, ''पुजारी, यह तुमने क्या किया? सच कहो, तुमने यह हत्या क्यों की? तुम तो उसे काशी लेकर जा रहे थे! रत्नगिरि, तुमने क्या यही मित्रता दिखाई है? आजीवन पवित्र रहे हो तुम? तुमने स्त्री-हत्या ही नहीं की, तुमने देवदासी की हत्या की है! ब्राह्मण होने के कारण तुम्हारी हत्या नहीं की जा सकती, क्या इसी से तुमने ऐसा किया? आज तक तो तुमने कभी अपने अधिकारों का दुरुपयोग नहीं किया! क्या देवदासी पापिनी थी?''

उस समय रत्नगिरि ने दृढ़ स्वर में कहा, ''नहीं कवि!''

सिंधुनाद की आँखों में आँसू छा गए। उसने धीरे से कहा, ''तुमने सबसे बड़ा पाप किया है। तुमने अनेक हृदयों पर ठोकर मारकर चूर कर दिया। तुम मेरे मित्र हो। रत्नगिरि, क्या तुम अब जीवन-भर अपने इस भीषण पाप की ज्वाला में जीवित ही नहीं मर जाओगे? कैसे सह सकोगे यह सब ब्राह्मण? किंतु तुम अब सब कुछ सहोगे वज्र-हृदय! तुमने हत्या की है। तुमने विश्वासघात किया है। तुमने इस वृद्ध का हृदय बिलकुल ध्वस्त कर दिया है। क्या चिता की भस्म को अपने पापी नयनों से घूर रहे हो? रत्नगिरि, यह तुमने क्या किया?''

पुजारी ने नीचे का होंठ दाँत से काट लिया और चुपचाप खड़ा रहा।

सम्राट् सिंहविष्णु ने कहा, ''ब्राह्मण को राजमंदिर से बाहर निकाल दो, उसको पल्लव साम्राज्य से निर्वासित कर दो। मैं आज्ञा देता हूँ कि पल्लव का एक भी नागरिक, सैनिक अथवा जो कोई भी हो, ब्राह्मण को एक मुट्ठी अन्न न दे, एक बूँद पानी

न दे और इसके पाप से पूर्ण मुख को देखकर चिल्ला उठे—नारायण! नारायण!!"

समस्त समुदाय पुकार उठा, "नारायण! नारायण!!"

सम्राट् सिंहविष्णु ने फिर कहा, "मंदिर को यज्ञ से पवित्र करना होगा। यहाँ ब्राह्मण के वेश में चांडाल रहता था। इसे निकाल दो।"

रत्नगिरि धीरे से मंदिर के बाहर निकल गया। सहस्रों हृदय एक स्वर से उसे धिक्कार उठे।

आठ

उस समय मंदिर निर्जन हो चुका था। निःस्तब्धता सनसना रही थी। नागरिक समुदाय अपने-अपने घरों को लौट चुका था। दीप बुझ चुके थे। घोर नीरवता छा रही थी। स्तंभ के सहारे खड़े युवक की तंद्रा टूट गई। वह धीरे-धीरे बाहर आया और पेलार नदी की ओर चल पड़ा।

प्रभात का मधुर प्रकाश सिकता पर डोलने लगा। धीवरों की वंशी की करुण लहरियाँ सिंधु-मिलन के लिए अधीर ऊर्मियों पर फहरने लगीं। सहसा युवक ने पोत पर चढ़कर पुकारा, "कदंब!"

सेवक ने झुककर कहा, "प्रभु!"

"हमारे पास कितने पोत हैं?" युवक ने अविचलित स्वर से पूछा।

"चौबीस, प्रभु!" सेवक ने विनीत उत्तर दिया।

"उनकी संपत्ति बाँट दो कदंब! कांची की भूखी प्रजा को वह सब दान कर दो।"

"प्रभु!" कदंब ने विस्मय से कहा।

"विस्मय न हो कदंब! आज महाश्रेष्ठि रंगभद्र प्राणों का व्यापार करने सिंहल जा रहा है। जिस मोती को खोजने वह महासमुद्र में गोता मारने जा रहा था, वह उसे भीषण से भीषण समुद्र का मंथन करके भी अब नहीं मिल सकता।"

"प्रभु!" सेवक ने फिर निवेदन किया, "स्वामी का चित्त आज कुछ अस्थिर है।"

"नहीं कदंब! रंगभद्र अब कभी विचलित नहीं हो सकता। जिस धन को मैं आज एकत्रित करने जा रहा था, आज उसी धन और अधिकार के मद ने मुझे आमरण जीवित जलने का महान् वरदान दिया है। रंगभद्र कभी भी अब कांची की अभिशप्त नगरी को नहीं लौटेगा। पल्लव साम्राज्य का यह भीषण नरमेध आज पाषाणों के चरणों को अपने रक्त से रँग चुका है। मैं इससे घृणा करता हूँ कदंब! मैं इससे जी भरकर घृणा करता हूँ।"

कदंब चला गया। युवक थोड़ी देर तक खड़ा रहा और फिर सहसा पुकार उठा, "माँझी, पोत को बहने दो।"

कठोर मांसपेशियों वाले नाविकों की पतवारों ने अथाह नदी की लहरों को काटना प्रारंभ किया। फेन उठाकर पोत के किनारे पर छींटे मारने लगे। अकेला पोत सागर की ओर बह चला। निराधार, अनंत जलराशि पर डगमगाता, काँपता, भयभीत होता। पाल हवा से भरकर फैल गए। उज्ज्वल प्रकाश लहरों पर भागने लगा। तीर दूर छूट गए। पोत की गति तीव्र होने लगी।

रंगभद्र एक बार जोर से हँस उठा और फिर सिर थामकर अर्द्धमूर्च्छित-सा बैठ गया। वह न जाने कौन-सा मोती ढूँढ़ने जा रहा था? चारों ओर महानद का ऊर्मिजाल अट्टहास कर उठता था और ऊर्जस्वित प्रतिध्वनि आकाश में मँडराने लगती थी।

प्रवाह पर पोत मंथर गति से बहा जा रहा था। दूर-सुदूर केवल जलराशि के अतिरिक्त आज चारों ओर कहीं भी कुछ न था। क्षितिज जैसे सन्निपात में कुछ मर्मर कर रहे थे और रंगभद्र बैठा रहा, बैठा रहा, विश्रांत, पराजित, विध्वस्त···अवसाद का टूटा हुआ स्तंभ···अभिलाषाओं की धधकती भस्म का उन्माद!···

[मई, 1947 से पूर्व]

तबेले का धुँधलका

जब हमको कहीं भी मकान नहीं मिला, तब सब लाचार होकर एक-दूसरे का मुँह देखने लगे।

"गए थे?" मेरी स्त्री पूछती।

"गया था। सब तरह की कोशिश की; लेकिन कोई सुनता ही नहीं। ये लोग अपने को हिंदू कहते हैं!" मैंने गुस्से से अपने होंठ काट लिए।

"क्या किया जाए?" बहन पूछती।

"जहर खा ले," मैंने तड़पकर उत्तर दिया।

उसके बाद स्टेशन के बाहर जो पेड़ों के नीचे का साया था, हम उसी में अपने चिथड़ों में जाकर सो रहते। सोते तो क्या, हाँ, पड़े रहते।

कितने दिन हुए। उस सबको मैं भूल जाना चाहता हूँ। जिसके पास जाता हूँ, वही टाल बताता है। जिसके पास ताकत या पैसा है, उसके पास दिल नहीं है; जिनके पास दिल है, वे हमारी तरह शरणार्थी नहीं होते हुए भी कुछ ताकत नहीं रखते।

घर की परेशानी बढ़ती चली गई। आखिर कब तक इस तरह पेड़ों के नीचे काट सकते हैं। हमसे तो ये कंजर अच्छे हैं, जिनके पास तंबू तो है। हमारे पास तो वह भी नहीं। बच्चा सूखकर काँटा हो गया है। उसकी शायद तिल्ली बढ़ आई है। माँ देखती है तो रोती है। कुछ ईंटें बटोरकर एक चूल्हा बना लिया है। उसी पर बच्चे की माँ खाना बना लेती है। मैं मेहनत-मजदूरी करता हूँ। जो मिलता है, उसी से काम चल जाता है।

जहाँ मैं थककर बैठता हूँ, वहाँ बहुत-से मुझ जैसे ही गंदे मजदूर बैठते हैं। शहर में सनसनी है। हिंदू-मुसलिम दंगे का खतरा है। मुझसे रोज हमीद पूछता है, "कहाँ जाएँ?"

"पाकिस्तान जाओ, पाकिस्तान!'

"वहाँ क्या मिलेगा?" उसकी आवाज काँपती है।

"जो हमें यहाँ मिल रहा है।"

हमीद चुप होकर चला गया। मैं सोचता हूँ, क्या यह मैंने ठीक जवाब दिया है? पर मैं ज्यादा नहीं सोच पाता।

घर···।

सिर पर छत···।

एक आसरा···।

बच्चा रो रहा है। कमबख्त को कुछ समझ नहीं। माँ उसे चुपचुपाती है, चुमकारती है। आखिर वह सोने लगता है।

मैंने कहा, "पगड़ी माँगते हैं। जैसे सबके सिर नंगे हो गए हैं।"

"कितनी?"

"पाँच सौ, तीन सौ···।"

बहन चुप, अब के स्त्री, "वैसे कोई ज्यादा किराए पर दे दे तो···।"

"ऐसा रहमदिल कोई नहीं।"

"पेड़ के नीचे ही रहेंगे," बहन कह उठी।

स्त्री ने विरोध किया, "जाड़ों में?"

बच्चा फिर रो उठता है। मैं खीझ उठता हूँ, "क्यों? यह मेरी मौत देखकर मानेगा?"

बहन उसे चुप करा लेती है। फिर बातें होती हैं।

"अगर मालूम होता तो क्यों आते?"

"अब तो लौट नहीं सकते।" मेरे स्वर की ऊब से वे काँप उठती हैं।

बहन कहती है, "आदमी आदमी नहीं रहे। किसी शरणार्थी से ही क्यों नहीं कहते?"

"वे अपने बोझ से मर रहे हैं।"

"नई इमारतें बन रही हैं?"

"हूँ।"

फिर रात की सनसनाहट। स्त्री फैलकर लेटकर बच्चे को दूध पिलाती है। सोचते-सोचते अब मेरा सिर दुखने लगा है।

स्त्री, बहन, बच्चा सो गए हैं। आसमान में तारे बिखर गए हैं, असंख्य। शहर की बत्तियाँ बुझ गईं। केवल कहीं-कहीं कुत्ते भौंक उठते हैं। मैं झपकने लगा हूँ।

जब मैं करवट बदलकर उठा, तब चूल्हे में से धुआँ उठ रहा था। मैंने देखा, भोर हो गई। रेल की पटरियों के पास पड़ा पिसा-सा कोयला और उसमें खड़े काले-काले मजदूर दिखाई देने लगे। वे कुदालें लिए कुछ खोद रहे थे।

मैं उठकर पुल के नीचे जा बैठा। यहाँ सदैव इक्के-ताँगों का आना-जाना लगा रहता। पुल के ऊपर से भयानक चिंघाट करती हुई रेल गुजरती थी। पुल पक्की ईंटों का बना था। दोनों दीवारों से सटकर बहुत-से फल वाले और छोटे-मोटे खोमचे वाले बैठते थे। उनकी 'हाय-हाय' से ऐसा लगता, जैसे वह कोई रेल का स्टेशन हो।

उन्हीं दीवारों के पास बाहर जरा-सी जमीन खुली पड़ी थी। फकीरों से वह जगह घिरी रहती। फटेहाल गंदे भिखारियों की भीड़ को देखकर मेरा भी मन दहल जाता था। कितने गरीब, कितने नंगे और हारे हुए लोग थे। सच, इनके मुकाबले हम कितने अच्छे हैं! वे हाथ उठाकर पड़े रहते या फिर इधर-उधर चलते राहगीरों के पीछे-पीछे भागा करते। उन्हीं में एक कंजरिया थी, जो रात को वहीं सो जाती। एक बाबा उसे अपने पास से खिलाया करता था। सब उसे छेड़ते थे। पर कोई बात नहीं थी। मैं भी उससे नफरत करता था, क्योंकि इधर कुछ दिन से बाबा किसी भयानक बीमारी के कारण चिल्लाया करता था। पर उस पर अब सबने ध्यान देना छोड़ दिया था।

बातों ही बातों में जब मैं अपना दुखड़ा ले बैठा तो एक मक्खन-टिकिया के पेड़े बेचने वाले ने कहा, "क्यों, तुम्हारे पास पैसा नहीं? तुम कांग्रेस में भरती क्यों नहीं हो जाते?"

"हो जाऊँगा। फिर मकान मिल जाएगा?"

मुझे उत्तर नहीं मिला। और फिर मुझे याद आया, शरणार्थियों की कमेटी में मंत्री हैं। कौन हैं? खैर, मैं उन जूतों की बड़ी दुकान वाले कांग्रेस नेता से मिला था। उन्होंने कहा था, 'तुम शरणार्थी नहीं, पुरुषार्थी हो।'

मैं पुरुषार्थी हूँ! जिसके सिर पर छत नहीं, पेट में दाना नहीं।

"अमाँ तुम!" एक आवाज सुनाई दी, "समझते हो, यहाँ कुछ तसल्ली मिलेगी? नहीं भाई, नहीं, काम करो, खाओ। मुसीबत किस पर नहीं पड़ी?"

"तुम्हारे भी बीस मकान थे?" किसी ने व्यंग्य किया, "सभी पंजाबी शरणार्थी वहाँ लखपति थे। गरीब तो मिलता ही नहीं।"

"ठीक कहा भाई, ठीक कहा। हम तो वहाँ भी गरीब थे। यहाँ बैठे जो चाहे कह लो। क्या है? तुम पर भी जब मुसीबत आती न, तब मालूम पड़ती।" ठेले वाला पंजाबी हँसा। उसके स्वर में तिक्त क्रोध था।

"तो फिर भाई," नारंगीवाला बोला, "वहाँ जैसे थे, यहाँ भी रहो। हमें कौन आराम है? महँगाई ने पीस रखा है। हमारा ही दिल जानता है। बच्चे माँगते हैं, हम कुछ नहीं दे पाते।"

उसने निराशा से सिर हिलाया। फिर कहा, "गरीब तो भाई, गरीब ही रहेगा।"

पंजाबी ठेला एक ओर ठेलकर हँसा। उसने साबुन एक हाथ से जमा करते हुए कहा, "तो फिर मरेंगे।"

मैं सुनता रहा।

"अब मेहनत-मजदूरी के दिन नहीं रहे," किसी ने हँसकर कहा, "ब्लैक का जमाना है।"

"सेठों की चढ़ बनी है। आजाद हो गए हैं।"

मैं सुन रहा हूँ। स्वरों में आक्रोश है।

"सालों की चरबी कैसी बढ़ गई है। पुलिस भी उनके ही⋯"

"रिश्वत का जोर है भाई!"

"आजादी है भाई, आजादी!" पंजाबी ने अंतिम चोट की और अब ठेला आगे बढ़ गया था। पंजाबी का लंबा शरीर भीड़ में मिल गया। अब खोमचे वालों की आवाजें गूँज रही हैं सब तरफ। रोटी बन गई होगी, मुझे भूख लग गई है।

मैं चुपचाप लौटकर आ गया।

खाना खाने लगा। बहन ने कहा, "भइया, अब यों कितने दिन चलेगा?"

"मैं ही तो मकान नहीं ढूँढ़ता।"

"तुम तो बस चिढ़ जाते हो।"

"ढोल बजाकर मकान मिल जाएगा?"

मैंने निश्चय कर लिया, कल से मैं भी एक ठेला लगाऊँगा।

खाना खाकर मैं फिर चल पड़ा। स्त्री ने टोका, "अब तुम फिर जा रहे हो?"

"कुछ काम देखूँगा।"

"आज दिन ठीक नहीं है, दंगा हो सकता है।" उसने डरते हुए कहा।

मैं क्षण-भर चुप रहा। फिर कहा, "अब और क्या होना रह गया है?"

वह चुप हो गई। मैं चल दिया।

शहर तिरंगे से लद गया है। चारों ओर सुंदर-सुंदर झंडे लटक रहे हैं। बिना भेद-भाव के सब जगह छा गए हैं। पंद्रह अगस्त का दिन आ गया है। सब लोग भाग रहे हैं। एक हिंदुओं की भीड़ टूटकर मुसलमानों पर हमला कर रही है। पुलिस के सिपाही खड़े हैं। मैं चाहता हूँ कि इन लुटेरों में मैं भी मिल जाऊँ। पर अगर मारा गया तो? तो बीवी, बच्चा⋯बहन? ठीक है, पहले लड़ाई हो लेने दो। फिर लूट में जो मिलेगा, उसी को लेकर भाग जाऊँगा।

जुलूस निकल रहा है। कितने सफेद टोपी वाले जा रहे हैं। अधिकतर मोटे-मोटे लाला हैं, दुकानदार। इनकी गर्दनें गर्व से कैसी टेढ़ी हो गई हैं। मुझे देखकर घिन हो रही है। मुझे अपने गंदे कपड़ों पर शर्म आ रही है। शहर में लूट हो रही है। मैं भी भाग चला। लेकिन हठात् ठिठक गया। गोली चलने की आवाज आ रही थी। भयानक ठाँय! ठाँय! फिर एक गूँज!

मैं डरकर लौट चला। कहीं मुझे भी गोली न मार दी जाए! गोली चल रही है। क्यों? आज आजादी का दिन है न?

मुसलमान परेशान हैं। कहाँ जाएँ? क्या करें?

मैं जब मुसलमानों के मुहल्ले के चौराहे पर पहुँचा, सारी सड़क सुनसान पड़ी थी। सड़क पर फौजी ही खड़े थे। उनके भारी बूटों की आवाज आ रही थी, और कुछ नहीं। बंदूकों की नलियाँ चमक रही थीं।

किले के बाहर जो बहुत-से तंबू पड़े थे, उनमें एक सरकस था। उस सरकस में एक मुसलमान औरत को वह भीड़ पकड़ ले गई है, क्योंकि वह मुसलमान थी। वह गजब की औरत थी। शेर की पीठ पर पाँव रखकर खड़ी हो जाती थी और हाथियों पर नाचती थी। लोग कहते हैं, उन्होंने उसे बेइज्जत करके मार डाला। मुझे अच्छा लगता है, पर मैं इस खयाल से काँपता क्यों हूँ? मुझे किस बात का डर लग रहा है?

जब मैं हाँफता हुआ पेड़ के नीचे पहुँचा, पत्नी सन्नाटे में डरी हुई बैठी थी। बहन बच्चे को लिए लेटी थी। दूर से देखा। सरकस को हिंदू मैनेजर बड़ी कोशिश से भी नहीं बचा सका। वहाँ एक लुटी हुई दुनिया थी। चारों तरफ हवा सनसना रही थी।

बहन कह उठी, ''कहाँ गए थे?''

''लूट में गया था।''

''क्या लाए?''

''वहाँ गोली चल रही थी।''

स्त्री के कान खड़े हो गए।

लेकिन मैं काँप रहा हूँ। वह तीखी आवाज में कह रही है, ''तुम गुंडे हो!''

''मैं?'' मैंने अचकचाकर पूछा।

''हाँ। लूट कौन करता है?'' वह मेरे निकट आ गई। उसने मुझे पकड़कर कहा, ''जानते हो, तुम्हारी बहन को आज हिंदू उठा ले जाते।''

''क्यों?'' मेरी आँखें फटी रह गईं।

''वे इसे मुसलमान समझ बैठे। पाजाना पहने थी। फिर मैं चिल्लाने लगी। तब एक ने कहा, छोड़ो, यह तो सिंधी शरणार्थी है।''

तभी एक पुलिस का सिपाही आ खड़ा हुआ। वह बड़ा मजबूत था। मैं उसे देखकर छोटा हो गया। उसको देखकर एक और आदमी समीप आ गया। उसने कहा, ''क्या बात है जमादार?''

''देखो सालों को,'' सिपाही ने कहा, ''सब जगह कर्फ्यू लगा है और जनाब को देखो, मजे से औरतें लिए बैठे हैं।'' वह हँसा।

मैंने चिल्लाकर कहा, ''घर नहीं मिलता।''

''बेचारे शरणार्थी!'' दूसरे उस चर्बी चढ़े आदमी ने कहा, ''गरीब मालूम देते हैं।''

''अजी, सो न कहो। सबके पास माल है, ले के आए हैं।''

''यों न कहो जमादार! जो मिला, सो ही ले भागे हैं।'' फिर वह आदमी मेरे परिवार पर निगाह डालकर कह उठा, ''बस, ये ही लोग हैं तुम्हारे साथ, और कोई नहीं?''

''नहीं,'' मेरी स्त्री ने कहा, ''बाबू, और कोई नहीं। भगवान् तुम्हें सब कुछ देगा, हमारी नाव किनारे लगा दो।''

''अरे, तो रोती क्यों हो? सब होगा, सब होगा। यहाँ तो अपना राज है, फिर डर किसका?''

उस आदमी की बात में हमदर्दी थी, वह कह रहा था, ''अब तक इतने शरणार्थी आए हैं। उनका कुछ न कुछ इंतजाम हो गया कि नहीं? कोई सदा आफत में थोड़े ही रहता है। सबका एक बखत होता है।'' वह बहन को घूरने लगा। वह सहम गई। वह घूरता रहा। उसकी आँख में जहर था। मुझे ताज्जुब हुआ। कैसा आदमी है, जो जरा भी नहीं सकुचाता? मैंने देखा, बहन सहम गई थी। वह आदमी कहने लगा, ''तो जमादार, बात क्या है?''

''बात यही है कि यहाँ तो कर्फ्यू लग गया है। कोई रात को दो टुकड़े कर गया तो? फिर बेटा को सपने दीखने लगेंगे। यहाँ जम गया है, जैसे यह कोई मकान हो।'' आदमी हँस पड़ा और वह सिपाही कह रहा था, ''उठो यहाँ से! चलो उठो, भागो!''

''तो कहाँ जाएँ?'' स्त्री ने चिल्लाकर कहा।

सिपाही ने फोश गाली दी। मुझे लगा, मेरी नसें फट जाएँगी।

''ऐ-ऐ,'' मैंने हाथ उठाकर कहा, ''कैसे बोलते हो?''

सिपाही ने कहा, ''साले, चमड़ी उधेड़ दूँगा अभी! ले जा इन कुतियों को! आजकल कुत्ते बहुत हो गए हैं⋯।''

वह हँसा। उस आदमी ने कहा, ''चलो मेरे साथ।''

हम उठकर उस आदमी के पीछे-पीछे चलने लगे। मेरा मन कह रहा था कि उस सिपाही के सिर पर कस के एक पत्थर मार दूँ और भाग जाऊँ, पर फिर स्त्री, बहन, बच्चा⋯?

और वह आदमी कह रहा था, ''सिपाही सब ऐसे ही होते हैं। बात यह है कि सरकार ने इन्हें छूट दे दी है। देनी पड़ती है भाई, वर्ना लोग क्या मानेंगे? तुम बुरा न मानना⋯।''

मैं चुपचाप चलता रहा। किसी ने भी कुछ नहीं कहा। फिर हम सड़क की गलियों में चलने लगे।

किसी ने कहा, ''रागो भैये, रंग है।''

हमारे साथ का आदमी दया से कहने लगा, ''बेचारे सताए हुए हैं⋯।''

जिस जगह उसने हमें खड़ा किया, वह एक तंग-सी जगह थी। एक तरफ मकानों की ऊँची-ऊँची दीवारें थीं। सब पर तिरंगे झंडे लटके हुए थे। फिर भी मुझे और कोई चमक दिखाई नहीं दी, जो चेहरे पर होनी चाहिए थी।

''यह तबेला है?'' मैंने पूछा, ''यह?''

"हाँ-हाँ, यही मेरे भाई," उस आदमी ने कहा, "वह देखो, सड़क के पार नल है। वहाँ से पानी मिल जाएगा।" फिर उसने मेरी बहन की ओर देखकर कहा, "तुम चाहो तो हम अपने भीतर जो नल है न दालान में, वहाँ से इंतजाम करवा देंगे। उधर मैं ही रहता हूँ। गोदाम है न? हाँ, वहाँ से पानी भर लेना, वहाँ भीड़ नहीं होगी। धक्कम-धुक्की भी नहीं होगी...।"

स्त्री हर्ष से चीख उठी। उसकी आँखें चमक रही थीं। स्त्री घर मिलने से कितनी खुश होती है! यह न होती तो काहे को मुझे इतनी परेशानी होती? मेरा क्या, चाहे जहाँ रह लेता। इस औरत ने मुझे कितना कमजोर कर दिया है! कोई सहारा नहीं। कोई मददगार नहीं।

स्त्री ने उल्लास से कहा, "भइया, भगवान् तुम्हें देगा। तुमने जो इतनी हमें मदद दी है, इसे क्या भुलाया जा सकता है?"

"सेठ के यहाँ नौकरी करोगे?" उसने मुझसे पूछा।

मैंने आश्चर्य से आँखें फाड़कर देखा। फिर कहा, "मैं ठेला लगाऊँगा।"

तब उस आदमी का स्वर बदल गया। उसने तबेले की ओर देखकर कहा, "कितना रुपया दोगे?"

"रुपया? जो किराया हो?"

वह मुस्कराया, "सेठ को पगड़ी और हमको मेहनताना।"

"तुम हिंदू हो?" मैंने चौंककर पूछा

"तो क्या तुम समझते हो, पाकिस्तान में यह नहीं होता। वहाँ से भी तो मुसलमान भाग-भागकर आ रहे हैं," उसने हँसकर कहा और वह बात भले ही मुझसे करता हो, पर घूर रहा था मेरी बहन को—बुरी तरह, जैसे खा जाएगा। उसकी आँखें लाल हो चली थीं। बहन मुँह फेरकर खड़ी थी। मैंने कहा, "इधर देखो।"

पर उसने वैसे ही कहा, "इतना भी एहसान नहीं मानते? सेठ को पगड़ी दोगे? पाँच सौ रुपया लगेगा। समझे?" वह कठोर हो गया था, "पाँच सौ। कल ही एक मुझसे साढ़े चार सौ कह गया था। पर उसके बहन नहीं थी।" फिर जैसे कुछ नहीं हुआ, वह मुड़कर बोला, "इसमें हर्ज ही क्या है? किसी को मालूम भी नहीं होगा।"

मैं सिर पकड़कर बैठ गया। मेरी स्त्री और बच्चा सब आँखों में डोल गए। ऐसा तो सुना था कि जगह दे दी, फिर जोर-जबरन किसी तरह बाद में छिपा-चोरी काम निकाल लिया। पर यह जानवर मुझसे साफ-साफ कह रहा था। यह मेरी बहन, जिसे मैं इतना साफ और पाक समझता था। आज यह मुझसे कह रहा है। इतनी हिम्मत क्यों की इसने? क्योंकि यह मेरी मजबूरी जानता है।

और जैसे-जैसे मेरा गुस्सा बढ़ रहा है, मुझे लगता है, मेरे हाथों की ताकत खोती जा रही है। सारी देह में झनझनाहट हो रही है और लगता है, हथेलियों में खून बिलकुल नहीं रहा है। मैं पथराई आँख से देख रहा हूँ।

हृदय फट रहा था। मेरी बहन! वह चुपचाप खड़ी उसे देख रही थी। उसकी आँखें फटी-सी थीं—सूखी, चमकदार। और वह आदमी निडर-सा उसे देख रहा था, जैसे उसे आँखों से निगल जाएगा।

स्त्री कभी उस आदमी को देखती, कभी अपनी ननद को, कभी मुझे और फिर उसकी दृष्टि तबेले पर जाकर अटक जाती। घृणा, आशंका, भय उसकी आँखों में काँपकर भाग जाते और घर पर दृष्टि पड़ते ही उसकी आँखों में एक चमक आ जाती। फिर वह बहन को विवश दृष्टि से देखने लगी, जैसे कुछ भीख माँग रही हो। बहन ने देखा। उसका सिर झुक गया। वह मेरी स्त्री से आँख न मिला सकी। पर रोया कोई नहीं। यह मौत नहीं थी। यहाँ कुछ और ही था। पर क्या वह सचमुच कुछ था?

और मैंने कहा, "वह नहीं।" अनजाने ही मेरी दृष्टि बहन से हटकर अपनी स्त्री पर अटक गई। जैसे मैंने एक बदलाव पेश किया था। मैं समझता था कि स्त्री मेरी स्त्री है। उस पर मेरा अधिकार है। सच, यही हुआ, स्त्री ने कोई विरोध नहीं किया। केवल मेरी ओर देखा, फिर बच्चे की ओर।

दुनिया खामोश हो गई थी। मन मिचलाने लगा। जैसे अब मैं सचमुच जमीन तोड़ दूँगा। क्या मैं पागल हूँ?

मुझे खयाल आ रहा है।

स्त्री ने हठात् उससे पूछा, "तुम अकेले आदमी हो?"

"हाँ, बिलकुल।"

"तो यहाँ रहेंगे। किराया बताओ?"

"पंद्रह रुपया तो तुम क्या दोगे। जाओ, साढ़े सात ही दे देना। इससे कम नहीं होगा। पैसा तो तुम्हारे पास भी होगा?"

और शरणार्थी पैसा लेकर भागे थे, लेकिन मैं तो वहाँ भी गरीब था, यहाँ भी गरीब हूँ। मैं क्यों भाग आया?

यह मैं क्या देख रहा हूँ? अब मेरी स्त्री के चेहरे पर वह भय नहीं है। वह सुस्थिर हो गई है। मेरी बहन उसे देखकर अब ठीक-सी लगती है। उसने आँखों से कुछ कहकर समझा देना चाहा है।

वह भी अपनी बात, असलियत और जिम्मेदारी समझती है। वह क्या तकलीफें पसंद करती है? कब तक चट्टान बनी रहे? या फिर मर जाए? मरना बहुत कठिन है। क्यों मरे?

मरना ही होता तो घर छोड़कर भागते? जहाँ बचपन से पले थे, जहाँ का एक-एक रास्ता याद था। यहाँ हम आदमी की शक्ल वाले जानवरों में घूमते हैं, जिनमें किसी की भी हम अपना नहीं कह सकते।

पर वह आदमी हँस रहा था। मैं चाहता हूँ, मैं उसका खून कर दूँ। उसका

गला घोंट दूँ। उन आँखों को उँगली डालकर बाहर खींच लूँ, जिनमें इतना बड़ा पाप जीवित जल रहा था और फिर उस जगह मिट्टी भर दूँ। या सदा के लिए इस आदमी का सीना फाड़कर हृदय का रक्त पी जाऊँ? नहीं, मुझे मंजूर नहीं है। मैं कभी भी नहीं रह सकूँगा। जैसे इतने दिन भटके हैं और दो दिन सही।

कल ही से मैं भी ठेला लगाऊँगा। उसी पर सोऊँगा। उसके नीचे मेरी गिरस्ती रहेगी। पर वह ठेला खड़ा कहाँ होगा? और कर्फ्यू के जमाने में···?

कांग्रेस के नेता से मिला था। वे बड़े-बड़े सवालों में अटके हैं। कश्मीर की लड़ाई है। मैं पूछने लगा, 'बाबूजी, यहाँ की महँगाई तो मारे डालती है।'

उन्होंने कहा था, 'फिर आना।'

मैं चला आया था।

और वह आदमी खड़ा है। बहन उससे कुछ कह रही है, धीरे-धीरे ही। मैं नहीं जानता, बहन ने क्या कहा है। वह आदमी चला गया है। चलते वक्त वह खुश था। उसकी आँखें चमक रही थीं। फिर मैंने सुना, ''इस तबेले के पीछे उसके सेठ उससे नाराज होंगे। यहाँ कभी-कभी गेहूँ के बोरे छिपाए जाते थे—जब पुलिस का डर था, कंट्रोल था। अब तो डर नहीं। फिर भी उनके काम की जगह है। इसके चाहे वह हजार रुपए खड़े कर ले।''

फिर जैसे एक बात बिना कहे ही समझ ली गई। घर में बहन का भी तो फर्ज था। बहन कह उठी, ''पगड़ी नहीं देनी होगी!''

''कौन जाने?'' स्त्री ने भय से कहा कि कहीं मैं बुरा न मान जाऊँ। फिर उसने धीरे से कहा, ''आखिर को जगह मिली। तुम इस जगह को सरकार से लिखवा लो।''

स्त्री नादान है। वह क्या आसान काम है, इस सेठ के सामने?

मैं उठकर गली में आ गया। तीन आदमी बातें कर रहे हैं। मैं सुन रहा हूँ। शायद पास-पड़ोस के नौकर-चाकर हैं।

''कई आदमी मारे गए।''

''कोई गिनती नहीं,'' स्वर भारी था।

''हिंदू एक नहीं मरा।''

''लेकिन दंगा तो मुसलमानों ने शुरू किया था।''

''वह क्या कोई रोक सकता है?''

फिर एक खामोशी। सबकी बात चुक गई।

''शरणार्थी हो?''

''हाँ।'' मैंने उत्तर दिया।

''गेहूँ का कंट्रोल होगा भाई!''

"सच?" कोई स्त्री पूछती है।

"भीतर सरक आओ भाई! वक्त नाजुक है। जाने किस वक्त क्या हो जाए।"

"हूँ! क्या हुआ?"

"घर जाओ, अपने-अपने घर। सिपाही आ जाएगा।"

तभी कोई वेग से भागा और चिल्लाता हुआ गायब हो गया, "भीतर भाग चलो! पुलिस आ रही है, साथ में फौज है। गोली चला देने का हुक्म हो गया है। बाप रे!"

मैं सुन्न पड़ गया। आज आजादी का दिन था। कसूर किसी का था, आफत तो हमारी है। चारों ओर देखा, दरवाजे फटाफट बंद हो रहे थे। लोग भाग रहे थे। अँधेरा झुक गया था।

मैं कुछ भी नहीं सोच सका। घर की याद आ गई। आखिर मेरे भी घर था।

भारी-भारी गाड़ियाँ शहर में अमन फैलाने चल पड़ी हैं। उनके पहियों की हलकी घरघराहट काँप रही है। ऊपर बहुत-से जवान खाकी वर्दी में चुस्त और तैयार खड़े हैं, चौकन्ने-से। ये गुरखे हैं। एकदम कठोर। हाथों में बंदूकें हैं। मैं जानता हूँ, ये न हमारी बोली समझते हैं, न दिल। बड़ी निर्दयता से गोरों की तरह गोली चला देते हैं। बिलकुल दिमाग नहीं होता इनके।

घरों के भीतर से आवाजें गूँज उठीं, "आजाद हिंदुस्तान, जिंदाबाद!"

मैं भाग चला। अँधेरा छा चला है। धुँधली छायाएँ काँप उठी हैं। सड़कें सुनसान हैं। कुछ भी आवाज सुनाई नहीं देती। गर्व से तिरंगे सिर उठाए खड़े हैं। मुझे फिर एक विश्वास-सा होता है। उधर किसी मुहल्ले में बंदूकें चलने की आवाज सुनाई दे रही है।

सामने ही मेरा तबेला दिख रहा है।

लेकिन ज्यों ही मैं भीतर घुसने लगा, मेरा शरीर किसी से टकराया। मैं लड़खड़ाकर गिर गया। सामने वाला व्यक्ति भी गिर गया। उसके मुँह से एक हलकी-सी कराह निकली। मैंने धीरे से उठकर देखा, हाथों का सहारा दिया। गिरने वाला व्यक्ति भी उठा। उसने कहा, "चोट तो नहीं लगी? अभी से कैसे आ गए?"

"नहीं। भागा चला आ रहा था।"

यह मेरी स्त्री थी। पूछा, "क्यों, क्या हुआ?"

"कर्फ्यू लग गया है। दरवाजा बंद कर ले!"

"अभी नहीं, ठहर जाओ! यहाँ पुलिस कुछ नहीं कहेगी इस वक्त। थोड़ी देर बाद बंद कर लेंगे।"

"क्यों?" मैं कुछ नहीं समझा, "भीतर अँधेरा क्यों है?"

वह कुछ सकते की-सी हालत में रही। फिर उसने धीरे से कहा, "चुप, सेठ का आदमी आ गया है। उसके पास 'कर्फ्यू-पास' है।"

मैं समझ गया। मैं लेटा हूँ या गिर गया हूँ। मेरी स्त्री कह रही है, "जानती हूँ। तुम इसे नहीं सह सकते। पर...पर वह मुझे पसंद जो नहीं करता था...।"

मैं सुन रहा हूँ। मेरा खून पानी हो गया है।

स्त्री कह रही है, "किसी को क्या मालूम? रहने को तो जगह मिल ही जाएगी।" फिर जैसे उसने मुझे सांत्वना दी, "अब पगड़ी नहीं देनी होगी। परदेश में अपनी क्या इज्जत?"

['मनोरंजन', दिसंबर, 1948]

ऊँट की करवट

गंगापुत्रों की उस छोटी-सी बस्ती में किसी को भी हैसियत वाला नहीं कहा जा सकता, क्योंकि किसी की भी खास आमदनी नहीं थी। रामदीन पांडे ही के पास थोड़ा-बहुत धन था, और वह भी इसलिए कि उनके पास कुछ खेत थे, जिनमें वे काश्त करवा लिया करते थे और पैसा दाँतों में भींचकर रखने से उनकी थैलियाँ तनिक बड़ी हो गई थीं।

जब से नए दरोगाजी आए, उन्होंने उस गाँव में एक नई हलचल पैदा कर दी। चारों तरफ दबदबा छा गया। गाँव के मशहूर गुंडों का उन्होंने ऐसे रातों-रात दमन कर दिया कि उनके छक्के छूट गए और दरोगाजी के विरोधी होने की जगह वे उनके गुर्गों का स्थान पा गए। दरोगाजी युवक थे। छह फुट लंबे और गोरे आदमी थे। उनके चेहरे पर एक कठोरता थी। बड़ी-बड़ी मस्ती-भरी कंजी आँखों पर तनी हुई भौं थी और गर्दन ठोस थी, गठीली थी; जिसके नीचे उनका स्वस्थ और फैला हुआ वक्षस्थल देखकर आँखें तृप्त-सी हो जाती थीं। वह एक आकर्षक व्यक्तित्व था। उनकी मूँछें लंबी थीं और पतली होने पर भी ऊपर की ओर तनी रहती थीं। जीवन के विभिन्न क्षेत्रों पर उनका विभिन्न प्रभाव पड़ा। बनिया उन्हें जो निपनिया दूध भेजता, उसे देख एक बार वह स्वयं रो देता।

और पंडागीरी करने वाले वे पुराने बाशिंदे, जो गंगापुत्रों के नाम से विख्यात थे, हवा के झोंके के सामने झुकने वाली खड़ी फसल की तरह उन्होंने भी सिर झुकाया। इसी तरह तूफान आते रहे थे, वे झुककर राह देते थे और फिर खड़े हो जाते थे। पुराने अंग्रेजों का यह कथन उन पर पूरी तरह लागू होता था। उनकी आकृतियाँ अधिकांश अच्छी थीं और उनकी स्त्रियों के यौवन की चर्चा प्रायः सभी जातियाँ किया करती थीं।

सुबह और शाम को सूरज गंगा पर उदय होता और डूब जाता। एक बार समस्त धारा स्वर्ण की भाँति चमचमाती, दूसरी बार वही वक्ष फैलाए बहने वाली धारा रक्त की तरह लाल-लाल होकर बहने लगती, जिसमें उन घरों की छाया रात की उँगली पकड़कर काँपा करती और धीरे-धीरे बढ़ती जाती। सारा जल काला हो जाता,

गहरा अंधकार-भरा। गंगा की पवित्रता के प्रार्थी दूर-दूर से वहाँ तीर्थ के लिए आया करते। पंडे अपनी पुरानी बहियाँ खोलकर बैठ जाते और वंशवृक्ष के पत्ते-पत्ते को गिना देते, फिर धर्म के नाम पर लूटते और बात-बात में तुलसीदास की 'रामायण' की चौपाइयाँ सुनाया करते।

दो

गंगापुत्रों में सरयू के घर सदा ठाठ रहते थे, क्योंकि पंडा गिरिजाकुमार की वह स्त्री ही आगंतुकों का अतिथि-सत्कार करती थी कोई भी जिजमान अप्रसन्न होकर नहीं लौटता था। उसका व्यवहार, बोलचाल, हाव-भाव, सब ही बहुत आकर्षक थे। गिरिजाकुमार के अतिथि सदैव ही एक-दो दिन अधिक रहते और धीरे-धीरे सरयू के शरीर पर सोना लदने लगा, जिसने उसे और भी सुंदर बना दिया।

उसकी बढ़ती को सब जानते थे, क्योंकि वह अटारी में जलते दीपक के समान थी। गिरिजाकुमार ढूँढ़-ढूँढ़कर लाते। जब औरों के यहाँ दो-दो तीन-तीन दिन कोई नहीं आता, सरयू का द्वार धर्म का प्रशस्त पंथ बन जाता, जैसे पुण्यतोया भागीरथी उस घर के अंदर होकर बहती थीं।

उस ईर्ष्या के बढ़ने के साथ उसका यश भी बढ़ता जा रहा था। गाँव के अन्य पंडे उसे खुलेआम बदनाम करने का साहस नहीं रखते थे, क्योंकि एक-दूसरे की धोती का छोर एक-दूसरे के पैर के नीचे मजबूती से दबा हुआ था। कपड़े का एक ओर से फटने का मतलब था कि वह फट जाता, उसकी धज्जियाँ उड़ जातीं। अतः वे सब चुप थे और उसे भाग्य कहते थे।

दरोगाजी का सैलानीपन आत्म-प्रसिद्ध तो था, किंतु अभी वे अपने को नई बस्ती के खजानों से अपरिचित समझते थे। उनके मातहत सदैव नई-नई चीजें तलाश किया करते थे, जिन्हें दरोगाजी सूँघते और फेंक देते। उस दिन शाम हो गई थी। नाव पर दरोगाजी गाँव की सर्वोत्तम तवायफ को लिए नौकाविहार में मग्न थे। उनके सामने शराब की बोतल थी, जिसमें से ढाल-ढालकर सोडा मिला-मिलाकर वेश्या हुस्ना उन्हें पिला रही थी। उनके बड़े-बड़े नयनों के कोनों पर गुलाबी डोरे झलक आए थे और पलकें झपकने लगी थीं। आकाश में एक सुनहला बादल डूबते सूरज की किरणों में खेल रहा था। नदी चमचमा रही थी। समीरण की झूमती हुई गाथा अब पेड़-पत्तों को फरफराने लगी थी। गंगा का विशाल प्रवाह जगमगा रहा था।

हुस्ना का सौंदर्य उस चमक ने द्विगुणित कर दिया था। थी गाँव की, पर बड़े-बड़े ताल्लुकेदारों के यहाँ नाच आई थी। दूर-दूर तक उसके मादक शरीर का यश प्रसिद्ध था। हजारों काले-काले गरीब किसानों की भीड़ एक गंदी फसल थी। उनके बीच में वह गुलाब का पौधा थी, जिस पर बड़े-बड़े लोग भी हाथ डालने से नहीं हिचकिचाते थे। उसकी पूर्वी पोशाक, नाक में सोने की बड़ी नथ, जिसे कान के पास बाँध दिया

जाता, उसके बाएँ गाल का वह जहर-बुझा काला तिल और फिर फरेबी आँखों में अविश्वास के धुँधलके में चलते नारी-सुलभ कटाक्षों के धोखे मनुष्य को व्याकुल कर देने के लिए काफी थे।

नाव बहाव से लौटने लगी थी। अब माँझियों की पेशियाँ धार काटने में बार-बार फूलती थीं, गिरती थीं। नदी के किनारे घाटों पर लोगों की चहल-पहल थी। किसी ने भी उस पर कोई विशेष ध्यान नहीं दिया।

उधर सरयू नदी में स्नान करके जब उठी, वह अत्यंत सुंदर प्रतीत हो रही थी। उसका नियम था कि नित्य प्रातः-सायं वह गंगास्नान के लिए घर से कुछ दूर चलकर इधर एकांत में स्नान करने आती। कभी-कभी गंगा की धार पर प्रवाहित उसका दीपदान विस्तृत जलराशि के फेनोच्छ्वसित विलास गांभीर्य पर लगे संध्या तारे की भाँति टिमटिमा उठता था।

हठात् दरोगाजी ने देखा। उन्हें लगा, वे स्वप्न देख रहे थे। उनकी भूल थी कि वे तृप्त हो गए थे। सामने वह नारी, जिसके वस्त्र भीगकर उसके अंगों से चिपककर प्रायः स्पष्ट थे, खड़ी सूर्य को नमस्कार कर रही थी। डूबते हुए सूर्य ने जैसे अपनी उपासना के प्रति प्रसन्न होकर जो पराग उस पर फेंका था, वह अब नदी के कुंकुम जल पर छिटक गया था। लगता था, वह स्त्री नहीं थी, जल पर उगा कमल थी। दरोगाजी ने आज तक वह रंग, सफाई और वह रूप नहीं देखा था। वे उसे विभोर देखते रहे। हुस्ना ने मुस्कराकर कहा, "गिरिजाकुमार की बहू है। क्या उसे निगल जाओगे?"

दरोगाजी ने पूछा, "तुम कैसे जानती हो?"

"पड़ोस के गाँव की लड़की है। मैं यहाँ किसे नहीं जानती?"

दरोगाजी ने सुना और देखा। सरयू नाव की ओर ही आ रही थी। मन में आशा का संचार हुआ।

जब हुस्ना चली गई, दरोगाजी सरयू को पत्र लिखने लगे। उन्होंने एक बार लिखा और वही लिखा, जो वे इससे पहले इक्कीस बार लिख चुके थे। छोटी जगह हाथ रखते थे और इसी से जोर-दबाव से आज तक सफल होकर जो उनमें अपने सौंदर्य, शक्ति और वैभव के प्रति दुर्दमनीय अभिमान था, वह फिर जाग उठा।

तीन

दीवान जी अपने फन में कम न थे। एक बुढ़िया को ढूँढ़ लाए। काम चल निकला। सरयू को पत्र मिलता। वह पढ़ती और उसके मन में तरह-तरह के विचार उठते। घर की दहलीज एक पहाड़ थी जिसे लाँघ जाना उसके लिए असंभव था। दरोगा के अधिकार को वह जानती थी। लोग कहते थे, सब उससे डरते हैं। मन की स्पर्धा जाग उठी। उसने कुछ दिन चुप रहकर अंत में पत्र लिखा। यह आमंत्रण-पत्र था,

'आप मेरे घर किसी दिन स्वयं आइए। मैं कहीं नहीं आ सकती।' पत्र लिखने के साथ ही फाड़ दिया। एक सादा-सा लिखा, 'आपका लिखा पत्र मिला। राजी-खुशी हूँ।'

और उसके पत्रों की गिरिजाकुमार को कुछ भी खबर नहीं रहती। धीरे-धीरे दोनों ओर से दस-दस पत्र, प्रश्न और उत्तर के रूप में, हाथों में बदल गए, फिर भी आग कोयले में ढकी रहती। सरयू का स्नान नदी-तीर पर अधिक होने लगा। दरोगाजी उसे अनेक बार वहाँ आकर अकेले देख गए, किंतु बोला कोई नहीं।

लेकिन वह मद-भरी साँझ थी। दरोगा की आँखों में अजीब सुरूर था। सरयू के होंठ पर मुस्कराहट काँपकर उसको पराजित कर गई। वही पहले झुकी।

उसी दिन बुढ़िया ने कहा, "सरयू बेटी, रात को चलेगी?"

"कहाँ?" उसने आशंका से पूछा।

"आज तेरे पति की दावत है न?"

"मुझे नहीं मालूम।"

"सुना है, दीवान जी ब्राह्मण हैं। उन्हीं के घर। तू घर में अकेली रहेगी?" सरयू के हाथ दरोगाजी का पत्र खोलने लगे।

रात हो गई थी। चाँदनी फैली हुई थी। वह चाँदनी जो आसमान से उतरकर फिर आसमान में समा जाती है। जिसके उजाले में दूधिया हिलोरें उठती हैं। जो छूती हैं, पर दिखाई नहीं देतीं। सरयू एकांत में घर के द्वार से सटी बैठी थी। किसी ने धीरे से द्वार थपथपाया। सरयू ने काँपते हाथ से दरवाजा खोल दिया।

दरोगा जी चुपचाप आए और चुपचाप चले गए। आधी रात का समय था। चारों ओर वही निःस्तब्धता थी। वही शांति सब लोग सो रहे थे। सरयू उदासमना चाँद देख रही थी। अभी तक उसके अंगों में एक अतृप्त दाह थी। जैसे ओक लगाकर बैठे प्यासे का गला भी तर नहीं हुआ था। जिस समय गिरिजाकुमार ने प्रवेश किया, वह करवट बदलकर उठ बैठी। वह डटकर खा आया था। कपड़े बदलकर पलंग पर लेट गया और थोड़ी ही देर में सो गया। सरयू देर तक जागती रही।

उधर दरोगा जी जब सरयू के घर से निकले, लपटें धू-धू कर जल रही थीं। यह मात्र वासना थी। वे विलास चाहते थे। हुस्ना का द्वार खटखटाया। शराब की तृष्णा अभी पूरी नहीं हुई थी। हुस्ना उन्हें ढाल-ढालकर पिलाने लगी। दरोगा नशे में झूमने लगा। उसने मदहोश होकर हुस्ना के गले में हाथ डालकर आँखें मीचे हुए कहा, "सरयू! तुम बहुत अच्छी हो। आज तक मैंने तुम जैसी स्त्री नहीं देखी।"

हुस्ना समझी नहीं। दरोगा बड़बड़ाता रहा, "आज की रात कितनी अच्छी है। ऐसे ही आया करूँगा चुपके से, ऐसे ही चला जाया करूँगा। किसी को कानों-कान खबर नहीं होगी। अगर किसी ने तुमसे कुछ कहा तो साले की चमड़ी उधेड़ दूँगा।

हरामजादा!"

दरोगा जाने क्या कह रहा था? कुछ-कुछ समझ में आ रहा था। हुस्ना ने सुना और आश्चर्य से देखती रही। दरोगा उसकी गोदी में सो गया था। वह हँसी। ठीक है।

दूसरे दिन उसने देखा, दरोगा और भी ज्यादा पीकर आया था। उसके मुँह से टूटे-फूटे बोल निकल रहे थे। उसे स्वयं आश्चर्य हुआ। कैसी है यह स्त्री सरयू, जिसके पास जाकर इस पशु की तृष्णा भी बुझने के बजाय दिन-दिन अधिक भड़कती जाती है? उसे उसके स्त्रीत्व से ईर्ष्या हुई।

चार

कई दिन बीत गए थे। दरोगा दिन-दिन बदनाम होता जा रहा था। एक दिन वह पीकर नशे में धुत्त नाली में पड़ा पाया गया। एक बार एक इक्के में तवायफों के गलों में हाथ डाले बीच बाजार जाते देखा गया। कई आदमी उसने व्यर्थ ही पिटवा दिए थे। दिन-रात चौबीसों घंटे नशे में डूबा रहता था।

उस दिन बुढ़िया ने सरयू से चलने को कहा। सुनते ही हृदय काँप गया। वह नहीं गई। दरोगाजी उस समय नशे में चूर बैठे थे। दीवान उनके पैरों के पास बैठा गाँव के लोगों की इधर-उधर की शिकायत कर रहा था। बुढ़िया की बात सुनते ही उन्हें तीर-सा लगा। बोले, "साली! पारसा बनती है! देखूँ तो इसे।"

बुढ़िया रोकती रह गई। पिस्तौल लगाकर एकदम सरयू के मकान पर पहुँचे और धड़ाधड़ चढ़ते चले गए। किसी से पूछने की भी आवश्यकता नहीं समझी। उस समय राह पर लोग चल रहे थे। पचास गज दूरी पर पान वाले की दुकान भी खुली थी। सरयू ने देखा तो चिल्ला उठी, जैसे घर में कोई चोर घुस आया था। वह इतनी आगे नहीं बढ़ी थी। दरोगा उस समय पशु की तरह उसे घूर रहा था। उसने पिस्तौल तानकर कहा, "खामोश! गोली मार दूँगा।"

सरयू हँसी और उसने हाथ फैला दिए। दरोगा उसके अंक में समा गया। सरयू ने उसके हाथों को बाँध लिया और भयानक स्वर से चिल्लाने लगी।

सरयू की पुकार सुनकर इधर-उधर के लोगों का ध्यान आकर्षित होने लगा। वे सब इधर ही भाग चले। दरोगा उसके आलिंगन से छूटने का प्रयत्न कर रहा था। गालियाँ दे रहा था। उस धक्कामुक्की में सरयू गिरी। लेकिन साथ ही दरोगा भी गिरा। पिस्तौल छिटककर अंधकार में दूर जा गिरी। लोग ऊपर चढ़ने वाले थे। दरोगा ने भय से काँपकर कहा, "सरयू, मुझे माफ कर···बीच में···मैं नशे में था···" सरयू हँस दी।

दरोगाजी भाग गए थे। सरयू ने उन्हें खिड़की की एक दूसरी छत पर कुदा दिया था। जिस समय लोग कमरे में घुसे, वह डर के मारे बेहोश पड़ी थी। गिरिजाकुमार

को घर आने से पहले ही पान वाले की दुकान पर सब घटना सुना दी गई।

मुकदमा बनने लगा। इस तानाशाही के विरुद्ध पंडे लोग एकाएक उठने लगे। उन्होंने मकान में घुसना और बुरी नीयत से घुसना, औरत पर हमला करना, उसकी आबरू लेने की चेष्टा करना, न जाने क्या-क्या कानून मढ़ डाला।

दरोगाजी ने सुना तो हुस्ना की ओर देखकर कहा, "आबरू? आबरू तो कभी की चली गई। तुम लोगों की कोई आबरू होती है? बुलाने से गया था। जेब में देखो मेरी। खत रखे हैं उसके हाथ के।"

हुस्ना इस कठोर व्यंग्य को सुनकर चिढ़ गई। उसने कुछ नहीं कहा। सिर झुका लिया। गाँव की उड़ती हुई खबरें उस तक आ चुकी थीं। उठी और दरोगा की जेब से खतों का एक मुट्ठा निकाल लिया। फिर आकर चुपचाप वहीं बैठ गई। फिर शराब ढालने लगी।

दरोगाजी जैसे निश्चिंत थे। उन्हें कुछ भी याद नहीं था। हुस्ना के यहाँ से घर आकर उन्होंने और शराब पी। एक बोतल पी जाने के बाद दूसरी बोतल खोल डाली और गिलास से ढालने लगे। कुछ देर बाद सोडा खत्म हो गया तो पानी मिलाकर पीने लगे। आधी रात बीत गई थी। कल की हलचलों के बारे में मूढ़े के पास बैठकर चौकीदार गाँव की खबरें सुनाने लगा। वह एक-एक पत्ते की नसें गिनने वाला आदमी था। अफसरान की खुशामद करने में उससे बढ़कर शायद कोई नहीं था। बहुत दिन से गाँव में कोई बात न होने से वह ऊब गया था। मन ही मन दरोगा से घृणा थी, क्योंकि उसका एक नाइन से नाजायज ताल्लुक था। दरोगा अक्सर उस सिलसिले में उस पर बेहूदी फब्तियाँ कसता था। इस नमय उसे मौका मिल गया। उसने कहा, "हुजूर! आपकी हुस्ना बीवी हैं न? कहती थीं, दरोगाजी तो पिस्तौल भूल आए हैं वहाँ, नशे में थे। उन्हें क्या होश था? भला यह भी भलमनसाहत है कि एक औरत को बदनाम करने की कोशिश करें। खतों का मुट्ठा बताते हैं। माना कि उसने खत लिखे थे; पर उन्हें दिखाना तो निहायत अदना और कमीनी बात है।"

दरोगा को जैसे किसी ने जलती सिगरेट छुआ दी। तमक उठे, "क्या कहा चौकीदार?" उन्होंने आतुरता से पूछा, "क्या कहती थी? मैं नशे में था? अच्छा! यह दिमाग है?" फिर अचानक ही उनका हाथ कोट की जेब पर गया और जेब खाली देखकर वे भयानक स्वर से चिल्ला उठे, "अच्छा! यह मजाल! दीवान! जमादार! बुला सालों को। लगा दो हरामजादी के घर में आग।"

सिपाही इत्यादि सब एकत्र हो गए थे। इस आश्चर्य-भरी आज्ञा को सुनकर भी वे कुछ समझ नहीं पाए थे। शायद ज्यादा चढ़ गई थी। ऐसा लगा कि दरोगाजी अब इस विरोध को अधिक नहीं सह पाएँगे।

तभी चौकीदार काँप गया-सा बोला, 'हुजूर! यों न कीजिए। इससे तो हाकिमों तक खबर पहुँच जाएगी। बड़ा तूफान उठ खड़ा होगा।"

आग में घी पड़ा। दरोगा के आत्मसम्मान को ठेस लगी। वह क्रुद्ध हो उठा। आज्ञा आकाश के सूर्य के समान टँगकर चमकने लगी। चौकीदार मन ही मन मुस्कराया। थाने के बूढ़े पानी भरने वाले ने भय से देखा और पीछे हट गया।

दरोगा ने चिल्लाकर कहा, "दीवान जी! यह हुक्म है। लगा दो उसके घर में आग! अभी जाओ! मुझसे दगा? मेरे नाम से आसपास के हल्के थर्राते हैं।"

दीवान ने सुना और पुकार उठा, "खानसिंह!"

सिपाही ने कहा, "हुजूर!"

यह आज्ञा थी।

पाँच

और सचमुच उस रात में अचानक ही सिपाहियों ने हुस्ना का घर उसके सोते समय जाकर घेर लिया। तब धीरे-धीरे सुलगकर अंत में हुस्ना का घर धू-धू करके जलने लगा। आग की लपटें धान पर लोटतीं, हवा की चोट से जीभ लंबी करके हाँफती और फिर उनके हृदय का गुबार धुआँ-धुआँ बनकर कोठे के भीतर-बाहर घुटन पैदा करता, जिससे आँखें बंद हो जातीं और फिर अर्राती हुई आवाज करके लपटों की रोशनी हवा के पैर पकड़कर अँधेरे का पीछा करती और चारों ओर फैलती चली जाती।

गाँव वाले इधर से उधर दौड़ रहे थे। उनकी समझ में कुछ भी नहीं आया था। उन्हें भय था कि यदि आग नहीं बुझी तो औरों के घर जलने लगेंगे, बच्चे रोने लगे। औरतें चिल्लाने लगीं। मर्दों का कुएँ पर ताँता लग गया। हुस्ना बाहर खड़ी चुपचाप देख रही थी। उसकी आँखें स्थिर और निश्चल थीं। हाथ में एक छोटा-सा बक्स था, जिसे वह लेकर भाग आई थी।

हुस्ना की माँ रो-रोकर चिल्ला रही थी। उसकी तथा बेटी की सारी कमाई आज उसके सामने ही राख हुई जाती थी। देख-देखकर उसकी छाती फट रही थी।

इसी समय आग का कारण प्रकट होने लगा। चौकीदार ने चुपचाप खबर फैला दी। आग लगाने वालों को लोगों में से एक बूढ़े ने जाते देखा था। दरोगा पर सबको क्रोध आ रहा था। क्या वह इतना निरंकुश है?

"क्यों पांडेजी, इस पर भी चुप रह जाएँगे? ऐसे कोई लाट साहब का बच्चा नहीं है।"

पांडे रामदीन सिर झुकाकर सोच रहे थे। उन्होंने उस पर राय न देना ही अधिक उचित समझा था। पर अब उन्हें कहना ही पड़ा, "तो यह कैसे तय कर लिया कि सरकार ने आग लगवाई है? कोई दुश्मनी थी?"

गिरिजाकुमार मन ही मन क्रुद्ध थे। उन्होंने कहा, "कल इस पर गाँव में पूछताछ करके कुछ निश्चित करना चाहिए। यों तो काम कैसे चलेगा?"

गाँव वालों के विभिन्न मत थे। गिरिजाकुमार को आज देखकर लोगों में साहस हुआ। हुस्ना ने आगे बढ़कर कहा, "मैं कोई हूँ। पर मेरी सात पुश्तों को गाँव ने पाला है। सारा गाँव गवाह है, मेरे घर में दरोगाजी ने आग लगवाई है।"

रात के अँधेरे में जब गिरिजाकुमार घर पहुँचा तो देखा, सरयू घर पर नहीं थी। वह हतबुद्धि-सा बैठा रहा। इस समय उसका हृदय क्रोध और विक्षोभ से जलने लगा था। एक अज्ञात आशंका ने उसे भीतर ही भीतर बता दिया था कि वह कहाँ गई थी। घर का द्वार ऐसा उढ़का दिया था! चाहे भले कोई चोर ही भीतर न आ जाता।

हठात् वह चौंक उठा। सामने ही सरयू खड़ी थी। दोनों में से कोई भी कुछ नहीं बोला। सरयू छत पर बैठ गई, जैसे वह थक गई थी। गिरिजाकुमार चुपचाप सोचता रहा।

सुबह की पहली किरन फूटने से पहले उसने देखा, सरयू हाथ में स्नान के कपड़े लेकर नदी की ओर जाने की तैयारी कर रही थी। गिरिजाकुमार वेग से उसके सामने जा खड़ा हुआ और धीमे परंतु तीखे स्वर से पूछा, "कहीं जा रही हो?"

"हाँ।" छोटा-सा उत्तर उसके कानों में गूँज उठा।

"मैं आजकल यह सब क्या सुन रहा हूँ?" उसने फिर पूछा।

सरयू ने धीरे से कहा, "मैं जानती हूँ, तुम मुझसे नाराज हो। उनका पिस्तौल छूट गया था। उसे वापिस देने जाना पड़ा।"

गिरिजाकुमार को लगा, पाँवों के नीचे से छत खिसक जाएगी। सरयू कहती रही, "बाकी तुम्हारे जिजमान थे, मेरा एक वही तो था।"

गिरिजाकुमार ने बात के वजन को समझा। वह खिसियाकर सामने से हट गया। सरयू खड़ी रही। उसने अपनी बड़ी-बड़ी मद-भरी आँखों से उसे घूरते हुए कहा, "उनके पास मेरे खत थे। वे हुस्ना रंडी ने उड़ा लिए। तभी उसके घर में आग लगवा दी थी। समझे? इस समय रोता छोड़ आई हूँ। तुम गवाही न देना।"

गिरिजाकुमार ने सुना और उसे लगा, आकाश और धरती मिलते चले जा रहे हैं। वह चक्कर खाकर बैठ गया। सरयू उसे होश में लाने लगी। गिरिजाकुमार ने आँखें मीचे ही कहा, "सब कसूर मेरा है सरयू, सब कसूर मेरा है!"

"न तुम्हारा, न मेरा। मौके की बात है और कुछ नहीं।" सरयू ने फुसफुसाकर उत्तर दिया।

छह

दूसरे दिन गाँव वालों ने अचरज से सुना कि हुस्ना ने दरोगाजी पर दावा दायर कर दिया। उसने कुछ गवाह भी तैयार कर लिए। शिकायत ऊपर पहुँची। जुर्म काफी बड़ा था। दरोगाजी की जमानत हो गई और मुकदमे का फैसला होने की प्रतीक्षा

किए जाने का हुक्म हो गया और साथ ही तब तक के लिए दरोगा मुअत्तिल कर दिए गए। हेठी तो उनकी हुई, पर दबदबा नहीं गया। लोग कहते, 'अजी, हुस्ना उसका क्या कर लेगी? वह एक बदमाश है। उसकी बड़ी-बड़ी ऊँची जगहों पर पहुँच है। देखिए, वह क्या-क्या करता है?'

दोनों ओर से कार्रवाइयाँ चलने लगीं। दोनों ओर से हड्डी चबाकर खाने में उस्ताद कुत्तों के-से वकील अपनी-अपनी राय देकर आग को भड़काने लगे।

नए दरोगाजी अधेड़ उम्र के आदमी थे। पुलिसवाला ठीक हो या गलत, उसकी इज्जत रखना अपनी शान समझते थे। उन्होंने पुलिस के सब मामलों को जहाँ का तहाँ दबा दिया। कचहरी के अमले-मुंशी रुपए की कटारी से जख्मी हो गए और कुछ ही देर में उनका अधमरा ईमान दम तोड़ गया। उनके आने पर गिरिजाकुमार और पुराने दरोगाजी उनके घर पहुँचे। नए दरोगाजी जी ने सब सुना और हुस्ना के सतीत्व को नष्ट करने वाली कुछ भारी-भारी गालियाँ दीं, जो किसी भी सधवा को आग में परीक्षा दे डालने को विवश कर सकती थीं। उन्होंने मन ही मन बातों को तराशा और असल को अपने दिमाग में नक्श कर लिया। गिरिजाकुमार जब घर पहुँचा, सरयू सामने आ बैठी। पूछा, ''क्या हुआ?''

''ठीक है। मैंने कहा, हुस्ना के यारों की नजर मेरी बीवी पर पड़ गई थी। फुसलाना चाहते थे, सो उनसे नहीं हो सका, तभी बदनामी उड़ाने लगे।''

सरयू ने पति को घूरकर देखा। ऐसे कि अनजाने ही वह पुरुष सकपका-सा गया।

''मुझे पहले ही से आस थी कि बात बन जाएगी।'' सरयू ने दृढ़ता से कहा।

इसी प्रकार चार महीने बीत गए। शहर दौड़ते-दौड़ते दोनों तरफ के लोगों के पाँव छिल गए। हुस्ना के वकील ने मामले को इस प्रकार पेश किया : दरोगाजी अकसर हुस्ना तवायफ के यहाँ आकर शराब पीते थे। इतनी पीकर आते थे कि बेहोश रहते थे, घर जाकर फिर पीते थे। अकसर नालियों में पाए गए। हुस्ना उन्हें हमेशा समझाती थी, लेकिन वे अफसर थे और वह बेचारी दबती थी। एक रोज नदी में नहाती गिरिजाकुमार पांडे की बीवी सरयू को देखकर दरोगाजी ने हुस्ना से कहा कि किसी तरह सरयू उनके हाथ लगे, हुस्ना कोई ऐसा काम करे। हुस्ना ने ऐसा करने से इनकार कर दिया। दरोगाजी की नाखुशी वहीं से शुरू हुई। लेकिन उनका आना-जाना जारी रहा। उधर किसी तरह से सरयू को उन्होंने फाँस लिया और एक दिन जाग रहते ही रात में उसके घर चढ़ गए, जिस पर वह नाराज हुई। उसने इज्जत बचाने को शोर किया। आप भाग आए। उसी तरह हुस्ना के घर शराब पी और उसे छेड़ा। मगर वह महीने से थी। उसने इनकार किया। दूसरे दिन और नशा किया और उन्होंने हुस्ना के घर पर उससे जिना बिल जब्र किया और वहीं सरयू के खत गिरा आए। रात को खत मँगाने पर हुस्ना घर नहीं थी। उसकी माँ

ने इस विषय में अपनी अनभिज्ञता प्रकट की। दरोगाजी ने सुना तो नशे में क्रुद्ध हो उठे। उसको मार डालने के इरादे से आधी रात को उसके घर में आग लगवा दी और उसका माल फुँकवा दिया।

गवाहों की लंबी कतार लग गई। हुस्ना का काम सुबह-शाम खुशामद हो गया और उसके शरीर पर वे लोग हाथ रखने लगे जो कल तक उसे ऊँचा समझते थे।

लेकिन बहस में ही सफाई के वकील ने ऐसा काटा कि मामला कुछ भी नहीं बन सका। हुस्ना का वेश्या होकर अच्छी नसीहतें देना, गिरिजाकुमार पांडे की पत्नी के हाथ के पत्रों का पेश होना, जिसे लिखना छोड़ पढ़ना तक नहीं आता था, जिसकी गवाही रामदीन पांडे जैसे गाँव के मुअज्जिज आदमी ने दी है; तथा हुस्ना वेश्या, जो पेशा करती है, उसका बलात्कार का हल्ला मचाना, जैसे वह कोई इज्जतदार औरत थी, एक के बाद एक ऐसी बातें थीं जिन पर उपस्थित भीड़ कई बार हँसी। हुस्ना के गवाहों की हैसियत देखी गई। कोई भी भला आदमी न था। उधर बदमाशों ने एक इज्जतदार पर्दानशीन औरत को बदनाम करने का मौका ढूँढ़ निकाला। आग खुद लगाई। सिपाही तो पहरा हमेशा हर वक्त घूमकर देते ही हैं। यह तो कोई बड़ी बात नहीं है। वे तो आग लगी देखकर भागे-भागे आए थे। बातें सब ठोस थीं। डिप्टी साहब ने मुकदमा खारिज कर दिया।

दूसरे ही दिन हुस्ना पर हतक इज्जत, झूठी रिपोर्ट, झूठा मुकदमा, झूठी शहादत पेश करना इत्यादि अनेक जुर्म लगाकर दरोगा ने मुकदमा दायर कर दिया। उधर गिरिजाकुमार ने भी बदनामी का केस बनाकर उस पर इस्तगासा ठोंक दिया।

हुस्ना ने सुना और उसके होंठ काँप उठे। सरयू का उसने भला करना चाहा था, वही उसके विरुद्ध हो गई थी। पर क्या वह अपनी बदनामी के मोल पर हुस्ना का भला कर सकती थी? वह पर्दानशीन जो थी। हुस्ना रो पड़ी। उसका सब रुपया समाप्त हो चला था।

शाम धुँधली हो चली थी। जीत की खुशी में गंगा के पवित्र तीर पर रामदीन और गिरिजाकुमार भंग छान रहे थे, लेकिन सरयू घर पर नहीं थी। गिरिजाकुमार भंग के नशे में था। खाट पर जाकर घर में पड़ते ही उसका मन उड़ने लगा। आधी रात के समय जब सरयू लौटी, उसके पाँव लड़खड़ा-से रहे थे। वह मुखर और प्रसन्न थी। आते ही बिना हिचकिचाए गिरिजाकुमार की खाट पर बैठ गई। पति ने देखा, वह झूम रही थी। वह नशे में थी। आज उसके मुख से हलकी-हलकी शराब की गंध आ रही थी। ऊँट करवट बदल चुका था...वह दरोगा के पास से आ रही थी...

[1951 से पूर्व]

भय

साँझ हो गई है, सूरज डूब गया है और आकाश से एक सूना-सा अंधकार उतरता चला आ रहा है। गाँव के रास्ते अब सुनसान होने लगे हैं। मोरों की केका कभी-कभी सुनाई दे जाती है और उसके बाद सन्नाटा घनी उसाँस लेकर लंबी अँगड़ाई लेता है और उसके अनंतर तह पर तह जमता सूनापन धीरे-धीरे बरसता-सा लगता है और…

मुरली खाती ने अपनी आरी और अन्य औजारों को उठाकर रख दिया और एक बार ऊपर के अट्टे की ओर देखा। उस समय घरों से धुआँ उठ रहा था। एक उम्रदार औरत सिर पर घड़ा भरकर कुएँ से धीरे-धीरे लौट रही थी। उसने एक लंबा कश खींचकर हुक्के को तनिक आगे सरका दिया, फिर आकाश की ओर देखा…

दूर कोई ललकार उठा। फुलवारी में से फटफटाकर कुछ पक्षी उड़े। मुरली ने सुना, कोई उत्तर में चिल्लाया। कान खड़े हो गए। इसके बाद कुछ लोग जोर-जोर से चिल्लाकर बातें करने लगे, जिनका कुछ भी अर्थ स्पष्ट नहीं था। हाँ, शब्द से इतना अवश्य मालूम होता था कि यह लड़कों का हुड़दंग नहीं है, फिर चटाचट आवाज आई। लाठियाँ बज रही थीं। मुरली उठकर खड़ा हो गया। एक बार मन किया, दौड़कर बीच-बचाव करने जाए, फिर विचार आया, कोलियों का मुहल्ला उधर ही तो है। जरूर आपस में कहासुनी हुई है। जब वे ही लोग इकट्ठे नहीं हुए तो वह क्यों जाए? वह क्या कोई उनकी बिरादरी का है? न उनसे खान, न पान। फिर भी मनुष्य का हृदय था। उत्सुकता उसकी स्वाभाविक प्रवृत्ति थी।

कोई भयानक स्वर से चिल्लाया। किसी के ठठाकर हँसने का भीषण स्वर गूँज उठा।

''भागने मत दीजो पहलवान!'' हाँफते हुए किसी ने ललकारा।

''अरे, ले गई हरामजादी!''

''पकड़ ले साली को! आज इसे भी दो कर दें। इसी की लगाई आग है।''

फिर लाठियाँ बजीं। एक हृदय हिला देने वाला स्त्री का करुण चीत्कार अंधकार में घिघियाकर बंद हो गया।

उसके बाद लीजो-दीजो हुई और बहुत-से स्वर उठने लगे। शायद भीड़ इकट्ठी हो गई थी। औरत-मर्द और बीच में बच्चों का आवेश-भरा स्वर। कुछ नहीं। मुरली ने आवाज दी, "कौन है रे?"

पड़ोस से बूढ़े सुखराम ने खाँसकर कहा, "क्या बात है?"

"लगता है, फौजदारी हो गई है।"

"देख तो क्या बात है?" सुखराम ने कहा और फिर वह स्वर ऐसा निःस्तब्ध हो गया जैसे बोलने वाला भी अंधकार में एकदम डूब गया हो।

जिस समय मुरली ने देखा, रमल दयनीय मुख लिए सुबक रहा था और धूपो चिल्ला-चिल्लाकर, रो-रोकर दुहाई दे रही थी। केवल तुरसी था, जो गंभीर बैठा था। लालटेन की धुँधली रोशनी में मुरली ने देखा, बूढ़ा, पतला-दुबला, सूखा-साखा खून से भीगा हुआ था। उसके सिर में काफी चोट आई थी। तीन घाव लगे थे, जिनसे समय बीत जाने के कारण खून अब गाढ़ा होकर धीरे-धीरे लीक पर इकट्ठा होता जा रहा था। बूढ़ा बिलकुल निर्भय बैठा था।

चंदन दर्जी ने आगे झुककर अपनी राय में बिलकुल डॉक्टर की भाँति मुआयना किया और कह उठा, "उठ रे तुरसी! थोड़ा घूम ले।"

किंतु धूपो के हाहाकार में स्वर लय हो गया। स्त्रियों की रायें पत्थरों की भाँति बरस रही थीं, जिनका कोई अर्थ नहीं था मुरली के हृदय में एक टीस उठी और उसने तुरसी का कंधा पकड़कर कहा, "तुरसी, सुनता नहीं है? रमल की अम्मा क्या कह रही है?"

एक अधेड़ स्त्री ने आगे बढ़कर कहा, "देखो, बिचारी के लट्ठ ही लट्ठ मारे हैं। डोकरी का सिर सूज गया है।"

मुरली ने देखा, धूपो की बाईं भौंह के ऊपर एक गुम्मड़ उछल आया था। बात का जैसे कहीं अंत नहीं था। अँधेरा बढ़ता जा रहा था। निर्बाध कोलाहल की कर्कशता से मोरों का आर्त स्वर अब फुलवारी से निकलकर गाँव के कुत्तों को चुनौती दे चुका था। अनेक मर्द इकट्ठे हो गए थे, जो तुरसी से बारी-बारी से तथा एक साथ सवाल पूछ रहे थे और वह चुपचाप सुन रहा था। उसकी आँखें ऐसी जल रही थीं, जैसे खून से भीगा हुआ सूखे चमड़े वाला मटमैला गिद्ध घूर रहा हो। एक बार उसने रमल की ओर देखा और क्रुद्ध स्वर में कहा, "क्यों रोता है रे! कोई मर थोड़े ही गया है। है किसी में मजाल, जो तेरा कोई कुछ कर सके?"

"छोटा है, दहशत खा गया है," धूपो की चोट दिखाने वाली स्त्री ने कहा। तुरसी चुप हो गया।

धूपो का क्रंदन बढ़ता जा रहा था। किसी ने डाँटकर कहा, "क्यों हाय-हाय करती है? सुनने क्यों नहीं देती, आखिर बात क्या हुई?"

तुरसी ने मुड़कर एक बार बुढ़िया की ओर देखा और उसके मुँह से जैसे बात

फिसल गई, ''औरत है।''

स्वर में स्नेह था। अटूट शक्ति थी। बुढ़िया चिल्लाना बंद करके आँखों के पानी को फरिया से पोंछने लगी, जैसे अभी भी उसका जीवन सार्थक है, अभी भी उसका मरद मरद है, डरा नहीं है। आगे बढ़कर आँचल पसारकर कहा, ''ऐ कोई देखन-सुननहार ही तो देखे! डोकरा का सिर फोड़ दिया है—लहू की धार बह रही है...''

फिर कंठ रुँध गया। बल लगाकर फिर बोल उठी, ''कोई नहीं है हमारा गाँव में—मैं इस गाँव की बेटी लगती हूँ, आज तुम्हारे जीजा के सिर से लहू की धार बह रही है।...''

बूढ़ा तुरसी उठ खड़ा हुआ। एक बार उसने आकाश की ओर हाथ उठाकर कहा, ''उसने देखा है, इसने देखा है। किसने नहीं देखा। जो पीछे हटेगा, सो अपने बाप का पूत नहीं, इस अन्याव (अन्याय) का बदला लिए बिना नहीं छोड़ूँगा...''

सुबकने की आवाज बंद हो गई। पतला-दुबला रमल माँ-बाप के पास आ खड़ा हुआ था। लोग सुन रहे थे। निर्भय स्वर से बूढ़ा सारे गाँव को चुनौती दे रहा था। उसके स्वर में प्रतिशोध की आग धधक रही थी।

बात बढ़ने को थी, उसका घटना हर प्रकार से असंभव था। धूपो ने घर में झाँककर देखा। धुँधला दीपक जल रहा था और डरी हुई रमल की बहू रतनी बैठी थी। उलटे मुड़े हुए घुटनों पर उसका सिर रखा था और शायद वह चुपचाप रो रही थी। धूपो उसके पास चली गई और थोड़ी देर उसे घूरती रही, जैसे उसके पास वे कठोर शब्द हैं ही नहीं, जिनके योग्य रतनी अपने आपको साबित कर चुकी है। फिर उसने धीरे-धीरे द्वार की ओर अच्छी तरह देखकर और यह तय कर कि कोई निकट नहीं है, कहा, ''कुलच्छनी! तेरे पीहर में यही होता था? मैं तो पहले ही कहती थी, पर रमल के बाप ने मेरी एक नहीं सुनी। मैं तो जानती थी कि तेरे गाँव में यही एक काम होता है।''

रतनी ने कुछ नहीं कहा। चुपचाप शायद रोती ही रही। सिर भी नहीं उठाया। वह जिसकी आशा में थी, अब वही तो हो रहा था। बच्चा बीमार हो जाए तो सुश्रूषा-स्नेह के साथ क्या उसे डाँटा नहीं जाता कि इतना क्यों खा रहा है?

किंतु धूपो इतने पर ही नहीं रुकी। उसने उसके कंधे को झकझोरकर विषाक्त स्वर से झल्लाकर कहा, ''तू जरूर उसे चमक दिखाती होगी झमको! मैं तो उसी दिन खेत में उसे गाते हुए देखकर समझ गई थी, पर मैंने कुछ कहा नहीं। घर की बहू है तू, कल तेरे बूते बंस चलेगा और तू मेरी जगह लेगी, सो तनिक न सोचा गया तुझसे?''

एक बार रतनी ने सिर उठाकर बुढ़िया की ओर दयनीय नेत्रों से देखकर कहा,

"पर मैं क्या करती? वे तीन थे। दो ने मुझे जबरदस्ती पकड़कर मेरे मुँह में कपड़ा ठूँस दिया। मैं चिल्ला भी नहीं सकी। और तुमने देखा तो हल्ला क्यों किया? जब बचाने की ताकत न थी तो बेआबरू करके ही तुम्हें क्या मिल गया?"

और रतनी की आँखों के आँसू टप-टप करके टपक पड़े। वह जैसे अवरुद्ध हो उठी थी।

बुढ़िया इस अप्रत्याशित उत्तर से एकदम चौंक उठी। उसने फुफकारकर कहा, "तो तुझे यारों के साथ गुलछर्रे उड़ाने को छोड़ देती? तेरे गाँव में होता होगा ऐसा, हमारे ऐसा नहीं होता। समझी? हाय, परमात्मा सुन रहा है! क्या कह रही है? और तेरे मुँह में आग लगे..."

मन में आया कि रतनी को दौंचकर धर दे, किंतु बात खुल जाने के भय से विवश हो क्रोध से अपना सिर पीट लिया। यदि वह उस पर हाथ छोड़ती है तो अभी यह सारा गाँव चिल्ला-चिल्लाकर इकट्ठा कर लेगी और जो देखेगा, सो जानेगा और थू करेगा। यह बात तो कैसे भी छिपानी ही होगी। किंतु उसके शरीर की चोटें दुख रही थीं। क्या करे वह? दीप काँप रहा था। अँधेरे पर जैसे उँगली हिलाकर कुछ मना कर रहा हो, ऐसा नहीं, ऐसा नहीं। परंतु धूपो यह नहीं सोच सकी। उसके दिमाग में एक भयानक उथल-पुथल थी। उसने निराशा से ऊपर देखा, जैसे भगवान् से प्रार्थना कर रही हो, किंतु भगवान् इन कचहरियों से कभी का निकाला जा चुका है। बुढ़िया का कर्कश किंतु धीमा स्वर फिर खिसकने लगा—"अब न हम इधर के रहे, न उधर के। इस वक्त भी तो कुंदन आया था?"

"आया था। मैंने द्वार नहीं खोला।"

"पर हमें तो खुला ही मिला था हरामजादी!"

रतनी रनरना उठी। मन में आया, प्रतिवाद कर उठे। किंतु फिर सिर झुकाकर कहा, "शोरगुल सुनकर खोल दिया था।"

"खोल दिया था कि आ जा! अब क्या धरा है। जो इज्जत थी सो तो लुटा ही दी। बेटी, दूध कैसा ही हो, है तो दूध ही। गरम-गरम तन पर पड़ेगा तो जलाएगा ही।"

रतनी ने तड़पकर कहा, "तो इंतजाम कर दिया होता पहले ही। मैं नहीं जाती थी खेत पर। तुम ही कहती थीं कि हाथ पर हाथ धर खा रही है..."

"तेरा सत्यानास हो जाए..." कुछ बेहूदी और अश्लील गालियाँ फूट निकलीं और क्रोध से बुढ़िया दाँत किचकिचाकर उठी। एक बार रतनी ने आग्नेय नेत्रों से देखा। क्या है तो? डरती है वह किसी से? जिसमें उसका वश नहीं, उसमें उसका क्या दोष? आँसू पोंछ लिए। फिर सिर उठा दिया। किंतु अपराध की छाया अभी भी भीतर का संकोच बिलकुल ही मिटा नहीं पाई थी।

रतनी खड़ी हो गई। उसका यौवन उसके अंग-अंग की श्यामलता में झलक

रहा था। उसने सिसकते हुए कहा, "तुम्हारे एक बेटी होती और उसके साथ ऐसा ही होता तो तुम उसे माफ़ न कर देतीं? हमारे गाँव के मरद ऐसे नहीं होते। तुम्हारे भैया ही ऐसे थे तो पहले ही कह देतीं।"

धूपो का हृदय आर्द्र वेदना से पसीज उठा। कुंदन एक भयानक पिशाच के रूप में कल्पना में आ गया। आखिर रतनी करती भी तो क्या? कुंदन तो रमल का दूर का मामा लगता था। उससे क्या ऐसी आशा थी? स्त्री के साथ बलात्कार की इस विभीषिका की कल्पना ने उसके स्त्रीत्व की करुणा को जगा दिया, किंतु संस्कारों ने कहा—ऐसी स्त्री भी त्याज्य है, वह छिनाल है। और घृणा ने बढ़कर उसके पूर्व विश्वासों को बल दिया। उसके बेटे की ऐसी बहू? जगत धरेजा मर जाए तो…श्राध्य करती, पर उसके पूत के गले में चक्की का ऐसा पाट डला रहेगा तो वह कितने दिन पानी से बाहर रहेगा? और फिर उसी के खानदान पर ऐसी कठोर बात कहने का दुस्साहस कर रही है यह लड़की? उसने कहा, "तो ऐसी ही रानी थी तो चली जाती किसी बामन-ठाकुर के सौत! यहाँ नहीं निभेगी ऐसी। कुलटा! हरामजादी! तेरी माँ करती होगी ऐसा…"

रतनी लहरकर खड़ी हो गई और तीखे स्वर से कहा, "अब मत कहना ऐसी बात।"

किंतु धूपो क्रोध से पागल हो रही थी। उसने होंठ काटकर कहा, "निकल जा यहाँ से राँड़…"

किंतु वाक्य पूरा नहीं हो सका। कहते-कहते बीच में ही रुक गई और आबद्ध-सी होकर कहने के साथ ही जीभ काट ली।

अपने पुत्र की मृत्यु की इच्छा कर रही है वह? वैसे तो न जाने कितनी बार यह शब्द कहा होगा, किंतु इस बार तो उसने जैसे वह शब्द एक भयानक सर्प बनाकर मुँह से निकाला था जो उसी के सुख-स्वर्ग को डस लेना चाहता था।

रतनी निर्भय खड़ी रही। उसने सिर उठाकर कहा, "तो धर रखो अपनी-अपनी गिरस्ती। मुझे नहीं रहना है। भगवान् जानता है, मैं निरदोस थी और अब भी निरदोस हूँ। मैं नहीं डरती किसी से। ऐसे घर में नहीं रह सकती मैं। सब तरह की गुलामी कर सकती हूँ, पर रहूँगी ब्याहता बन के। रखना था रखा, नहीं पटती तो जाती हूँ बाप के घर। मुँह दिया है तो खाने को न देगा…!"

इसी समय द्वार पर रमल दिखाई दिया। रतनी हाँफ रही थी। उसकी आँखों में अपमान, विवशता, प्रतिशोध और दया की भीख…सबको एक चुनौती ने दाब दिया था जैसे वह किसी से नहीं डरती।

"क्या हुआ?" रमल ने संदिग्ध स्वर से पूछा।

"जा रही है बाप के घर।" बुढ़िया फुंकार उठी।

"जा रही है बाप के घर?" रमल ने बात को धीरे-धीरे तोड़कर दोहराया, फिर

बढ़कर कहा, "मैं नहीं रोकता, पर एक बात पूछता हूँ। जवाब देगी?"

रतनी ने कुछ नहीं कहा। सिर झुक गया।

"पूछता हूँ," रमल ने आगे बढ़कर कहा, "इस घर में तू क्यों आई थी? किस नाते आई थी? फिर आज छोड़कर क्यों जा रही है? यही है तेरा ईमान?"

स्वर एक बार काँप उठा, "औरत औरत को क्षमा नहीं करती, नहीं सुहाती।"

"मैंने तो कुछ नहीं कहा। और यह मेरी माँ है। दो बात तू नहीं सुन सकती?"

उस दिन ढोल-ताशे बजे थे। धरम ने उस दिन उसे पति दिया था। वही तो उसका कमेरा था, मालिक था। रतनी ने सुना: वह कह रहा है जो पूरी बिरादरी में हाथ पकड़कर लाया था। सारे गाँव ने गीत गाए थे उस दिन। लुगाई का और क्या सुख है, क्या धरम है, क्या पुण्य है? दो ठोकर भी दे तो क्या, वह पाँव अपना ही नहीं है? क्या कहेगी दुनिया, जो चली जाएगी वह? फिर क्या सुख है उसे संसार में?

अभिमान अब भी आगे ठेलना चाहता था, वह जो सरलता से कभी सिर नहीं झुकाता। किंतु दोनों ही पैरों ने आगे बढ़ने से जवाब दे दिया। रमल सामने खड़ा है। उसका भी तो कोई कसूर नहीं। बदनामी हो रही है तभी तो उसे गुस्सा आया। फिर भी उसने कहा ही क्या है? आदमी कहाँ है वह? देवता है। और कोई होता तो दो लात देकर निकाल देता, पर क्षमा कर दिया है उसने।

मन कचोट उठा। आँखों की राह अभिमान का विष बह गया, वही जो शक्ति बनकर ताप की भाँति था। कटे पेड़ की भाँति वहीं गिर गई और फूट-फूटकर रो उठी। कहाँ से लाती इतना साहस कि उसे ठोकर मार जाती?

रमल ने देखा और चुपचाप बाहर चला गया। धूपो ने एक दीर्घ निःश्वास लिया।

बाहर अभी भीड़ थी। अब सब अपनी-अपनी रायें दे रहे थे। कुंदन और उसके साथियों को सभी भला-बुरा कह रहे थे। अँधेरे में ऐसा कायर हमला किया और सो भी जब बाप-बेटा निहत्थे थे। रमल तो भाग गया, किंतु धूपो लाठी की चोट खा गई। नामरद! औरत पर भी हाथ छोड़ते नहीं हिचकिचाए?

"रमल!" तुरसी ने अचानक ही कहा।

पुत्र ने पिता की ओर देखा।

तुरसी ने कहा, "आज तैंने वंश की नाक कटा दी। मर क्यों न गया पैदा होते ही कमीन!" और दाँतों से जीभ काट ली। जैसे कुछ कहना चाहकर भी कहने में असमर्थ था। चारों ओर देखा, कोई जान तो नहीं गया। रमल ने सिर झुका लिया।

बूढ़ा क्रोध से काँप रहा था। उसने फिर कहा, "इसका बदला लेना होगा, समझा? साला होगा अपने घर। मैं नहीं किसी का जीजा, समझा? चक्की पिसाऊँगा बेटा से, चक्की।"

धूपो ने स्नेह से रक्त की ओर हाथ में कपड़ा लेकर इंगित किया, ''अब ये पनाले चल रहे हैं, इन्हें तो रोको। राम-राम, सारी देही निचुड़ गई। यह भी नहीं देखा कि बूढ़ा है।''

''हैं-हैं क्या करती है? पुलिस में रपट करूँगा। वहाँ क्या दरोगा बिना खून देखे विश्वास कर लेगा?''

कितना कठोर सत्य था। बिना रक्त देखे वह कैसे विश्वास करेगा?

किंतु तब तक ऐसे ही रक्त बहता रहेगा?

उठा हुआ हाथ झुक गया। तुरसी ने फिर कहा, ''डागदरी (डॉक्टरी) मुआयना कराके तब पोंछूँगा इसे। घबराती क्यों है? मुफत में खून गिरा है तो मुफंत ही छोड़ दूँगा बेटा को!''

वृद्ध की प्रतिहिंसा स्थिर पाषाण-सी हो गई थी। वह अब न गाली दे रहा है, न उत्तेजित है। गुस्सा ठंडा होकर रगों में व्याप गया है, जिसमें रक्त से भी अधिक शक्ति है।

''सारा गाँव गवाही देगा,'' तुरसी ने विश्वास से कहा, ''साँच को आँच क्या? पापी की खैर करे तो भगवान् का नाम काहे का? मैं नहीं छोड़ूँगा।''

वह उठ खड़ा हुआ। किसी में भी विरोध करने का साहस न था।

जिस समय वे दरोगा जी के पास पहुँचे, सिपाही ने कहा, ''कुंदन आया था। दो सौ दे गया है?''

''दो सौ!'' तुरसी ने लड़खड़ाती जबान से कहा।

सिपाही ने सिर हिला जता दिया।

''तो तीन सौ मैं दूँगा,'' तुरसी ने सिर उठाकर कहा। ''भले ही लड़ाई की नफाई भी उठ जाए'''।'' वह क्रोध के कारण अंधा हो उठा था।

''मैं कहे देता हूँ।'' सिपाही भीतर चला गया।

धूपो ने एक बार शंकित नयनों से देखा।

भीतर बुलाकर दरोगा ने गंभीर स्वर में कहा, ''सो तो ठीक है। जा, डॉक्टरी मुआयना करा ले। कुछ लड़की-वड़की का किस्सा तो नहीं है?''

''नहीं हुजूर!''

किंतु दरोगा घिसा हुआ था। उसने मुस्कराकर कहा, ''तो फिर फौजदारी क्यों हुई?''

''हुजूर,'' तुरसी ने कहा, ''लड़ाई में कमा लिए हैं साले ने! गेहूँ पचाने को लोहे का पेट चाहिए।''

दरोगाजी बोले, ''मामला बना दूँगा।'' और वे उठकर भीतर चले गए। तुरसी बैठा रहा। धूपो को इंगित किया। उसने धीरे से रमल से कहा, ''बेटा, घर जाके रुपया ला! तुझे मालूम है कहाँ धरे हैं?''

किंतु रमल में इतनी शक्ति कहाँ थी कि अकेला अँधेरे में घर तक आए।

कौन जाने राह में ही कुंदन के यार-दोस्त खड़े हों और अभी-अभी तो वे यहीं थे। यहीं कहीं छिपकर खड़े होंगे। धूपो किंकर्तव्यविमूढ़ हो गई।

रमल ने सुना और वैसा ही बैठा रहा, जैसे उसमें जीवन ही शेष नहीं रहा।

धूपो ने करम ठोंक लिया। एक ओर पति, दूसरी ओर पुत्र। दोनों की ही जान को खतरा था। किंतु पुत्र के भय में पिता की उपेक्षा करने का कितना भारी साहस था पुत्र वह खिलौना! और पति का स्नेह दब गया। वह तो मरद है।

और पिता को क्रोध और स्नेह ने अभिभूत कर दिया। स्नेह इसका कि पिता की छाया है तभी तो अपने को बालक समझता है। जानता है, जब तक बाप है तब तक उसके ऊपर लोहे का हाथ है और क्रोध इसका कि कमबख्त ऐसा डरपोक है। लीजो हाथ में लाठी, फिर जुट जाए सारा गाँव एक तरफ, पर वह जवानी के दिन चले गए। लाचार उसने सिपाही की ओर देखा।

वह उठा। सिपाही को साथ लेकर पहले घर गया। पीछे-पीछे लालटेन लिए धूपो थी, बीच में रमल। घर जाकर उसने पाँच-पाँच के गिनकर साठ नोट सिपाही के हाथ में दिए और पैर पकड़ लिए। सिपाही के मुँह से कुंदन के लिए गाली निकली।

''अब कुंदन ज्यादा दे जाए तो?'' धूपो ने प्रश्न किया।

''जमादार हमारे हैं।'' तुरसी ने केवल इतना ही कहा।

डॉक्टर उस समय सो रहा था। जाकर जगाया गया।

उसने घाव देखा। एक घाव पूरे डेढ़ इंच का था। रक्त पोंछते ही दरार साफ दिखाई देने लगी।

डॉक्टर ने सुनाकर कहा, ''कुदंन! इतनी हिम्मत? सरकार का राज उठ गया क्या?''

वह हँसा और पट्टी बाँधने लगा। वृद्ध वज्र की भाँति खड़ा रहा। अविचलित, जैसे उसे कुछ हुआ ही नहीं।

इसी समय नौकर ने इशारा किया।

डॉक्टर भीतर चला गया। नौकर ने धीरे से कहा, ''डॉक्टर साहब, अभी वह आया था। मैंने कह दिया, सो रहे हैं। मुझे क्या खबर थी, यह बात होगी? कहता था, तुझे खुश कर दूँगा। हुजूर…!''

''कौन था? कहता क्यों नहीं?'' डॉक्टर ने झुँझलाकर कहा।

''कुंदन था।'' नौकर ने काँपते स्वर से कहा।

''कुंदन?'' डॉक्टर ने कहा, ''क्या कहता था?''

''जो माँगेंगे, सो दूँगा।''

''अरे!'' डॉक्टर के मुँह से हठात् शब्द फूट निकला। कैसा सुनहला मौका हाथ से आकर निकल गया। खरे दो सौ दे जाता। सारा मुकदमा उसी के हाथ में है। अगर वह रिपोर्ट में जरा-सी गड़बड़ी कर दे तो एड़ी-चोटी का जोर लगाकर भी तुरसी

कुछ नहीं कर सकता। दबा हुआ है कुंदन इस वक्त। इशारे की बात है। तो वह उसे टाल दे और कुंदन को बुलवाकर एक बार उससे बातचीत तो कर ले। ईमान का सौदा है। उसने क्या सजा लायक काम नहीं किया?

किंतु अंतरात्मा एक बार क्रंदन कर उठी।

तुरसी का जर्जर शरीर आँखों के सामने घूम गया। वह अकेला है, दरिद्र है। क्या वह इतने भयानक घाव को भी घाव नहीं लिखेगा? क्या उसकी प्रतिज्ञाएँ सब व्यर्थ हो जाएँगी? पाप का नतीजा कौन नहीं भोगता?

डॉक्टर ने स्थिर स्वर से नौकर से झुककर कहा, "जाकर कह दे, फीस दे! दस रुपए ज्यादा लूँगा, अच्छी मनचाही रिपोर्ट लिखा दूँगा। गरीब आदमी है। उसका क्या किसी को भी साथ नहीं देना चाहिए?" नौकर चला गया। डॉक्टर अपने मन में प्रसन्न था। नौकर तब तक सिपाही को समझा चुका था।

डॉक्टर लौट आया। उसने धूपो की सूजन पर अपने हाथ से टिंचर आयडिन लगाई और आश्वासन दिया कि गरीबों का संसार में ऐसा नहीं कि कोई हो ही नहीं। इतना बड़ा घाव तो उन्होंने बरसों से नहीं देखा था और सारा गाँव देखता रहा। किसी ने भी कुछ नहीं कहा। उधर सिपाही अपनी बात कह चुका था। तुरसी ने सुना और समझा। उसने चुपचाप स्वीकार कर लिया। जैसे सेर वैसे सवा सेर। लुट जाए, मगर कुंदन की मस्ती झँझोड़कर निकाल दूँगा।

सिपाही ने हँसकर कहा, "घबरा मत! सब वापिस मिल जाएगा।"

तुरसी ने निर्विकार हृदय से अनुभव किया।

रात को सिपाही तुरसी के घर ही सो रहा। घर का एकमात्र मैचा (बड़ी खटिया) उसके लिए बिछा दिया गया था।

रात का तीसरा पहर ढल चुका था। आसमान में तारे अब फीके पड़ चले थे। हवा बाहर सनसना रही थी।

बूढ़ा बड़ी देर तक बैठा रहा। पट्टी सिर पर बँधी थी। धूपो ने खटोला डालकर तुरसी को अपने सिर की कसम देकर लिटा दिया। अब सिर में दर्द होने लगा था। वृद्ध कराह उठा। रात के अंधकार में उस एकांत में जैसे पत्थर, वह जो अब तक कठोर पत्थर था, अब चटक उठा था।

रमल करवट बदलकर लेट रहा। सिपाही खर्राटे भरकर सो रहा और तुरसी सोच रहा था, रिस-रिसकर जमा किए थे, सो एकदम ही उठ गए। जैसे वे उस खेत पर पहरा दे रहे थे, जिसे जंगली सूअर खा चुके थे। भयानक बेचैनी थी। कौन जाने फिर कब हमला कर दे?

उस रात कोई नहीं सोया।

भोर हो चुकी थी। तीन दिन से तरसी खाट से नहीं उठा था। सारी देह टूट रही थी। धूपो रात-दिन वहीं बैठी रहती। सारे गाँव में संवाद बिजली की भाँति फैल गया था, किंतु आपस में बहस करके भी सब अपना अज्ञान ही प्रकट करना चाहते थे कि वे दूसरों के विषय में कुछ भी नहीं जानते। उनकी राय में दूध का धुला कोई नहीं है और रमल की बहू के पीछे झगड़ा हुआ है, सबका यही अंदाज था।

गाँव के पंडित जी और मास्टर साहब दोनों ही ने कुंदन को सामने देखकर एक-दूसरे की ओर भेद-भरी आँखों से इंगित किया। वे सब जानते थे। फिर भी पूछा, "कैसे आया कुंदन?"

कुंदन पैर छूकर बैठ गया। पगड़ी उतारकर पाँवों पर रख दी और कह गया कि "पहले दंगा शुरू करके जब तुरसी पिट गया, तो पुलिस में जा रहा है। दरोगाजी उस पर मेहरबान हो गए हैं। महाराज, मैं तो कहीं का नहीं रहा।"

"देख भाई कुंदन, दरोगा का मामला है···इसमें," पंडित जी ने स्वर लंबा करके कहा, "हम बोलने वाले कौन?"

"तो महाराज, अब मेरा कौन है? मैं कहाँ जाऊँ? कहो तो गाँव छोड़ जाऊँ?"

पंडित जी पिघले। एक ओर भय था, दूसरी ओर ब्राह्मणत्व का अभिमान, जिसमें से थोड़ा-सा, अपनी विद्या के बल पर छोटा-सा ही सही, अर्जित सम्मान प्राप्त कर, गाँव के मास्टर साहब ने बाँट लिया था।

उन्होंने मास्टर साहब की ओर देखा। दोनों ने फिर इंगित किए और पंडित जी ने ऋषि विश्वामित्र की भाँति अभय देकर कहा, "तो संझा को आज तय कर देंगे।"

जैसे जीवित ही त्रिशंकु को स्वर्ग पहुँचा देंगे।

शाम को जब गाँव के दस मुअज्जिज आदमी इकट्ठे हुए, तब दोनों पक्ष आ गए। तुरसी की बातें उठी-उठी थीं। कभी कहता था, "सारे गाँव के आगे पाँव पर पाग धर दे, माफ कर दूँगा।"

जिसका जवाब लोग देते थे, "साले की बहनोई के सामने क्या इज्जत? जब घर की बेटी ही ब्याह दी, जिसकी माँ ने पाँव पूज दिए, उस घर का बेटा क्या पाँव छूने में हिचकिचाएगा?"

तुरसी के आत्मसम्मान को भीतर ही भीतर संतोष होता। धूपो चुप बनी रहती। लोगों के सामने रोती कि जैसे बूढ़ा तुरसी तीन दिन तक निराहार खटोले पर पड़ा-पड़ा कराहता रहा और इस प्रकार उनकी करुणा की भीख पाने की अभिलाषा रखती। परंतु गाँव वाले इस कान से सुनते, उससे निकाल देते।

"तुरसी," पंडितजी ने कहा।

"हाँ, महाराज," तुरसी ने हाथ जोड़कर हाजिरी दी।

"हमने सुना है, तुझसे कुंदन का झगड़ा हो गया?"

"पूछ लो महाराज, वह क्या कोई दूर है?" तुरसी ने ताना मारते हुए कहा।

"कुंदन," पंडितजी ने मुड़कर कहा, "सुन रहा है?"

कुंदन का सिर झुक गया।

"क्या कह रहा है तुरसी, सुना?"

कुंदन ने सिर हिला दिया।

'हाँ' कहकर पंडितजी ने बढ़ावा देते हुए कहा, "बोलता क्यों नहीं है?" और कुंदन की धीमी-सी 'हाँ' सुनकर पंडितजी ने फिर मुड़कर कहा, "हाँ भाई तुरसी, तो झगड़ा हुआ क्यों?"

तुरसी ने कुंदन की ओर देखा, कुंदन ने तुरसी की ओर। कुंदन का हृदय उछल रहा था। क्या कहेगा तुरसी? चाकू खरबूजे पर गिरे या खरबूजा चाकू पर, मौत खरबूजे ही की है। इतनी बड़ी बदनामी की बात कह सकेगा तुरसी? और यदि नहीं कहेगा तो कहेगा क्या?

और तुरसी उसे ऐसे देख रहा था, जैसे कच्चा ही चबा जाएगा।

"कौन जाने साहब," तुरसी ने अभिमान से कहा, "जाने कब की दुश्मनी निकली है। हमने तो कुछ कहा नहीं।"

यह बात न जमने वाली थी, न जमी। आखिर कोई तो वजह रही होगी। कुंदन कैसा भी हो, पागल तो नहीं है।

मास्टर साहब ने मूँछों पर नीचे की ओर हाथ करते हुए कहा, "भाई, यह भी कोई बात रही, आखिर तू कोई उसका गैर है? अरे, तेरा तो वह साला है···"

तुरसी ने तड़पकर कहा, "मेरा नहीं है कोई साला, न बहनोई। हम तो इस गाँव में अकेले हैं। मैं तो जेल भिजवाकर रहूँगा। मुरव्वत तो उससे जो अपना हो, और जिसने घर की घर में न रखी तो उससे कैसी रसम?"

उसके स्वर का संघर्ष व्यक्त था। एक लरज थी, एक जुंबिश। पर हो तो क्या? बात खत्म होते-होते सुनने वाले ने एकदम कहा, "ऐसी क्या बात कही भाई तुरसी! एक गाँव में रहना है, एक जगह घर है। फिर भाई, समझौता तो दोनों ओर से झुके का नाम है।"

पंडितजी ने हाथ फैलाकर कहा, "कह दो मन की बात। यों बजती है यों, दोनों हाथ से···"

और उन्होंने ताली बजाकर दिखाई।

कुंदन सिर झुकाकर मुस्कराया।

"समझौता करोगे?" और उन्होंने कुंदन की ओर देखकर कहा, "चोट तो तुरसी के लगी है। हरजाना तो तुझे देना ही होगा।···चल, धर दे इधर···।"

कुंदन ने पैंतालीस रुपए पंडितजी के पैरों पर रख दिए।

"कितने हैं?"

"महाराज, पाँच कम पचास।" पंडितजी के नयन फैल गए। तुरसी अडिग रहा।

मास्टर साहब अंग्रेजी भी थोड़ी ही पढ़ गए थे। जानते थे, कानून तब कानून बनता है जब उसके पीछे डंडे की मार होती है, वरना भैया, कहने से कभी कोई अपने आप स्वीकार नहीं करता। समझदारी ही से काम लेना चाहिए। उन्होंने मूँछें थपथपाकर कहा, ''पर मुकदमे को क्या तू आसान समझता है? बरसों की पिट जाएगी, बरसों की।''

पंडित जी ने सिर हिलाकर कहा, "तू नहीं जानता, मुकदमेबाजी खेल नहीं होती। लड़ाई में कमाई की है तो उसे कल के काम के लिए बचाकर रख भाई! ये तो ऊँची जातों के काम हैं। बनिया हुए, बामन-ठाकुर हुए।'' और मुड़कर कहा, ''कभी कोलियों के भी मुकदमे सुने हैं भई?''

उपस्थित समाज हँस उठा।

मुरली ने सिर हिलाकर कहा, ''और क्या भइया! एक रात में कितने ही उठ गए होंगे। तेरे गवाह हैं?''

तुरसी ने आँखें तरेरकर कहा, ''भगवान् की सौगंध, सारे गाँव ने देखा। परमात्मा की गवाही सबसे बड़ी गवाही है। जो गाँव धरम ही छोड़ दे तो मैं भी सब छोड़ बैठूँगा।''

किंतु इस बात का कोई प्रभाव नहीं पड़ा।

''हम तो भाई, चाहते हैं, आपस का झगड़ा आपस ही में तय हो जाए। अब उसकी श्रद्धा ही इतनी है तो यही सही,'' और मास्टर साहब ने रुपए उठाकर धूपो की ओर फेंककर कहा, ''समझौता तो होकर रहेगा। मानने की बात है भाई! सारा गाँव कह रहा है। दस भले आदमी इकट्ठे हुए हैं। क्या नाम, ऐसी कोई डकैती तो है ही नहीं। रही रुपए की बात, तो ये रहे पचास रुपए। अब देख तुरसी, तेरा भी तो साला है…''

किंतु तुरसी सोच रहा था। क्या यही उसके अपमान का बदला है? कह कुछ सकता नहीं। सारे गाँव से दुश्मनी मोल लेने का सवाल है। वह चुप हो रहा।

मास्टर साहब ने धूपो की ओर देखकर कहा, ''तो बस, उठा ले…''

धूपो ने तुरसी को देखा। उसने तो मना नहीं किया। रुपए उठा लिए। मास्टर साहब जानते थे कि किले का कौन-सा हिस्सा सबसे कमजोर है, जिसे सबसे पहले तोड़ा जा सकता है।

किंतु तुरसी गंभीर बैठा था। सारी सभा अतृप्त थी। यह भी कोई फैसला हुआ? किंतु कुंदन ऐसे बैठा था, जैसे सागर से मोती बीन लाया हो।

संतोष दोनों में से किसी को भी नहीं हुआ। अभी भी कुंदन का भय दूर नहीं हुआ था। अभी भी तो तुरसी पुलिस का पासंग लेकर भारी हो रहा था।

साँझ हो चली थी। जाकर पंचों के पाँवों पर पाग धर दी और पंचायत इकट्ठी

करने का न्योता दे दिया, किंतु न खुशामद की, न एक रुपया ही दिया। तुरसी की निर्बलता वह देख चुका था। बातें आवश्यकता से भी अधिक मीठी करके जिस समय वह लौटा, यारों ने दूधिया छानी।

धीरे-धीरे गाँव-भर में, बिरादरी में खबर फैल गई। रात-भर औरतें दिमाग लड़ाती रहीं और रतनी का नाम ही उनकी जीभ पर नाच रहा था। बात ठीक थी, पर सबूत न था और गंदी बात सोच लेना क्या उनका अधिकार न था?

तुरसी करवट बदल रहा था। तरह-तरह के विचार आ रहे थे। रात में एक अजीब बेचैनी थी। यह कुंदन ने एक नया खेल रचा था। जब गाँव की सभा ने एक बात कह दी तो फिर पंचायत कैसी? कुछ भी हो। बिरादरी का मामला है। पुलिस तो फिर भी अपनी ही है। केस तो फिर भी चलेगा ही। यहाँ न सही, बेटा को वहाँ देख लूँगा। जाएगा कहाँ?

और तुरसी को तीन सौ रुपए ऐसे दिखते, जैसे हनुमान अपना शरीर बढ़ाकर लंका जलाने को पूँछ हिला रहे हों।

दिन दुपहरिया पंचायत बैठी। कुंदन अपने दोस्तों और घरवालों के साथ एक ओर बैठा। दूसरी ओर धूपो, तुरसी और रमल तथा उसकी बहू। धीरे-धीरे सन्नाटा छा गया। काम शुरू हो गया।

पंचों ने किस्सा सुना। लोगों को सुना दिया गया। सरपंच ने, जब हुक्का घूम चुका तो गंभीर स्वर से कहा, "पंच सुनें! अब हम कुंदन से पूछते हैं कि तूने हमें क्यों तकलीफ दी?"

कुंदन ने खड़े होकर झुककर कहा, "पंच भगवान् का औतार हैं। झूठ नहीं कहूँगा। आपसी मारपीट की बात थी। गाँव के बड़े आदमियों ने मामला तय करा दिया है, पर जीजा का दिल अभी मेरी ओर से साफ नहीं हुआ है। इसी से बिरादरी की पंचायत इकट्ठी की है। हमारा एक घर है, जिसे हमने बहन ब्याह दी है, वह क्या कोई गैर है? पर आपसी झगड़े कहाँ नहीं होते?"

"सब जगह होते हैं।" बूढ़ों ने सिर हिलाकर स्वीकार किया।

कुंदन ने फिर कहा, "हमारी बेटी पराए घर में पराई हो जाए, पर हम तो उसे अपनी समझते हैं। भांजा तो नहीं छुआ हमने, क्यों?" धूपो की ओर देखकर कहा, "बोल?"

धूपो ने सिर हिलाकर स्वीकार किया। स्त्री की इस मूर्खता पर तुरसी विक्षुब्ध हो उठा। उसने कहा, "पंचों की दुहाई है। औरत कमअकल होती है। उसे बहका-फुसला लेना बड़ी बात नहीं होती। भांजा, मैं पूछता हूँ, छोड़ दिया था कि भाग निकला?"

कुंदन ने पैंतरा बदला। बोला, "जीजा का गुस्सा अभी बूढ़ा नहीं हुआ है।"

पंचों ने रायें मिलाईं। कुंदन ठीक कहता है। उसकी आवाज में तनिक भी जोश नहीं है। तुरसी की तो धधक रही है अभी दिल में।

फिर पंचों ने पूछा, "बहन को क्यों मारा?"

"बीच में आ गई थी। तभी ध्यान आ गया कि राँड़ होगी तो बहन ही। हाथ रोक दिया।"

"ठीक है, ठीक है," सबने हाँ में हाँ मिलाई, "ऐसा हो सकता है।"

तुरसी ने ओंठ क्रोध से काट लिया, किंतु क्या वह उस कठोर सत्य को खोले बिना अपनी बात पर लोगों को विश्वास दिला सकता है? कनखी से देखा। रतनी घूँघट खींचे सिर झुकाए बैठी थी। उसे फिर क्रोध और स्नेह दोनों ही आए। तुरसी बोल उठा, "पंच परमेश्वर हैं। जो कहेंगे सो सिर झुकाकर मानूँगा।"

बात अभी वह समाप्त भी नहीं कर पाया था कि किसी ने बीच में काटकर कहा, "मगर झगड़ा तो मर्दों में होता है। धूपो पर लाठी कैसे पड़ी? घर का द्वार बहू ने कैसे बंद कर रखा था।"

"बंद तो होता ही," तुरसी ने चमककर कहा, "घर में अकेली न थी! फिर सास से कहासुनी हो गई होगी। सास-बहू के झगड़े कहाँ नहीं होते?"

"जगत की रीत है," सबने कहा, "होते रहे हैं और होते रहेंगे?"

"तो," तुरसी ने कहा, "कुंदन से किसने कही थी कि भांजे की बहू का जिकर करता और सो भी पंचायत में? कैसे खबर पड़ी कि द्वार तब बंद था कि खुला?"

कुंदन के मुँह का रंग फीका हो गया था। उसने पूरब की ओर हाथ उठाकर कहा, "गंगा मैया की सौगंध है। मैंने किसी से कुछ नहीं कहा, पर मुहल्ला जागता था। एक कान से सुनी तो बात दस जीभों पर डालती है। पंच कहें, मैं कैसे जिम्मेदार हूँ?"

पंच खामोश रहे।

तुरसी ने पंचों की ओर दोनों हाथ उठाकर कहा, "पंच कहें! कुंदन ने पैंतालीस रुपए दिए हैं, सो क्या हरजाना ठीक है? पुलिस को मैंने रुपए दिए। कुंदन ने भी दिए। पर दंगा शुरू किसने किया?"

सरपंच ने आँख चढ़ाकर सिर हिलाते हुए पूछा, "पर दंगा क्यों हुआ? तुझे कुंदन ने क्यों मारा? कोई पागल तो वह था नहीं न?"

"मैं क्या जानूँ?" तुरसी ने सरल उत्तर दिया।

"तो वे रुपए कहाँ गए?" पंच ने फिर पूछा, "हाजिर करो।"

धूपो ने चालीस रुपए पंच के पास रख दिए।

गिनकर पंच ने कहा, "ये चालीस हैं। पंच से दगा नहीं होगी। बाकी के रुपए कहाँ हैं? क्यों री, बोलती क्यों नहीं?"

और धूपो के मुख पर स्याही छा गई।

तुरसी ने तड़पकर कहा, "बोलती क्यों नहीं? बिरादरी पूछ रही है।"

धूपो ने सिर झुकाकर कहा, "खरच हो गए।"

''खरच हो गए?'' तुरसी गरज उठा, ''डायन! तूने मेरी नाक कटा दी। दस दिन न रखे गए अलग? और न थे रुपए?''

उसका आज जीवन में सबसे भयानक अपमान हुआ था। क्या करे? औरत की जात ही ऐसी है।

धूपो ने सिर झुका लिया था। तभी किसी ओर से किसी ने आवाज दी। रमल उठकर चला गया।

पंच ने कहा, ''इसका तो दंड भोगना पड़ेगा तुरसी! बहू को समझा दे।''

तुरसी का हृदय हाहाकार कर उठा।

कुंदन के साथियों ने ताना मारा, ''कमी तो पड़ ही जाती है। दरोगाजी को दे दिए होंगे। आखिर साले पर बिना वजह मुकदमा भी तो चलाना ही था।''

क्या कहे अब? कोई उत्तर? मन में आया, वहीं मर जाए। किंतु धूपो भी खड़ी रही और तुरसी भी सिर झुकाए खड़ा रहा।

''तुरसी,'' पंच ने कहा, ''कहता क्यों नहीं?''

तुरसी ने बाएँ हाथ से माथे की पट्टी सरका दी। लंबा घाव देखकर सबमें सहानुभूति फैल गई। कुंदन अपराधी है। तुरसी ने एक बार चारों ओर देखा···

''तुम जो कहो सो मुझे मंजूर है। मैं तो गुलाम हूँ।'' उसने उन्मुक्त कंठ से कहा।

पंच प्रसन्न हुए। कुंदन को अब पूरा विश्वास हो गया था। बाजी जीत ली थी। तुरसी के मुँह पर ताला पड़ा था।

और कुंदन उत्साह से अब मन ही मन प्रसन्न अपने मित्रों की ओर देखकर मुस्करा रहा था।

पंच ने कहा, ''झगड़ा हुआ। तुरसी कहता है, उसे कुंदन ने बेवजह मारा। कुंदन कहता है, छोटी-सी बात थी, बातों में बढ़ गई, मारपीट हुई। सुनने को तो यही ठीक लगता है, पर कुंदन का भी तो कुछ कसूर रहा ही होगा। सजा उसे भी मिलनी चाहिए।''

सबने सुना, पंचों ने फिर मशवरा किया और चौधरी ने फिर कहा, ''तुरसी मामले को पुलिस तक ले गया, जिसमें दोनों के खूब खर्चे हुए। कुंदन मामले को पंचों में लाया। तुरसी पर भी दंड धरना चाहिए।''

धूपो ने धीरे से कहा, ''पर हमने क्या मना की है? पंचों का न्याय सिर-आँखों पर।''

बड़े-बूढ़ों ने प्रार्थना की, ''फैसला सुना दिया जाए।''

''क्या होगा?'' धूपो ने कातर स्वर से कहा, किंतु तुरसी ने जैसे सुना ही नहीं।

वह ऐसे खड़ा था, जैसे काठ की मूरत खड़ी कर दी हो। वह जो अब तक निर्भय था, इस समय विवर्ण हो चुका था। सिर का लाल घाव ऐसा था, जैसे माथे

में तीसरी आँख हो—खूनी, जलती हुई। कुछ देर तक फिर परस्पर परामर्श होता रहा और तब सरपंच ने चौधरी ने कहा, "धूपो ने पाँच खरच किए, दस का दंड देगी; कुंदन ने बूढ़े और औरत को मारा सो पचास रुपए दंड देगा और तुरसी मामले को पुलिस तक ले गया, जिसमें दोनों का खरचा हुआ सो तीस रुपए दंड भरेगा और पंचों का फैसला है कि मामला यहीं खत्म हुआ। आगे अपनी-अपनी भुगतान होगी, जो हुक्म-अदूली करेगा, उसका हुक्का-पानी बंद।"

अनोखा न्याय था!

धूपो के मुख का रंग उड़ गया। यह क्या हुआ? इसी समय रमल ने आकर कहा, "अम्मा री, यहाँ पंचायत से क्या हुआ होगा? यह तो पुलिस केस है। अभी दरोगा को मुँहमाँगी रिसवत देना पड़ेगी, नहीं तो वह क्या छोड़ देगा? पंचायत का जोर हम पर चलेगा कि उस पर भी चलेगा?"

दुधारा चला। धूपो कातर स्वर से रो उठी, "हाय, हम तो लुट गए!"

"वह भी होगा," तुरसी ने सिर उठाकर कहा, "वह भी मैं ही दूँगा। परमेसुर की ही जब यह मर्जी है तो ये ही सही। बिरादरी की तो रखनी ही होगी।"

रमल पुकार उठा, "यह तो अन्याय है···" किंतु तुरसी को कोई आपत्ति न थी।

[1951 से पूर्व]

जाति और पेशा

अब्दुल ने चिंता से सिर हिलाया। नहीं, यह पट्टी उसकी है। वह रामदास को उस पर कभी भी कब्जा नहीं करने देगा। श्यामा जब मरा था, तब वह मुझसे कह गया था। रामदास तो उस वक्त वहाँ था भी नहीं। उसका क्या हक है? आया बड़ा हिंदू बनकर। उस वक्त कहाँ चला गया था? जब देखो तो हाथ में लट्ठ उठा-उठाकर दिखाता है। मैं कचहरी में ले जाऊँगा इसको।

उसके शरीर पर एक मैली-सी मिरजई और कटि के नीचे घुटनों तक ऊँची धोती थी। वह बैठा-बैठा हुक्का गुड़गुड़ा रहा था। इधर तो नाज महँगा बिकता है। उसके पास कुछ रुपया जमा हो गया है। वह अब किसी से भी क्यों दबे? और उसने भौं सिकोड़कर गंभीरता से एक बार जोर का कश लगाया और फिर अपने कैंची से कटे बालों पर हाथ फेरा। जब मुँह से धुआँ छोड़ा तो उसका हाथ दाढ़ी को सहला रहा था।

उसके बच्चे बाहर धूल में खेल रहे थे। उन्हें किसी की भी क्या फिक्र? साथ में ही रामदास के बच्चे भी थे। एक बच्चा धूल में पैर देकर ऊपर से मिट्टी थोपकर घर बनाने की कोशिश कर रहा था। जब चिलम बुझ गई, वह उठा। पत्नी को आवाज दी और कह दिया कि संभवतः देर में लौटेगा। पत्नी कुछ नहीं समझ सकी। अपने इन्हीं विचारों में मग्न वह शहर चल दिया।

दो मील चलकर जब वह वकील साहब के यहाँ पहुँचा तो उसने देखा, वकील साहब को एक मिनट की भी फुर्सत नहीं। किंतु जब वह पास जा सलाम करके बैठ गया तो उसे पता चला कि वह सिर्फ गवाहों की भीड़ थी, जिन्हें वकील साहब कल का बयान रटा रहे थे। वह चुपचाप प्रतीक्षा करता रहा। जब बयान खत्म हो गया, उन्होंने एक गवाह से उसे सुना। उसकी गलतियों को ठीक किया और फिर संतुष्ट होकर कहा, ‘‘ठाकुरों को उस गाँव में कोई नहीं हरा सकता। अब जाओ!’’

वकील साहब की आँखों में एक तीक्ष्णता थी, जिससे उन्होंने शीघ्र ही अब्दुल को भाँप लिया। उनका काम ही यह था। उन्होंने उससे कहा, ‘‘अरे, बहुत दिन बाद दिखाई दिए। इधर तो आना ही छोड़ दिया था।’’ फिर हँसकर कहा, ‘‘वकील और

डॉक्टर दूर रहें, यही अच्छा है।''

वे धार्मिक आदमी थे। सुबह अँधेरे ही उठकर भजन-पूजन समाप्त कर लेते और फिर सांसारिक कामों में लग जाते। छुआछूत का पूरा खयाल रखते। जब बच्चे सुबह पढ़ने लगते, वे अपने मुवक्किलों से बात करते हुए उन पर भी नजर रखते कि कोई बेकार ही पेंसिल छील-छीलकर तो समय नष्ट नहीं कर रहा है। पड़ोस के खाँ साहब से उनके पिता के समय में बहुत मेलजोल था। किंतु अब आना-जाना तो है नहीं, बच्चे अलबत्ता साथ खेलते हैं। उनका सिर्फ सलाम-दुआ का रिश्ता है, और कुछ नहीं। वे मुसलमान, ये हिंदू। अब पड़ोस से सब व्यवहार बंद हो चुका था। वकील साहब की सदा यही कोशिश रहती कि जैसे भी हो, खाँ साहब यहाँ से उखड़ें तो मैं मध्यस्थ बनकर वह मकान किसी शरणार्थी को दिला दूँ और बीच में जो अपना हो, उसे प्राप्त करूँ।

श्यामा की भूमि पर अब्दुल का यह हक जमाना कतई नापसंद रहा। पर उनको क्या? उन्हें तो पैसा मिलना चाहिए।

उन्होंने कागज पर बहुत कुछ लिखा और कहा, ''केस पेचीदा है। जबानी किसी ने कुछ कह दिया, उसे साबित करना कठिन काम है। और कोई लिखा-पढ़ी है?''

''होती तो क्या बात थी।'' उन्होंने स्वय कहा; क्योंकि अब्दुल खाली आँखों से देख रहा था। उन्होंने जोर देते हुए कहा, 'और तुम्हारी अड़ पड़ गई है।''

अब्दुल ने सिर हिलाकर स्वीकार किया, 'हाँ, अड़ पड़ गई है। जमीन तो ऐसी कोई बहुत नहीं है, पर रामदास जीत गया तो अब्दुल सदा के लिए दबकर रहेगा।''

वकील साहब समझ गए। वे समझदार आदमी थे।

''कौन-से डिप्टी की कोरट में जाएगा?'' अब्दुल ने पूछा, ''ऐसी जगह पहुँचवाओ, जहाँ काम हो जाए।''

वकील हँसे। कहा, ''तकवी के यहाँ ले जाता, पर वैसे सुंदरभान ठीक रहेगा। क्यों, आदमी तो वह ठीक है?''

अब्दुल ने कहा, ''आप जानें।''

वकील साहब ने कहा, ''अरे भाई, तुम्हारी भी तो राय लेनी चाहिए। मैं और वकीलों की तरह नहीं हूँ।''

उन्होंने उसे और कुछ समझाया। रुपए गिन लिए। आश्वासन दिया। वह प्रसन्न-सा लौट आया। वकील साहब खुश हुए। सुंदरभान से उनकी अदावत थी। वहाँ यह मुसलमान कभी नहीं जीतेगा। हिंदू की जमीन हिंदू को ही मिलेगी। एक पंथ दो काज सिद्ध होंगे। तकवी दोस्त तो है, लेकिन क्या ठीक? किंतु अब्दुल कुछ और ही सोच रहा था। वकील को रुपए देते ही बोझ उतर गया। जिस समय वह गाँव पहुँचा, उसे लगा, उसने रामदास को हरा दिया था। मामूली नहीं है यह वकील। कितने गवाहों को साथ पढ़ा रहा था। जब उस झूठे मामले को वह यों ही सुलझा

गया तो फिर उसका तो एक सहारा भी है। वह जरूर जीतकर रहेगा।

तभी किसी ने कहा, "कहो तो अब्दुल, अच्छे तो हो? बहुत दिन बाद दिखाई दिए।"

गरगलाती आवाज में एक भारीपन था जिसमें अधिकार, स्नेह और चातुर्य की भावना थी। अब्दुल ने देखा, मौलवी साहब थे। वह खुशी से अपना किस्सा सुना गया।

उसकी बात सुनकर वे उसे ऐसे देखते रहे, जैसे किसी बेवकूफ को आज जिंदा पकड़ लिया था। अत्यंत गंभीर मुद्रा बनाकर उन्होंने कहा, "अब्दुल, तू सचमुच बच्चा है।"

अब्दुल चौंक उठा। उसने पूछा, "क्यों? क्या बात है?"

लंबा चोगा पहनने वाले मौलवी साहब की उँगलियाँ उनकी खिचड़ी दाढ़ी में उलझ गईं। वे चुप खड़े रहे। उनके उस मौन को देखकर अब्दुल को भय होने लगा। वह हल और जमीन का मोटा काम करने वाला किसान अल्लाह के सूक्ष्म तत्त्वों को समझने वाले मौलवी को इस तरह खामोश देखकर सिहर उठा।

उन्होंने मुस्कराकर कहा, "अभी वह शायद तुमने सुना नहीं। हिंदू अब मुसलमानों पर खार खाए बैठे हैं। यह वह बोदा हिंदू नहीं है जो हमारा गुलाम बनकर रहता था, अब वह हमें गुलाम बनाकर रखना चाहता है।"

अब्दुल काँप उठा। मौलवी साहब भारी आवाज में कहते रहे, "सूबेदार तलवार लगाकर घूमता है। वह कहता है, इन्हें सूई की नोक बराबर जमीन पर भी नहीं रहने दिया जाएगा। कोई रोकने वाला है उसे? कोई नहीं। क्योंकि सुंदरभान सबसे बड़ा अफसर है। उसके सामने कौन बोल सकता है?"

उन्होंने हाथ फैलाकर समझाते हुए कहा, "आज हल्के में सब मुसलमान हैं। अपना दरोगा है, अपना तहसीलदार, मगर सुंदरभान अकेला हिंदू डिप्टी है। मुसलमानों को दबाकर रखना चाहता है। तकवी है—अपनी बातें सुनता है, तरफदारी करता है, ठीक है, मगर डरता है। जहाँ हिंदू-मुसलमान का सवाल आया, फौरन अपने आपको ईमानदार साबित करने के लिए हिंदू की तरफ हो जाएगा। अगर ऐसे लोग न होते तो क्या मुसलमान इतना दबकर रहता?"

अब्दुल संकट की-सी हालत में पड़ गया। अब वह क्या करे? कुछ भी हो, आखिर जब वह दीन भाई है तो क्या कुछ भी खयाल नहीं करेगा? तकवी ही ठीक रहेगा।

अब्दुल दूसरे दिन जब वकील साहब के यहाँ पहुँचा, वकील साहब अकेले बैठे थे। उनकी स्त्री पर्दे के पीछे खड़ी उनसे कुछ बातें कर रही थी। अब्दुल को देखकर वह भीतर चली गई।

"आओ-आओ, अब्दुल!" वकील साहब ने आरामकुर्सी पर लेटटे से बैठते हुए

कहा। अब्दुल जाकर बगल में जमीन पर बैठ गया। काफी तकलीफ के साथ उसने अपनी बात को छिपाकर उनसे कह दिया।

वकील साहब ने अधमुँदी आँखों से देखा। तकवी के यहाँ मामला पहुँचाना उनके वश की बात है, लेकिन उसमें यही खतरा है, मुसलमान कैसा भी दोस्त हो, आखिर मुसलमान है। वह जब देखेगा कि जमीन का मामला है, फौरन मुसलमान की तरफ हो जाएगा, दोस्ती धरी रह जाएगी। केस तो शायद वे जिता दें, पर हिंदुओं का इसमें नुकसान होगा। मुसलमान को जमीन दिलाने का मतलब है, इनके यहाँ पट्टा कर देना। उन्होंने अब्दुल की बात पर हर पहलू से विचार किया।

वे समझ गए, इससे किसी ने कहा है कि तकवी मेरा दोस्त है। वहाँ काम जल्दी होगा। और मुसलमान मुसलमान की ही तरफ झुकता है, इस विचार से उन्हें कोफ्त होने लगी। उन्होंने सोचा, वे खुद ही केस कमजोर रखेंगे कि तकवी उलटा फैसला देगा। उन पर क्या चोट आएगी? वे तो मुसलमान हैं।

उन्होंने कहा, "अब तो खर्चा बढ़ेगा अब्दुल! मैं जितना गहरा जाता हूँ, उतना ही मामला पेचीदा होता जाता है। तकवी से कुछ नहीं कहूँगा। सुंदरभान से कह देता। केस मैं तकवी की कोर्ट में करवा दूँगा।"

वे यह झूठ बोलते तनिक भी न हिचके। सुंदरभान उन्हें दूर रखते थे।

परिणामस्वरूप कुछ रुपए अंटी में से फिर झड़ गए। हृदय फिर हलका हुआ। अब्दुल जब लौटा तो फिर उसके पाँव जमीन पर पड़ने से इनकार कर रहे थे, जैसे उड़ रहा था। अब क्या है? अगर तकवी भी उसकी मदद नहीं कर सकता, तो फिर खुदा भी नहीं कर सकता। मौलवी साहब कुछ भी हों, उन्हें मुकदमा करने का हक थोड़े ही है। रास्ते में देखा, सब बच्चे इधर-उधर खेल में भाग गए थे। एक घुटनों पर चलने वाला रह गया था। उसने रामदास के बच्चे को गोद में उठा लिया। धूल में सना हुआ बच्चा रो रहा था। उसने उसे पुचकारकर चुप किया और उससे बातें करने लगा। उसका मन प्रसन्न हो रहा था। कैसा मजे का है! बड़ी-बड़ी आँखों से घूर रहा है।

तभी रामदास ने पुकारकर कहा, "इसे तो रहने दो। दोस्ती करने को मैं काफी हूँ।" वह सामने से आ रहा था। अब्दुल ने बच्चे को उतार दिया। बात लग गई थी।

अब घरों के बीच की भीत और ठोस हो गई, अभेद्य हो गई। रामदास ने बच्चे की हिफाजत के लिए कुछ टोटका किया था। अब्दुल ने सुना तो उसका हृदय कसक उठा—मुझे इतना कमीना समझता है। और प्रतिशोध के शोले भीतर भड़क उठे। बीवी से उसने दृढ़ता से कहा, "आज से रामदास हमारा बैरी है। समझती हो?" स्त्री ने देखा। वह कुछ नहीं समझ सकी।

कई दिन बीत गए।

अब्दुल हार चुका था। तकवी ने उसके खिलाफ फैसला सुनाया था। उसके सब-डिवीजन में कुछ हिंदू-मुस्लिम तनातनी थी। सरकार ने उस पर कड़ी डाँट लगाई थी। उसकी नौकरी का चक्कर था। वकील साहब दोस्त थे। उनके मुवक्किल होने में ही हानि थी और मुसलमान होना तो गजब था। सब सुनकर मौलवी साहब ने कहा, "मैंने पहले ही कहा था कि वह हिंदुओं से दबता है। वकील नरोत्तम बड़ा घाघ आदमी है। जब तुम कोरट बदलने गए, जरा न हिचका। वह जानता था कि तकवी पोच आदमी है, उससे हिंदू का कभी नुकसान नहीं हो सकता।"

"लेकिन डिप्टी तो अपना ही था।" अब्दुल ने प्रतिवाद किया, "मुसलमान तो बेकार है, हिंदू तो अलग है ही। फिर भी करता भी क्या? अपना तो कोई नहीं निकला!"

मौलवी साहब सुनकर परास्त हुए। किंतु हार कैसे जाते? कहा, "तू तो सीधा आदमी है अब्दुल! इस मामले में बड़े-बड़े चक्कर खा जाते हैं। अंग्रेजों के ये कानून तो ऐसे हैं कि अच्छा वकील हो तो एक के चार मतलब निकाल ले। तू मेरी राय में एक काम कर! किसी मुसलमान वकील के पास जा! मुकदमे की जीत-हार की कुंजी डिप्टी नहीं, वकील है, वकील! समझा?"

अब्दुल फिर विचारमग्न हो गया। मौलवी साहब का कहना ठीक है। पेशकार ने भी उससे अकेले में कहा था कि केस ही जब इतना कमजोर है, तब तकवी क्या खाक कर लेता? और पेशकार से सुनी यह चार रुपए कीमत की बात उसके कानों में गूँज उठी।

जब वह घर पहुँचा, उसकी स्त्री चूल्हे पर खाना पका रही थी। वह बैठा-बैठा सोचता रहा। स्त्री घर की मालकिन थी। उसके क्षेत्र में अब्दुल को बोलने का कोई अधिकार नहीं था, इसीलिए वह उसके मामलों में अधिक दिलचस्पी नहीं लेता। अब्दुल की राय में औरत का दिमाग छोटा बनाया गया था। वह खा-पीकर लेट गया और अपनी चिंता में मग्न हो गया।

दूसरे दिन वह फिर वकील साहब के पास पहुँचा। उस समय उसके हृदय में एक विक्षोभ था। उसने तीखी दृष्टि से देखकर आँखें फिरा लीं, जैसे उनसे उसे घृणा हो गई थी, जैसे वह किसी अद्भुत पशु के सामने खड़ा था, जिसमें मनुष्यता के कोई भी लक्षण उसे दिखाई नहीं देते थे।

वकील साहब मुकदमा हारे हुए की प्रवृत्ति को खूब जानते थे। अब्दुल को उन्होंने गमगीन देखा तो मुस्कराए। कहा, "क्यों? मैंने कहा नहीं था, सुंदरभान के यहाँ मामला ठीक रहता। लेकिन तुम नहीं माने। मैं तभी समझ गया था कि किसी ने तुम्हें बहकाया जरूर है, वरना तुम मेरे पुराने मुवक्किल ठहरे। आज तक कभी मेरी बहस से तुम हारे हो? कभी नहीं। फिर अबकी क्या हुआ?"

अब्दुल सिर झुकाए बैठा रहा।

वकील साहब ने फिर कहा, "भाई, यह मामला तो उलझ गया है। अब तो तुम कब्जा ले लो। मैं दूसरा केस डालूँगा। समझ गए? कहो कि जमीन मेरी है। कई साल से मैं जोत रहा हूँ। अब उस पर किसी का हक कैसे चल सकता है? मुकदमा किया था, उस पर अपील चल सकती है। पहले जाकर दरोगा से मिलो। कुछ रुपया जरूर खर्च करना पड़ेगा। कब्जा सच्चा, झगड़ा झूठा!"

वह उठा। सीधे दरोगाजी के पास गया। थाने में उस वक्त भीड़ थी। कई आदमी पकड़े गए थे। कोई चोरी का मामला था। वह बैठकर इंतजार करने लगा। वह मन ही मन प्रसन्न हुआ। दूसरों को फँसा देखकर उसे खुशी हुई, क्योंकि उसका नुकसान नहीं था। कुछ देर बाद उसने देखा कि दरोगाजी अंदर चले गए और वे आदमी भी एक-एक करके उनके पास बुलवा लिए गए।

बाहर बैठा-बैठा वह ऊँघ गया। गाँव के थानेदार बादशाह आदमी थे। उनके सामने सिर उठाना कोई साधारण बात नहीं थी। अब शाम हो गई थी। कुछ देर बाद उसने देखा कि गाँव के लोग 'राम-राम' करके चले गए। सब छूट गए थे। उसे दरोगा के खुले दिल पर विश्वास हुआ। एकांत में अपनी कहानी सुनाई। दीन का महत्त्व समझाया, पर काम मुफ्त नहीं हुआ। और वह भी सिर्फ कोशिश करेंगे।

खाली होकर जब वह घर लौटा तो खटोले पर बैठकर पाँव फैला दिए। आज वह कुछ अधिक थका हुआ था। उसने एक लंबी साँस छोड़ी और सिर से पगड़ी उतारकर धर दी। फिर अपनी कैंची फिरी खोपड़ी पर हाथ फेरा और फिर उठकर खाट पर लेट गया, जिस पर से उसके पाँव बाहर निकल रहे थे।

बीवी सामने आ गई। उसने मुस्कराकर कहा, "आज बड़ी देर कर दी। कहाँ गए थे?"

उसे कुछ-कुछ मालूम था कि उसके पति का रामदास से मुकदमा चल रहा था, जिसमें उसका पति हार गया था। अब वह इसी की झेंप में बैठा है। अपना अधिकार दिखाने को जो उसने प्रश्न पूछा, वह ठीक निशाने पर बैठा। अब्दुल का सिर झुक गया।

पहले तो उसकी हिम्मत ही न पड़ी, किंतु उसके बार-बार पूछने पर लाचार होकर सब सुनाना पड़ा। वह चुपचाप उसकी ओर देखती रही। उसके चुप होते ही स्त्री का चातुर्य अब खुल पड़ा, "मैं कहती थी न कि पहले मेरी बात सुन लो। अब हो गया!"

उसका व्यंग्य सुनकर अब्दुल ने कहा, "तो मैं करता भी क्या?"

स्त्री ने उसे घूरकर देखा। अब्दुल सहम उठा। तब स्त्री ने अपने दोनों हाथ चलाकर कहा, "वह सब बड़े लोगों के खेल हैं। वकील से कहो, डिप्टी के यहाँ जाकर चपरासी से कहो। वह डिप्टी का भी बाप है। सीधे मुँह बोल नहीं कढ़ता। एक है थानेदार, वाह…वाह…" उसने मुँह बनाया, जिसको देखकर अब्दुल हँस दिया। उस

स्त्री के मुँह पर दो झुर्रियाँ पड़ गई थीं। वह बकबक करती रही, "ये लोग सब ऐसे ही हैं। अपना तो यही रामदास है। उसकी बहू से मैं कह देती। घर का मामला था, घर में ही सुधर जाता। पर तुम क्यों मानने लगे? दो पैसे मिले, बस चले कचहरी। कुछ और भी खयाल रहता है? चले आए बड़े अकलमंद! वकील को दे आया हूँ, पेशकार को दे आया हूँ और थानेदार को दे आया हूँ। जमाना कहेगा, इसके बड़े-बड़े साले हैं..." वह हँस दी।

अब्दुल अधीर-सा देखता रहा। उसकी समझ में कुछ भी नहीं आया। औरत की अक्ल ही कितनी! यह क्या बक रही है? वे सब और हैं। स्त्री ने फिर कहा, "उन्हें नहीं है हिंदू-मुसलमान की जात। वे तो बेईमान हैं, बेईमान!" अब्दुल चौंक उठा। लेकिन वह खुद मुसलमान है! उसने कहा, "वाह! यहाँ शहर-गाँव का चक्कर लगाते टाँगें टूट गईं और तू है कि अपनी रट लगाए जाती है। अरे, आखिर इतने लोग हैं। वे कुछ भी नहीं समझते? एक तू ही दुनिया में अकलमंद बाकी है!"

स्त्री इसके लिए बिलकुल तैयार नहीं थी। उसने कहा, "जिसने घरवाली की नहीं मानी, उसका काम कभी ठीक नहीं चलता।"

अब्दुल ने हाथ उठाकर कहा, "रहने दे। कल मैं किसी बिरादरी के वकील से राय लूँगा, फिर देखना क्या होता है..."

स्त्री ने चेतकर सिर झुका लिया।

दूसरे दिन वह हामिद खाँ वकील के पास गया। हामिद खाँ आगा पेशकारों की 'जय हिंद' सुनकर मुवक्किलों से रिश्वत दिलवाने वाले आदमियों में थे। पहले मुस्लिमलीगी थे, अब राज-भक्तों में थे, कांग्रेस वालों के पीछे-पीछे लगे डोलते थे। स्वयं उन्हें अपने ऊपर कभी-कभी आश्चर्य होने लगता था। इस समय वे पान चबाते हुए आरामकुर्सी पर बगल में रखा हुक्का गुड़गुड़ा रहे थे। कभी-कभी बढ़े हुए पेट पर हाथ फेर लेते।

अब्दुल ने इधर-उधर की बातों के बाद अपनी बात कहनी शुरू की। हामिद खाँ ने चौंककर पूछा, "क्या कहा? सुंदरभान के कोर्ट से मामला तुमने हटवाकर तकवी के कोर्ट में करवा दिया?"

अब्दुल ने कहा, "जी हाँ, बदलवा लिया, नरोत्तम वकील ने यही कहा था... ।"

उन्होंने बात काटकर कहा, "बड़े अजीब आदमी हो, तुमने निहायत गलती की। तुम्हें उसके सिवा कोई वकील नहीं मिला? मुसलमानों में से कोई ठीक नहीं जँचा तुम्हें? वह बड़ा तास्सुबी हिंदू है। उसी की गड़बड़ी से सब कुछ बिगड़ गया और तकवी से उसकी दाँत-काटी रोटी है। तकवी उसके जरिए खूब खाता है। डिप्टी सुंदरभान ठीक थे। मुझसे क्यों न कहा? मैं उनसे जो चाहे करा सकता हूँ..."

अब्दुल ने शंका की, "वह तो हिंदू है..."

"हाँ," हामिद खाँ ने कहा, "मेरा दोस्त है। इन मामलों में वह फर्क नहीं करता।"

और चार रुपए देकर जब वह लौटा, उसका मन ग्लानि से फट रहा था। बीवी की बात सच थी। वे लोग वास्तव में और थे। उनका अपना तो वही रामदास था, और कोई नहीं।

खेत पर रामदास को देखकर उसने पुकारकर कहा, "राम-राम भैया!"

रामदास ने उसे गर्व से देखा और व्यंग्य से हँसा। खाली जेब वाले अब्दुल ने उस अपमान को पी लिया। आज उसे लग रहा था कि जो सत्य उसने पहचान लिया है, रामदास अभी उससे बहुत दूर है। लेकिन जब वह घर पहुँचा, उसने पत्नी से कहा, "कल मैं रामदास पर अपील दायर करूँगा…"

[1951 से पूर्व]

गदल

बाहर शोरगुल मचा। डोड़ी ने पुकारा, ''कौन है?''

कोई उत्तर नहीं मिला। आवाज आई, ''हत्यारिन! तुझे कतल कर दूँगा!''

स्त्री का स्वर आया, ''करके तो देख! तेरे कुनबे को डायन बनके न खा गई, निपूते!''

डोड़ी बैठा न रह सका। बाहर आया।

''क्या करता है, क्या करता है, निहाल?'' डोड़ी बढ़कर चिल्लाया, ''आखिर तेरी मैया है।''

''मैया है!'' कहकर निहाल हट गया।

''और तू हाथ उठाके तो देख!'' स्त्री ने फुफकारा, ''कढ़ीखाए! तेरी सींक पर बिल्लियाँ चलवा दूँ! समझ रखियो! मत जान रखियो, हाँ! तेरी आसरतू नहीं हूँ।''

''भाभी!'' डोड़ी ने कहा, ''क्या बकती है? होश में आ!''

वह आगे बढ़ा। उसने मुड़कर कहा, ''जाओ सब? तुम सब लोग जाओ!''

निहाल हट गया। उसके साथ ही सब लोग इधर-उधर हो गए।

डोड़ी निःस्तब्ध, छप्पर के नीचे लगा बरेंडा पकड़े खड़ा रहा। स्त्री वहीं बिफरी हुई-सी बैठी रही। उसकी आँखों में आग-सी जल रही थी।

उसने कहा, ''मैं जानती हूँ, निहाल में इतनी हिम्मत नहीं। यह सब तैंने किया है, देवर!''

''हाँ, गदल!'' डोड़ी ने धीरे से कहा, ''मैंने ही किया है।''

गदल सिमट गई। कहा, ''क्यों, तुझे क्या जरूरत थी?''

डोड़ी कह नहीं सका। वह ऊपर से नीचे तक झनझना उठा। पचास साल का वह लंबा खारी गूजर, जिसकी मूँछें खिचड़ी हो चुकी थीं, छप्पर तक पहुँचा-सा लगता था। उसके कंधे की चौड़ी हड्डियों पर अब दीये का हलका प्रकाश पड़ रहा था, उसके शरीर पर मोटी फतूही थी और उसकी धोती घुटनों के नीचे उतरने के पहले ही झूल देकर चुस्त-सी ऊपर की ओर लौट जाती थी। उसका हाथ कर्रा था और वह इस समय निःस्तब्ध खड़ा रहा।

स्त्री उठी। वह लगभग 45 वर्षीया थी और उसका रंग गोरा होने पर भी आयु के धुँधलके में अब मैला-सा दिखने लगा था। उसको देखकर लगता था कि वह फुर्तीली थी। जीवन-भर कठोर मेहनत करने से, उसकी गठन के ढीले पड़ने पर भी उसकी फुर्ती अभी तक मौजूद थी।

''तुझे शरम नहीं आती, गदल?'' डोड़ी ने पूछा।

''क्यों, शरम क्यों आएगी?'' गदल ने पूछा।

डोड़ी क्षण-भर सकते में पड़ गया। भीतर के चौबारे से आवाज आई, ''शरम क्यों आएगी इसे? शरम तो उसे आए, जिसकी आँखों में हया बची हो।''

''निहाल!'' डोड़ी चिल्लाया, ''तू चुप रह!''

फिर आवाज बंद हो गई।

गदल ने कहा, ''मुझे क्यों बुलाया है तूने?''

डोड़ी ने इस बात का उत्तर नहीं दिया। पूछा, ''रोटी खाई है?''

''नहीं।'' गदल ने कहा, ''खाती भी कब? कमबखत रास्ते में मिले। खेत होकर लौट रही थी। रास्ते में अरने-कंडे बीनकर संझा के लिए ले जा रही थी।''

डोड़ी ने पुकारा, ''निहाल! बहू से कह, अपनी सास को रोटी दे जाए।''

भीतर से किसी स्त्री की ढीठ आवाज सुनाई दी, ''अरे, अब लौहरों की बैयर आई हैं; उन्हें गरीब खारियों की रोटी भाएगी!''

कुछ स्त्रियों ने ठहाका लगाया।

निहाल चिल्लाया, ''सुन ले परमेसुरी, जगहँसाई हो रही है। खारियों की तो तूने नाक कटाकर छोड़ी।''

दो

गुन्ना मरा, तो पचपन बरस का था। गदल विधवा हो गई। गदल का बड़ा बेटा निहाल तीस बरस के पास पहुँच रहा था। उसकी बहू दुल्ला का बड़ा बेटा सात का, दूसरा चार का और तीसरी छोरी थी जो उसकी गोद में थी। निहाल से छोटी तरा, ऊपर की दो बहनें थीं—चंपा और चमेली, जिनका क्रमशः झाज और विश्वारा गाँवों में ब्याह हुआ था। आज उनकी गोदियों से उनके लाल उतरकर धूल में घुटरुव चलने लगे थे। अंतिम पुत्र नारायन अब बाईस का था, जिसकी बहू दूसरे बच्चे की माँ होने वाली थी। ऐसी गदल, इतना बड़ा परिवार छोड़कर चली गई थी और बत्तीस साल के एक लौहरे गूजर के यहाँ जा बैठी थी।

डोड़ी गुन्ना का सगा भाई था। बहू थी, बच्चे भी हुए। सब मर गए। अपनी जगह अकेला रह गया। गुन्ना ने बड़ी-बड़ी कही, पर वह फिर अकेला ही रहा, उसने ब्याह नहीं किया, गदल ही के चूल्हे पर खाता रहा। कमाकर लाता, वो उसी को दे देता, उसी के बच्चों को अपना मानता, कभी उसने अलगाव नहीं किया। निहाल

अपने चाचा पर जान देता था। और फिर खारी गूजर अपने को लौहरों से ऊँचा समझते थे।

गदल जिसके घर जा बैठी थी, उसका पूरा कुनबा था। उसने गदल की उम्र नहीं देखी, यह देखा कि खारी औरत है, पड़ी रहेगी। चूल्हे पर दम फूँकने वाली की जरूरत भी थी।

आज ही गदल सवेरे गई थी और शाम को उसके बेटे उसे फिर बाँध लाए थे। उसके नए पति मौनी को अभी पता भी नहीं हुआ होगा। मौनी रँडुवा था। उसकी भाभी, जो पाँव फैलाकर मटक-मटककर छाछ बिलोती थी–दुल्लो–सुनेगी तो क्या कहेगी?

गदल का मन विक्षोभ से भर उठा।

आधी रात हो चली थी। गदल वहीं पड़ी थी। डोड़ी वहीं बैठा चिलम फूँक रहा था।

उस सन्नाटे में डोड़ी ने धीरे से कहा, "गदल!"

"क्या है?" गदल ने हौले से कहा।

"तू चली गई न?"

गदल बोली नहीं। डोड़ी ने फिर कहा, "सब चले जाते हैं। एक दिन तेरी देवरानी चली गई, फिर एक-एक करके तेरे भतीजे भी चले गए। भैया भी चला गया। पर तू जैसी गई, वैसे तो कोई भी नहीं गया। जग हँसता है, जानती है?"

गदल बुरबुराई, "जगहँसाई से मैं नहीं डरती देवर! जब चौदह की थी, तब तेरा भैया मुझे गाँव में देख गया था। तू उसके साथ तेल पिया लट्ठ लेकर मुझे लेने आया था न तब? मैं आई थी कि नहीं? तू सोचता होगा कि गदल की उमर गई, अब उसे खसम की क्या जरूरत है? पर जानता है, मैं क्यों गई?"

"नहीं।"

"तू तो बस यही सोचा करता होगा कि गदल गई, अब पहले-सा रोटियों का आराम नहीं रहा। बहुएँ नहीं करेंगी तेरी चाकरी देवर! तूने भाई से और मुझसे निभाई, तो मैंने भी तुझे अपना ही समझा! बोल, झूठ कहती हूँ?"

"नहीं गदल, मैंने कब कहा!"

"बस, यही बात है देवर! अब मेरा यहाँ कौन है? मेरा मरद तो मर गया। जीते-जी मैंने उसकी चाकरी की, उसके नाते उसके सब अपनों की चाकरी बजाई। पर जब मालिक ही न रहा, तो काहे को हड़कंप उठाऊँ? ये लड़के, ये बहुएँ! मैं इनकी गुलामी नहीं करूँगी!"

"पर क्या ये सब तेरी औलाद नहीं, बावरी! बिल्ली तक अपने जायों के लिए सात घर उलट-फेर करती है, फिर तू तो मानुष है। तेरी माया-ममता कहाँ चली गई?"

"देवर, तेरी कहाँ चली गई थी, जो तूने फिर ब्याह न किया?"

"मुझे तेरा सहारा था गदल!"

"कायर! भैया तेरा मरा, कारज किया बेटे ने और फिर जब सब हो गया, तब तू मुझे रखकर घर नहीं बसा सकता था? तूने मुझे पेट के लिए पराई ड्योढ़ी लँघवाई। चूल्हा मैं तब फूँकूँ, जब मेरा कोई अपना हो। ऐसी बाँदी नहीं हूँ कि मेरी कुहनी बजे, औरों के बिछिए झनकें। मैं तो पेट तब भरूँगी, जब पेट का मोल कर लूँगी। समझा देवर! तूने तो नहीं कहा तब! अब कुनबे की नाक पर चोट पड़ी, तब सोचा। तब न सोचा, जब तेरी गदल को बहुओं ने आँखें तरेरकर देखा। अरे, कौन किसकी परवाह करता है!"

"गदल!" डोड़ी ने भर्राए स्वर में कहा, "मैं डरता था।"

"भला क्यों तो?"

"गदल, मैं बुड्ढा हूँ। डरता था, जग हँसेगा। बेटे सोचेंगे, शायद चाचा का अम्मा से पहले से नाता था, तभी चाचा ने दूसरा ब्याह नहीं किया। गदल, भैया की भी बदनामी होती न?"

"अरे चल, रहने दे!" गदल ने उत्तर दिया, "भैया का बड़ा खयाल रहा तुझे! तू नहीं था कारज में उनके क्या? मेरे सुसर मरे थे, तब तेरे भैया ने बिरादरी को जिमाकर होंठों से पानी छुलाया था अपने। और तुम सबने कितने बुलाए? तू भैया, दो बेटे। यही भैया हैं, यही बेटे हैं? पच्चीस आदमी बुलाए कुल। क्यों आखिर? कह दिया, लड़ाई में कानून है। पुलिस पच्चीस से ज्यादा होते ही पकड़ ले जाएगी! डरपोक कहीं के! मैं नहीं रहती ऐसों के।"

हठात् डोड़ी का स्वर बदला। कहा, "मेरे रहते तू पराए मरद के जा बैठेगी?"

"हाँ।"

"अबके तो कह!" वह उठकर बढ़ा।

"सौ बार कहूँ लाला!" गदल पड़ी-पड़ी बोली।

डोड़ी बढ़ा।

"बढ़!" गदल ने फुफकारा।

डोड़ी रुक गया। गदल देखती रही। डोड़ी जाकर बैठ गया। गदल देखती रही। फिर हँसी। कहा, "तू मुझे करेगा! तुझमें हिम्मत कहाँ है देवर! मेरा नया मरद है न! मरद है! इतनी सुन तो ले भला! मुझे लगता है, तेरा भइया ही फिर मिल गया है मुझे। तू," वह रुकी, "मरद है! अरे, कोई बैयर से घिघियाता है? बढ़कर जो तू मुझे मारता, तो मैं समझती, तू अपनापा मानता है। मैं इस घर में रहूँगी?"

डोड़ी देखता ही रह गया। रात गहरी हो गई। गदल ने लहँगे की पर्त फैलाकर तन ढक लिया। डोड़ी ऊँघने लगा।

तीन

ओसारे में दुल्लो ने अँगड़ाई लेकर कहा, ''आ गई देवरानी जी! रात कहाँ रही?''

सूका डूब गया था। आकाश में पौ फट रही थी। बैल अब उठकर खड़े हो गए थे। हवा में एक ठंडक थी।

गदल ने तड़ाक से जवाब दिया, ''सो, जिठानी मेरी! हुकुम नहीं चला मुझ पर। तेरी जैसी बेटियाँ हैं मेरी। देवर के नाते देवरानी हूँ, तेरी जूती नहीं।''

दुल्लो सकपका गई। मौनी उठा ही था। भन्नाया हुआ आया। बोला, ''कहाँ गई थी?''

गदल ने घूँघट खींच लिया, पर आवाज नहीं बदली। कहा, ''वही ले गए मुझे घेरकर! मौका पाके निकल आई।''

मौनी दब गया। मौनी का बाप बाहर से ही ढोर हाँक ले गया। मौनी बढ़ा।

''कहाँ जाता है?'' गदल ने पूछा।

''खेत-हार।''

''पहले मेरा फैसला कर जा!'' गदल ने कहा।

दुल्लो उस अधेड़ स्त्री के नक्शे देखकर अचरज में खड़ी रही।

''कैसा फैसला?'' मौनी ने पूछा। वह उस बड़ी स्त्री से दब गया।

''अब क्या तेरे घर का पीसना पीसूँगी मैं?'' गदल ने कहा, ''हम तो दो जने हैं। अलग करेंगे, खाएँगे। उसके उत्तर की प्रतीक्षा किए बिना ही वह कहती रही, ''कमाई शामिल करो, मैं नहीं रोकती, पर भीतर तो अलग-अलग भले।''

मौनी क्षण-भर सन्नाटे में खड़ा रहा। दुल्लो तिनककर निकली। बोली, ''अब चुप क्यों हो गया देवर? बोलता क्यों नहीं? मेरी देवरानी लाया है कि सास! तेरी बोलती क्यों नहीं कढ़ती? ऐसी न समझियो तू मुझे! रोटी तवा पर पलटते मुझे भी आँच नहीं लगती, जो मैं इसकी खरी-खोटी सुन लूँगी, समझा? मेरी अम्मा ने भी मुझे चूल्हे की मट्टी खाके ही जना था। हाँ!''

''अरी तो सौत!'' गदल ने पुकारा, ''मट्टी न खा के आई, सारे कुनबे को चबा जाएगी डायन! ऐसी नहीं तेरी गुड़ की भेली है, जो न खाएँगे हम, तो रोटी गले में फंदा मार जाएगी।''

मौनी उत्तर नहीं दे सका। वह बाहर चला गया। दुपहर हो गई। दुल्लो बैठी चरखा कात रही थी। नरायन ने आकर आवाज दी, ''कोई है?''

दुल्लो ने घूँघट काढ़ किया। पूछा, ''कौन हो?''

नरायन ने खून का घूँट पीकर कहा, ''गदल का बेटा हूँ।''

दुल्लो घूँघट में हँसी। पूछा, ''छोटे हो कि बड़े?''

''छोटा।''

"और कितने हैं?"

"कित्ते भी हों। तुझे क्या?" गदल ने निकलकर कहा।

"अरे, आ गई!" कहकर दुल्लो भीतर भागी।

"आने दे आज उसे। तुझे बता दूँगी जिठानी!" गदल ने सिर हिलाकर कहा।

"अम्मा!" नरायन ने कहा, "यह तेरी जिठानी है?"

"क्यों आया है तू, यह बता?" गदल झल्लाई।

"दंड धरवाने आया हूँ अम्मा!" कहकर नरायन आगे बैठने को बढ़ा।

"वहीं रह!" गदल ने कहा।

उसी समय लोटा-डोर लिए मौनी लौटा। उसने देखा कि गदल ने अपने कड़े और हँसली उतारकर फेंक दी और कहा, "भर गया दंड तेरा! अब मत आइयो कोई! समझ लीजो, थाने में रपट कर दूँगी कि मेरे मरद का सब माल दबाकर बहुओं के कहने से बेटों ने मुझे निकाल दिया है।"

नरायन का मुँह स्याह पड़ गया। वह गहने उठाकर चला गया। मौनी मन ही मन शंकित-सा भीतर आया।

दुल्लो ने शिकायत की, "सुना तूने देवर! देवरानी ने गहने दे दिए। घुटना आखिर पेट को ही मुड़ा। चार जगह बैठेगी, तो बेटों के खेत की डौर पर डंडा-थूआ तक लग जाएँगे, पक्का चबूतरा घर के आगे बन जाएगा, समझा देती हूँ। तुम भोले-भाले ठहरे। तिरिया-चरित्तर तुम क्या जानो। धंधा है यह भी। अब कहेगी, फिर बनवा मुझे।"

गदल हँसी, कहा, "वाह जिठानी! पुराने मरद का मोल नए मरद से तेरे घर की बैयर ही चुकवाती होंगी। गदल तो मालकिन बनकर रहती है, समझी! बाँदी बनकर नहीं। चाकरी करूँगी तो अपने मरद की, नहीं तो बिधना मेरे ठेंगे पर। समझी! तू बीच में बोलने वाली कौन?"

दुल्लो ने रोष से देखा और पाँव पटकती चली गई।

मौनी ने देखा और कहा, "बहुत बढ़-बढ़कर बातें मत हाँक, समझ ले! घर में बहू बनकर रह!"

"अरे, तू तो तब पैदा भी नहीं हुआ था, बालम!" गदल ने मुस्कराकर कहा, "तब से मैं सब जानती हूँ। मुझे क्या सिखाता है तू? ऐसा कोई काम मैंने नहीं किया है, जो बिरादरी के नेम के बाहर हो। जब तू देखे, मैंने ऐसी कोई बात की हो, तो हजार बार रोक, पर सौत की ठसक नहीं सहूँगी।"

"तो बताऊँ तुझे!" वह सिर हिलाकर बोला।

गदल हँसकर ओबरी में चली गई और काम में लग गई।

चार

ठंडी हवा तेज हो गई थी। डोड़ी चुपचाप बाहर छप्पर में बैठा हुक्का पी रहा था। पीते-पीते ऊब गया और उसने चिलम उलट दी और फिर बैठा रहा।

खेत से लौटकर निहाल ने बैल बाँधे, न्यार डाला और कहा, ''काका!''

डोड़ी कुछ सोच रहा था। उसने सुना नहीं।

''काका!'' निहाल ने स्वर उठाकर कहा।

''हैं!'' डोड़ी चौंक उठा, ''क्या है? मुझसे कहा कुछ?''

''तुमसे न कहूँगा, तो कहूँगा किससे? दिन-भर तो तुम मिले नहीं। चिम्मन कढ़ेरा कहता था, तुमने दिन-भर मनमौजी बाबा की धूनी के पास बिताया। यह सच है?''

''हाँ, बेटा, चला तो गया था।''

''क्यों गए थे भला?''

''ऐसे ही जी किया था, बेटा!''

''और कस्बे से बनिए का आदमी आया था, घी कटऊ क्या कराया, मैंने कहा नहीं है, वह बोला, लेके जाऊँगा। झगड़ा होते-होते बचा।''

''ऐसा नहीं करते, बेटा!...'' डोड़ी ने कहा, ''बौहर से कोई झगड़ा मोल लेता है?''

निहाल ने चिलम उठाई, कंडों में से आँच बीनकर धरी और फूँक लगाता हुआ आया। कहा, ''मैं तो गया नहीं। सिर फूट जाते। नरायन को भेजा था।''

''कहाँ?'' डोड़ी चौंका।

''उसी कुलच्छनी कुलबोरनी के पास।''

''अपनी माँ के पास?''

''न जाने तुम्हें उससे क्या है? अब भी तुम्हें उस पर गुस्सा नहीं आता। उसे माँ कहूँगा मैं?''

''पर बेटा, तू न कह, जग तो उसे तेरी माँ ही कहेगा। जब तक मरद जीता है, लोग बैयर को मरद की बहू कहकर पुकारते हैं, जब मरद मर जाता है, तो लोग उसे बेटे की अम्मा कहकर पुकारते हैं। कोई नया नेम थोड़ा ही है।''

निहाल भुनभुनाया। कहा, ''ठीक है काका, ठीक है, पर तुमने अभी तक ये तो पूछा ही नहीं कि क्यों भेजा था उसे?''

''हाँ, बेटा'' डोड़ी ने चौंककर कहा, ''यह तो तूने बताया ही नहीं! बता न?''

''दंड भरवाने भेजा था। सो पंचायत जुड़वाने के पहले ही उसने तो गहने उतार फेंके।''

डोड़ी मुस्कराया। कहा, ''तो वह यह बता रही है कि घरवालों ने पंचायत भी नहीं जुड़वाई? यानी हम उसे भगाना ही चाहते थे। नरायन ले आया?''

"हाँ।"

डोड़ी सोचने लगा।

"मैं फेर आऊँ?" निहाल ने पूछा।

"नहीं बेटा!" डोड़ी ने कहा, "वह सचमुच रूठकर ही गई है। और कोई बात नहीं है। तूने रोटी खा ली?"

"नहीं।"

"तो जा, पहले खा ले।"

निहाल उठ गया, पर डोड़ी बैठा रहा रात का अँधेरा साँझ के पीछे ऐसे आ गया, जैसे कोई पर्त उलट गई हो।

दूर ढोला गाने की आवाज आने लगी। डोड़ी उठा और चल पड़ा।

निहाल ने बहू से पूछा, "काका ने खा ली?"

"नहीं तो!"

निहाल बाहर आया। काका नहीं थे।

"काका!" उसने पुकारा।

राह पर चिरंजी पुजारी गढ़वाले हनुमानजी के पट बंद करके आ रहा था। उसने पूछा, "क्या है रे?"

"पाय लागूँ, पंडितजी!" निहाल ने कहा, "काका अभी तो बैठे थे।"

चिरंजी ने कहा, "अरे, वह वहाँ ढोला सुन रहा है। मैं अभी देखकर आया हूँ।"

चिरंजी चला गया, निहाल ठिठका खड़ा रहा। बहू ने झाँककर पूछा, "क्या हुआ?"

"काका ढोला सुनने गए हैं!" निहाल ने अविश्वास से कहा, "वे तो नहीं जाते थे।"

"जाकर बुला ले आओ। रात बढ़ रही है।" बहू ने कहा और रोते बच्चे को दूध पिलाने लगी।

निहाल जब काका को लेकर लौटा, तो काका की देही तप रही थी।

"हवा लग गई और कुछ नहीं।" डोड़ी ने छोटी खटिया पर अपनी निकली टाँगें समेटकर लेटते हुए कहा, "रोटी रहने दे, आज जी नहीं चाहता।"

निहाल खड़ा रहा। डोड़ी ने कहा, "अरे, सोच तो बेटा! मैंने ढोला कितने दिन बाद सुना है। उस दिन भैया की सुहागरात को सुना था, या फिर आज···।"

निहाल ने सुना और देखा, डोड़ी आँख मीचकर कुछ गुनगुनाने लगा था···

पाँच

शाम हो गई थी। मौनी बाहर बैठा था। गदल ने गरम-गरम रोटी और आम की चटनी ले जाकर खाने को धर दी।

"बहुत अच्छी बनी है।" मौनी ने खाते हुए कहा, "बहुत अच्छी है।"

गदल बैठ गई। कहा, "तुम एक ब्याह और क्यों नहीं कर लेते अपनी उमिर लायक?"

मौनी चौंका। कहा, "एक की रोटी भी नहीं बनती?"

"नहीं।" गदल ने कहा, "सोचते होगे, सौत बुलाती हूँ, पर मरद का क्या? मेरी भी तो ढलती उमिर है। जीते-जी देख जाऊँगी तो ठीक है। न हो तो हुकूमत करने को तो एक मिल ही जाएगी।"

मौनी हँसा। बोला, "यों कह! हौंस है तुझे, लड़ने को चाहिए।"

खाना खाकर उठा, तो गदल हुक्का भरकर दे गई और आप दीवार की ओट में बैठकर खाने लगी।

इतने में सुनाई दिया, "अरे, इस बखत कहाँ चला!"

"जरूरी काम है, मौनी!" उत्तर मिला, "पेसकार साब ने बुलवाया है।"

गदल ने पहचाना। उसी के गाँव का तो था, घोट्या मैना का चंदा गिर्राज ग्वारिया। जरूर पेसकार की गाय को चराने की बात होगी।

"अरे, तो रात को जा रहा है?" मौनी ने कहा, "ले, चिलम तो पीता जा!

आकर्षण ने रोका। गिर्राज बैठ गया। गदल ने दूसरी रोटी उठाई। कौर मुँह में रखा।

"तुमने सुना?" गिर्राज ने कहा और दम खींचा।

"क्या?" मौनी ने पूछा।

"गदल का देवर डोड़ी मर गया।"

गदल का मुँह रुक गया। जल्दी से लोटे के पानी के संग कौर निगला और सुनने लगी। कलेजा मुँह को आने लगा।

"कैसे मर गया?" मौनी ने कहा, "वह तो भला-चंगा था!"

"ठंड लग गई, रात उघड़ा रह गया।"

गदल द्वार पर दिखाई दी। कहा, "गिर्राज!"

"काकी!" गिर्राज ने कहा, "सच! मरते बखत उसके मुँह से तुम्हारा नाम कढ़ा था, काकी! बिचारा बड़ा भला मानस था।"

गदल स्तब्ध खड़ी रही।

गिर्राज चला गया।

गदल ने कहा, "सुनते हो!"

"क्या है री?"

"मैं जरा जाऊँगी।"

"कहाँ?" वह आतंकित हुआ।

"वहीं।"

"क्यों?"

"देवर मर गया है न!"

"देवर! अब तो वह तेरा देवर नहीं।"

गदल झनझनाती हुई हँसी हँसी, "देवर तो मेरा अगले जनम में भी रहेगा। वही न मुझे रुखाई दिखाता, तो क्या यह पाँव कटे बिना उस देहरी से बाहर निकल सकते थे? उसने मुझसे मन फेरा, मैंने उससे। मैंने ऐसा बदला लिया उससे!"

कहते-कहते वह कठोर हो गई।

"तू नहीं जा सकती।" मौनी ने कहा।

"क्यों?" गदल ने कहा, "तू रोकेगा? अरे, मेरे खास पेट के जाए मुझे रोक न पाए। अब क्या है? जिसे नीचा दिखाना चाहती थी, वही न रहा और तू मुझे रोकने वाला है कौन? अपने मन से आई थी, रहूँगी, नहीं रहूँगी, कौन तूने मेरा मोल दिया है! इतना बोल तो भी लिया। तू जो होता मेरे उस घर में, तो जीभ कढ़वा लेती तेरी।"

"अरी, चल-चल!"

मौनी ने हाथ पकड़कर उसे भीतर धकेल दिया और द्वार पर खाट डालकर लेटकर हुक्का पीने लगा।

गदल भीतर रोने लगी, परंतु इतने धीरे कि उसकी सिसकी तक मौनी नहीं सुन सका। आज गदल का मन बहा जा रहा था।

रात का तीसरा पहर बीत रहा था। मौनी की नाक बज रही थी। गदल ने पूरी शक्ति लगाकर छप्पर का कोना उठाया और साँपिन की तरह उसके नीचे से रेंगकर दूसरी ओर कूद गई।

छह

मौनी रह-रहकर तड़पता था। हिम्मत नहीं होती थी कि जाकर सीधे गाँव में हल्ला करे और लट्ठ के बल पर गदल को उठा लाए। मन करता, सुसरी की टाँगें तोड़ दे। दुल्लो ने व्यंग्य भी किया कि उसकी लुगाई भागकर नाक कटा गई है, खून का-सा घूँट पीकर रह गया। गूजरों ने जब सुना, तो कहा—"अरे, बुढ़िया के लिए खून-खराबा कराएगा! और अभी तेरा उसने खरच ही क्या कराया है? दो जून रोटी खा गई है, तुझे भी तो टिक्कड़ खिलाकर ही गई?"

मौनी का क्रोध भड़क गया।

घोट्या का गिर्राज सुना गया था।

जिस वक्त गदल पहुँची, पटेल बैठा था। निहाल ने कहा था, "खबरदार! भीतर पाँव न धरियो! क्यों लौट आई है, बहू?"

पटेल चौंका था। बोला, "अब क्या लेने आई है?"

गदल बैठ गई। कहा, "जब छोटी थी, तभी मेरा देवर लट्ठ बाँध मेरे खसम के साथ आया था। इसी के हाथ देखती रह गई थी मैं तो। सोचा था, मरद है, इसकी छत्तरछाया में जी लूँगी। बताओ पटेल, वह ही जब मेरे आदमी के मरने के बाद मुझे न रख सका, तो क्या करती? अरे, मैं न रही, तो इनसे क्या हुआ? दो दिन में काका उठ गया न? इनके सहारे मैं रहती तो क्या होता?"

पटेल ने कहा, "पर तूने बेटा-बेटी की उमर न देखी बहू!"

"ठीक है," गदल ने कहा, "उमर देखती कि इज्जत, यह कहो? मेरी देवर से रार थी, खतम हो गई। ये बेटा हैं, मैंने कोई बिरादरी के नेम के बाहर की बात की हो, तो रोककर मुझ पर दावा करो। पंचायत में जवाब दूँगी। लेकिन बेटों ने बिरादरी के मुँह पर थूका, तब तुम सब कहाँ थे?"

"सो कब?" पटेल ने आश्चर्य से पूछा।

"पटेल न कहेंगे तो कौन कहेगा? पच्चीस आदमी खिलाकर लुटा दिया मेरे मरद के कारज में!"

"पर पगली, यह तो सरकार का कानून था।"

"कानून था!" गदल हँसी, "सारे जग में कानून चल रहा है, पटेल? दिन-दहाड़े भैंस खोलकर लाई जाती है। मेरे ही मरद पर कानून था? यों न कहोगे, बेटों ने सोचा, दूसरा अब क्या धरा है, क्यों पैसा बिगाड़ते हो? कायर कहीं के!"

निहाल गरजा, "कायर! हम कायर? तू सिंघनी?"

"हाँ, मैं सिंघनी!"...गदल तड़पी, "बोल, तुझमें है हिम्मत?"

"बोल!" वह भी चिल्लाया।

"जा, बिरादरी कारज में न्योता दे काका के!" गदल ने कहा।

निहाल सकपका गया। बोला, "पुलस..."

गदल ने सीना ठोंककर कहा, "बस?"

"लुगाई बकती है।" पटेल ने कहा, "गोली चलेगी, तो?"

गदल ने कहा, "धरम-धुरंधरों ने तो डुबो ही दी। सारी गुजरात की डूब गई, माधो! अब किसी का आसरा नहीं। कायर ही कायर बसे हैं।"

फिर अचानक कहा, "मैं करूँ परबंध?"

"तू?" निहाल ने कहा।

"हाँ, मैं!" और उसकी आँखों में पानी भर आया। कहा, "वह मरते बखत मेरा नाम लेता गया है न, तो उसका परबंध मैं ही करूँगी।"

मौनी आश्चर्य में था। गिर्राज ने बताया था कि कारज का जोरदार इंतजाम है। गदल ने दरोगा को रिश्वत दी है। वह इधर आएगा ही नहीं। गदल बड़ा इंतजाम कर रही

है। लोग कहते हैं, उसे अपने मरद का इतना ग्म नहीं हुआ था, जितना अब लगता है।

गिर्राज तो चला गया था, पर मौनी में विष भर गया था। उसने उठते हुए कहा, "तो गदल! तेरी भी मन की होने दूँ, सो गोला का मौनी नहीं। दरोगा का मुँह बंद कर दे, पर उससे भी ऊपर एक दरबार है। मैं कस्बे में बड़े दरोगा से शिकायत करूँगा।"

सात

कारज हो रहा था। पाँतें बैठतीं, जीमतीं, उठ जातीं और कढ़ाव से पुए उतरते।

बाहर मरद इंतजाम कर रहे थे, खिला रहे थे। निहाल और नरायन ने लड़ाई में महँगा नाज बेचकर जो घड़ों में नोटों की चाँदी बनाकर डाली थी, वह निकली और बौहरे का कर्ज चढ़ा। पर डाँग में लोगों ने कहा, "गदल का ही बूता था। बेटे तो हार बैठे थे। कानून क्या बिरादरी से ऊपर है?"

गदल थक गई थी। औरतों में बैठी थी। अचानक द्वार में से सिपाही-सा दीखा। बाहर आ गई। निहाल सिर झुकाए खड़ा था।

"क्या बात है, दीवानजी?" गदल ने बढ़कर पूछा।

स्त्री का बढ़कर पूछना देख दीवान सकपका गया।

निहाल ने कहा, "कहते हैं, कारज रोक दो।"

"सो कैसे?" गदल चौंकी।

"दरोगाजी ने कहा है।" दीवानजी ने नम्र उत्तर दिया।

"क्यों? उनसे पूछकर ही तो किया जा रहा है।" उसका स्पष्ट संकेत था कि रिश्वत दी जा चुकी है।

दीवान ने कहा, "जानता हूँ, दरोगाजी तो मेल-मुलाकात मानते हैं, पर किसी ने बड़े दरोगाजी के पास शिकायत पहुँचाई है। दरोगाजी को आना ही पड़ेगा। इसी से उन्होंने कहला भेजा है कि भीड़ छाँट दो। वर्ना कानूनी कार्रवाई करनी ही पड़ेगी।"

क्षण-भर गदल ने सोचा। कौन होगा वह? समझ नहीं सकी। बोली, "दरोगाजी ने पहले नहीं सोचा था यह सब? अब बिरादरी को उठा दें? दीवान जी, तुम भी बैठकर पत्तल परोसवा लो। होगी सो देखी जाएगी। हम खबर भेज देंगे, दरोगा आते ही क्यों हैं? वे तो राजा हैं।"

दीवानजी ने कहा, "सरकारी नौकरी है। चली जाएगी? आना ही होगा उन्हें।"

"तो आने दो!" गदल ने चुभते स्वर से कहा, "आदमी का वचन एक बार का होता है। हम बिरादरी को नहीं उठा सकते।"

नरायन घबराया। दीवानजी ने कहा, "सब गिरफ्तार कर लिए जाएँगे। समझी! राज से टक्कर लेने की कोशिश न करो।"

"अरे, तो क्या राज बिरादरी से ऊपर है?" गदल ने तमककर कहा, "राज के पीसे तो आज तक पिसे हैं, पर राज के लिए धरम नहीं छोड़ देंगे, तुम सुन लो! तुम धरम छीन लो, तो हमें जीना हराम है।"

गदल के पाँव के धमाके से धरती चल गई।

तीन पाँतें और उठ गईं, अंतिम पाँत थी। निहाल ने अँधेरे में देखकर कहा, "नरायन, जल्दी कर! एक पाँत बची है न?"

गदल ने छप्पर की छाया में से कहा, "निहाल!"

निहाल गया।

"डरता है?" गदल ने पूछा।

सूखे होंठों पर जीभ फेरकर उसने कहा, "नहीं।"

"मेरी कोख की लाज करनी होगी तुझे।" गदल ने कहा, "तेरे काका ने तुझको बेटा समझकर अपना दूसरा ब्याह नामंजूर कर दिया था। याद रखना, उसके और कोई नहीं।"

निहाल ने सिर झुका लिया।

भागा हुआ एक लड़का आया।

"दादी!" वह चिल्लाया।

"क्या है रे?" गदल ने सशंक होकर देखा।

"पुलिस हथियारबंद होकर आ रही है।"

निहाल ने गदल की ओर रहस्य-भरी दृष्टि से देखा।

गदल ने कहा, "पाँत उठने में ज्यादा देर नहीं है।"

"लेकिन वे कब मानेंगे?"

"उन्हें रोकना होगा।"

"उनके पास बंदूकें हैं।"

"बंदूकें हमारे पास भी हैं, निहाल!" गदल ने कहा, "डाँग में बंदूकों की क्या कमी?"

"पर हम फिर खाएँगे क्या!"

"जो भगवान् देगा।"

बाहर पुलिस की गाड़ी का भोंपू बजा। निहाल आगे बढ़ा। दरोगा ने उतरकर कहा, "यहाँ दावत हो रही है?"

निहाल भौचक रह गया! जिस आदमी ने रिश्वत ली थी, अब वह पहचान भी नहीं रहा था!

"हाँ, हो रही है।" उसने क्रुद्ध स्वर में कहा।

"पच्चीस आदमी से ऊपर हैं?"

"गिनकर हम नहीं खिलाते, दरोगाजी!"

"मगर तुम कानून तो नहीं तोड़ सकते!"

"राज का कानून कल का है, मगर बिरादरी का कानून सदा का है, हमें राज नहीं लेना है, बिरादरी से काम है।"

"तो मैं गिरफ्तार करूँगा।"

गदल ने पुकारा, "निहाल!"

निहाल भीतर गया।

गदल ने कहा, "पंगत होने तक इन्हें रोकना ही होगा!"

"फिर?"

"फिर सबको पीछे से निकाल देंगे। अगर कोई पकड़ा गया, तो बिरादरी क्या कहेगी?"

"पर ये वैसे न रुकेंगे। गोली चलाएँगे।"

"तू न डर! छत पर नरायन चार आदमियों के साथ बंदूकें लिए बैठा है।"

निहाल काँप उठा। उसने घबराए हुए स्वर से समझाने की कोशिश की, "हमारी टोपीदार हैं, उनकी रैफल हैं।"

"कुछ भी हो, पंगत उतर जाएगी।"

"और फिर?"

"तुम सब भागना।"

हठात् लालटेन बुझ गई। धायँ-धायँ की आवाज आई।

गोलियाँ अंधकार में चलने लगीं।

गदल ने चिल्लाकर कहा, "सौगंध है, खाकर उठना।"

पर सबको जल्दी की फिकर थी।

बाहर 'धायँ-धायँ' हो रही थी। कोई चिल्लाकर गिरा।

पाँत पीछे से निकलने लगी।

जब सब चले गए, गदल ऊपर चढ़ी। निहाल से कहा, "बेटा!"

उसके स्वर की अखंड ममता सुनकर निहाल के रोंगटे उस हलचल में भी खड़े हो गए। इससे पहले कि वह उत्तर दे, गदल ने कहा, "तुझे मेरी कोख की सौगंध है। नरायन को और बहू-बच्चों को लेकर निकल जा पीछे से।"

"और तू?"

"मेरी फिकर छोड़! मैं देख रही हूँ, तेरा काका मुझे बुला रहा है।"

निहाल ने बहस नहीं की। गदल ने एक बंदूक वाले से भरी बंदूक लेकर कहा, "चले जाओ सब, निकल जाओ!"

संतान के मोह से जकड़े हुए युवकों को विपत्ति ने अंधकार में विलीन कर दिया।

गदल ने घोड़ा दबाया। कोई चिल्लाकर गिरा। वह हँसी। विकराल हास्य उस

अंधकार में गूँज उठा।

दरोगा ने सुना तो चौंका : औरत! मरद कहाँ गए? उसके कुछ सिपाहियों ने पीछे से घेराव डाला और ऊपर चढ़ गए। गोली चलाई। गदल के पेट में लगी।

आठ

युद्ध समाप्त हो गया था। गदल रक्त से भीगी हुई पड़ी थी। पुलिस के जवान इकट्ठे हो गए।

दरोगा ने पूछा, ''यहाँ तो कोई नहीं?''

''हुजूर!'' एक सिपाही ने कहा, ''यह औरत है?''

दरोगा आगे बढ़ आया। उसने देखा और पूछा, ''तू कौन है?''

गदल मुस्कराई और धीरे से कहा, ''कारज हो गया दरोगाजी! आतमा को शांति मिल गई।''

दरोगा ने झल्लाकर कहा, ''पर तू है कौन?''

गदल ने और भी क्षीण स्वर से कहा, ''जो एक दिन अकेला न रह सका, उसी की…''

और सिर लुढ़क गया। उसके होंठों पर मुस्कराहट ऐसी दिखाई दे रही थी, जैसे अब पुराने अंधकार में जलाकर लाई हुई…पहले की बुझी लालटेन…

['कहानी', जनवरी, 1955]

बिल और दाना

एक बार एक खेत में दो चींटियाँ घूम रहीं थीं। एक ने कहा, ''बहन, सत्य क्या है?''

दूसरी ने कहा, ''सत्य? बिल और दाना!''

उसी समय एक मधुमक्खी ने सरसों के विशाल, दूर-दूर तक फैले खेत को देखा। क्षितिज तक फूल खिले हुए थे। दो आदमी उस खेत में घूम रहे थे। एक ने कहा, ''इन फूलों के बीच में चलते हुए ऐसा लगता है, जैसे हम किसी उपवन में घूम रहे हों।''

दूसरे ने कहा, ''कैसी मादक गंध हवा पर बह रही है।''

मधुमक्खी ने सुना और मुस्कराकर फूल में अपना मुँह लगाया और मन ही मन कहा, 'बेचारे! कितने लाचार हैं ये लोग! सरसों के बीज से तेल निकालना जानते हैं, लेकिन उसके फूलों का रस लेना नहीं जानते।'

यह सुनकर चींटियाँ बिल में आ गईं।

यह बात आई-गई हो गई। फागुन ने हवा में मस्ती भरी, चैत ने कोयल के स्वर गुँजाए और कुछ दिन बाद सैकड़ों मक्खियों ने असंख्य फूलों का शहद ला लाकर पीपल के तने पर एक बड़ा-सा छत्ता लगा दिया। दोनों चींटियों का भी आना-जाना वहीं से था। वे भी सब देखती रहीं।

फसल काटकर वे ही दोनों आदमी उसी पीपल के नीचे बैठे और ऊपर जो नजर पड़ी तो एक ने कहा, ''अरे! क्या जोर का छत्ता लगाया है मक्खियों ने! खूब मिलकर काम करती हैं ये! अपने खाने का इंतजाम भी खूब करती हैं।''

दूसरे ने कहा, ''आज रात को कंबल देना मुझे थोड़ी देर को। मैं इसको तोड़ूँगा।''

मक्खियों ने सुना नहीं, क्योंकि वे अपने निर्माण में व्यस्त थीं। अँधेरा हो गया और मक्खियाँ छत्ते पर जा बैठीं। दूसरा आदमी कंबल ओढ़े चढ़ गया और उसने मक्खियों को झाड़ू से हटाकर अँधेरे में छत्ता तोड़ लिया और उतर आया।

मक्खियों पर वज्र टूट पड़ा, लेकिन बेचारी क्या करतीं? वे यह भी नहीं पहचान पाईं कि उनकी उगलन को कौन ले गया? उन्होंने कंबल जैसी किसी चीज को काटा,

वह दर्द को महसूस ही नहीं करती थी। आखिर करती भी क्यों?

यों एक सपना उजड़ गया।

दोनों आदमियों ने शहद बोतलों में भरकर रख लिया। उधर मनुष्य का कल्याण करने को एक संत निकले हुए थे। वे दही और शहद ही खाते थे। वे उपदेश यही देते थे कि सब कुछ दान कर दो; अपने पास कुछ मत रखो। संस्कृति का नया युग प्रारंभ करो।

जब यह उपदेश देते हुए वे गाँव आए, तो इन दोनों पर उनकी अहिंसक वाणी का बड़ा गहरा प्रभाव पड़ा और उन्होंने उन्हें शहद भेंट कर दिया, जिसे देखकर संत की आँखें चमकने लगीं।

दुपहर हो गई तो उसी पीपल की छाया में संत बैठ गए और अपनी रोटी पर उसी शहद को लगाकर खाने लगे।

दो मक्खियाँ डाल पर बैठी थीं। अब काम कुछ था नहीं। बहुत दिनों की मेहनत बेकार जा चुकी थी। जहाँ कभी छत्ता था, वहाँ अब आग से जले काठ की कलौंच-सी बाकी थी।

अचानक एक की निगाह रोटी पर पड़ी, तो उसने कहा, ''बहन मक्खी गुनगुन! देख तो जरा! लोग तो कहते हैं, यह संत है। सबसे कहता है, सब कुछ दान करो, तप करो, पर यह तो शायद शहद खा रहा है, जो हमने इतनी मेहनत से इकट्ठा किया था। चल, इसे काटकर इसके ढोंग की सजा तो दे आएँ।''

दूसरी मक्खी ने कहा, ''नहीं बहन तुनतुन, अब पापी और झूठे के हाथ में जाकर वह शहद नहीं रहा। उसमें फूलों की मिठास नहीं रही। मनुष्य के स्वार्थ ने उसे हमारे लिए विष बना दिया है। हम शहद फूलों की प्यालियों से समेटती हैं, ऐसी-वैसी जगह से नहीं।''

एक कुत्ता वहाँ बैठा-बैठा संत की रोटी को देख रहा था। संत तो पेटपूजा के नए प्रयोग में व्यस्त थे; वे तो नहीं सुन पाए, मगर कुत्ते ने सुन लिया। सोचने लगा कि आखिर यह क्या चीज है, जिसके पीछे संत पागल हो गए? लालच आया तो कुत्ता खड़ा होकर पूँछ हिलाने लगा। संत ठहरे दयालु! एक टुकड़ा उसकी ओर भी फेंका, शहद लगी रोटी देख कुत्ता झपटा, किंतु शीघ्र ही उसने उगल दिया उसे। शहद उसे बहुत बुरा लगा और उसने सोचा—आखिर आदमी ने इतनी बुरी चीज की चोरी क्यों की? इसे खाने से तो उबकाई आती है।

जब कुत्ते को चैन न पड़ा तो उसने धीरे से कुनमुनाकर कहा, ''बहन तुनतुन! क्या फूलों में इतनी उबकाई लाने वाली चीज होती है, जो तुम बेवकूफों की तरह इकट्ठा किया करती हो? और क्या इसी की रक्षा करने के लिए तुम अपना विषैला डंक सबको चुभाती फिरती हो?''

गुनगुन मक्खी हँसी और बोली, ''अरे भैया कुत्ते! तू इसकी असलियत क्या

जाने? यह शहद कैसी चीज है, इसे तू क्या समझे? तू जिस आदमी की जूठन खाता है, वही आदमी हमारी इन उगलन को खाने के लिए चोरी करता है और संत-महात्मा इस थूक को खाकर दानी और त्यागी होने का ढोंग रचते हैं। तू तो सिर्फ रोटी चबा! तू शहद को क्या समझ सकता है?''

कुत्ता मन ही आदमी के बारे में चक्कर में पड़ गया और सोचने लगा—लोग कहते हैं कि मैं जूठा खाता हूँ, तो क्या यह आदमी भी जूठन खाता है?

थोड़ी देर बाद में संत खा-पी चुके और उपदेश सुनने वाले इकट्ठे हो गए। तब संत ने कहा, ''अपना सब कुछ दान कर दो। मक्खियों की तरह सुंदरता से सत्य निकालना सीखो, जैसे वे फूलों से शहद निकालती हैं। और मनुष्य के समाज को मिठास दो! और कुत्ते की तरह निर्लोभी रहो, जो मिठास होने पर भी शहद नहीं चाहता!''

इस प्रवचन को सुनकर मक्खियाँ मनुष्य का गुणगान करती हुई उड़ गईं और कुत्ता पहले से भी अधिक मनुष्य का भक्त हो गया। तब दूसरी चींटी ने पहली चींटी से कहा, ''बचकर चल! संत को इतना समय नहीं कि हमें देखकर बचकर निकले। सारा सत्य यहीं धरा रह जाएगा।''

उस दिन से लोक में यह प्रचलित हो गया कि मक्खियाँ इसीलिए बनी हैं कि आदमी के लिए शहद इकट्ठा किया करें और कुत्ता इसलिए पैदा हुआ है कि आदमी की सेवा किया करे। चोरी और दासता से मनुष्य का अहं संतुष्ट होकर नए-नए संतों और पैगंबरों को धरती पर भेजने लगा और मनुष्य, जिसने कि आदर्शों के मूल में केवल अपना स्वार्थ सिद्ध किया था, किसी भी प्रकार संतुष्ट नहीं हो सका। उसे दुखी देखकर एक बार मक्खियों ने निर्णय किया कि अबकी बार जब वह चोरी करने आए तो उसे रोक दिया जाए, क्योंकि चोरी को ही न्यायसंगत समझने के कारण वह घबरा रहा है, और कुत्ते ने सोचा कि मेरी दासता ने इस आदमी को अहंकार में डाल दिया है, अतः मुझे इसका यह दंभ भी मिटाना चाहिए। चुनाँचे जब आदमी छत्ता तोड़ने गया तो मक्खियों ने काट लिया और कुत्ते ने बगावत कर दी। दोनों का ध्येय था कि अब कोई इनमें दार्शनिक संत बनकर नई मूर्खता प्रकट न करे। किंतु हुआ यह कि एक नया व्यक्ति खड़ा हुआ और उसने मक्खियों को उड़वा दिया और कुत्ते की पिटाई कराई और कहा, ''जिसमें डंक हो, उसे निकाल दो, क्योंकि वह मिठास के पास जाने से रोकता है, और जो बगावत करे उसे दंड दो, क्योंकि बगावत से नियम बिगड़ता है। जो कुछ है, हमारे लिए ही तो है।''

मक्खी और कुत्ता बड़े उदास हो गए। उन्होंने आसमान के सितारे से शिकायत की। सितारा बहुत बुड्ढा था। उसने हँसकर कहा, ''बच्चो! यह आदमी बड़ा मूर्ख है। जब यह इस धरती पर नहीं था, मैं तो तब से ही इस धरती को जानता हूँ। पर यह अब समझता है कि सब कुछ इसी के लिए है।''

"कब से देख रहे हो तुम? क्या हम इसी के लिए बने हैं?" कुत्ते और मक्खी ने पूछा।

"बहुत दिनों से।" सितारे ने हँसकर कहा, "तुम इसके लिए नहीं बने, तुम बने हो मेरे लिए; और मैं तुम्हें हमेशा देखा करूँगा।"

इसी समय बुड्ढा सितारा हिल उठा और आकाश में फिसलकर गिर पड़ा। आकाश में आग-सी लगी और फिर सब शांत हो गया। मक्खी और कुत्ते ने एक-दूसरे की ओर देखा और कहा, "सितारा झूठ कहता था, आदमी ठीक कहता है।" और दोनों फिर उसी की सेवा में लग गए। तब दूसरी चींटी ने पहली चींटी से कहा, "सत्य समझो।"

पहली चींटी ने मुस्कराकर कहा, "समझ गई। जो तूने उस दिन कहा था—वही अंतिम सत्य है—बिल और दाना।"

उसके बाद कोई कुछ नहीं बोला।

[1960 से पूर्व]

कुत्ते की दुम और शैतान : नए टेकनीक्स

फरवरी
इलाहाबाद के एक पत्र में छपा–
उपसंहार

"कहने के लिए जो कुछ कहा जाए, उस पर विश्वास कर लेना ही तो काफी नहीं।" दोनों आँखें उठाते हुए उसने कहा।

चंचल समझा नहीं। उसने फिर कहा, "पर तुम मेरी बात मानती क्यों नहीं?"

"मैं यही जानती हूँ कि लेखक अपने बारे में जो कुछ कहता है, वही सब उसके बारे में काफी नहीं होता। लोग उसके बारे में क्या कहते हैं, मैं इसी पर अधिक ध्यान देती हूँ।" सुषमा ने चाय में चीनी मिलाते हुए कहा।

चंचल ने सुनकर भी नहीं सुना।

बाहर धूप सुनहली पड़ गई थी। चंचल ने सामने की ओर इशारा करके कहा, "झील पर अब कुहरा नहीं है, घूमने चलती हो?"

"जरूर।"

चंचल ने जर्किन ठीक की, बालों पर कंघा फेरा और जूते साफ किए। सुषमा ने ओवरकोट पहनकर एक बार आदमकद शीशे में झाँककर देखा और दोनों पहाड़ से उतरने लगे।

ऊबड़-खाबड़ ढोंकों पर सँभलते हुए वे नीचे उतरकर सड़क पर आ गए। सड़क अभी तक बस-स्टैंड के पास गीली थी, झील के फर्न मटमैले-से दिखाई दे रहे थे। मैले और फटे कपड़े पहने पहाड़ी कुली जिंदगी की भयानक कशमकश में दुहरे होकर पीठ पर बोझ ढोते पहाड़ पर जंगलों की ओर चढ़ रहे थे।

सुषमा ने पल को भी उधर दृष्टि नहीं टिकाई। कहा, "वह देखो, बादल उधर मुड़ गया! चलो, राइडिंग करेंगे।"

चंचल ने सिगरेट सुलगा ली और झील के किनारे की रेलिंग थामकर कहा, "आज फिर?"

सुषमा झुँझला उठी। बोली, "क्यों? आज क्या कोई मुसीबत है? या आपके

दिमाग में कोई प्लॉट आ रहा है?''

चंचल ने सिगरेट का धुआँ एक बार आकाश की ओर छोड़ा और कहा, ''तुम जा सकती हो। जब तक मैं तुम्हारे साथ रहूँगा, तब तक मेरी कला मेरा साथ न देगी। मैं आज तक विश्वास के बल पर जीता रहा हूँ सुषमा! मुझे अपनी रिक्ति से बढ़कर प्यारा कुछ नहीं है।''

सुषमा ने देखा। आँखों में एक तिक्त व्यंग्य-सा छलका और चला गया। क्षण-भर वह उसे घूरती रही।

फिर चंचल ने देखा। सुषमा घोड़े पर दौड़ी जा रही थी, साईस पीछे-पीछे दौड़ रहा था। फ्लैट के मोड़ तक चंचल की आँखें उधर ही लगी रहीं, फिर वह पेड़ों की ओट में ओझल हो गई।

चंचल ने पानी में कंकड़ फेंका। लहरियाँ दूर-दूर तक फैल गईं।

अंधकार घिरता आ रहा था। झील के किनारे की बत्तियाँ जगमगा रही थीं। पहाड़ों पर बसे नैनीताल के घरों की खिड़कियाँ बिजली की रोशनी से चमकने लगी थीं। झीनी ठंड अब तीखी हो चली थी। चंचल ने देखा, वह अकेला रह गया था।

—सरदार जसवंतसिंह, बंबई

2

मार्च

पटना के एक पत्र में छपा–

यों तो आजकल कई कहानियाँ लिखी जाती हैं, किंतु सरदार जसवंतसिंह की 'कुत्ते की दुम और शैतान' पढ़कर बड़ी राहत मिली। कहानी का अंत बहुत ही जानदार हुआ है। मेरी आँखों में अभी तक चंचल खड़ा है। झील को वह देख रहा है—यहाँ तक कि लगता है जैसे झील एक बड़ी आँख है, जो चंचल को देख रही है। दोनों में हमें बड़ा अजीब-सा अपनापन दिखाई देता है।

सुषमा का चरित्र पारे की तरह का ढुलमुल नहीं है। उसमें स्त्री जाति के उस वर्ग का वर्णन है, जो पुरुष की विशेष प्रसिद्धि के पीछे दौड़ती है और अपने यश की प्यास में यह नहीं देखती कि यश कमाना सहज नहीं होता। उसके लिए त्याग और साधना की आवश्यकता पड़ती है।

हिंदी में देखा जाए तो प्रेमचंद के बाद कोई कहानीकार नहीं हुआ। प्रेमचंद में एक चीज थी, जो अब नहीं मिलती। वह है—एक सुव्यवस्थित कथानक का कहानी में आवश्यक रूप से बना रहना। मैं बड़े संतोष के साथ स्वीकार करूँगा कि सरदार के कथानक में एक व्यवस्था है और आश्चर्य यह कि नितांत साधारण होते हुए भी घटना अपनी छाप छोड़ जाती है।

यथार्थ के दृष्टिकोण से हम यही कह सकते हैं कि आज जिस सीमित दायरे

में मनुष्य को बाँधा जा रहा है, वह युग-युग का साहित्य नहीं बनने देगा। राजनीति ही सब कुछ नहीं हो सकती। मैं मानता हूँ, सरदार की कहानी की तुलना मैं समरसेट मॉम की किसी कहानी से नहीं कर सकता, परंतु जहाँ तक वातावरणपरक (ऐटमॉस्फेरिक) कौशल है, उसमें लॉर्ड डन्सनी से कम ताकत नहीं है।

कला प्रचार ही तो नहीं है। वह तो मनुष्य की इकाइयों को जुटाती है, पाठक अपने बल से ही रचना से साधारणीकरण करे, तो ही हम विकास के पथ पर हैं। हमारा युग लघुता का युग है और विराट् सृष्टि के क्षेत्र में इस लघुता का जो नया सामंजस्य है, वह एक ओर सुषमा की उपेक्षा में है, तो दूसरी ओर चंचल की अतृप्ति में, जिसमें उपेक्षा निरासक्ति की सीमा तक पहुँच गई है।

सरदार जसवंतसिंह ने इधर कई कहानियाँ लिखी हैं और यदि वे शिल्प की ओर और थोड़ा ध्यान देते तो अवश्य वे उपन्यासकार लायन फ्यूकवेंगर का-सा सजीव चित्रण करते। अमेरिका में जो सार्त्र का अस्तित्ववाद अपना प्रभाव डालते-डालते रह गया, उसका कारण यही था कि यौन विकृतियाँ वहाँ अभी उतनी नहीं फैल सकी हैं—मेरा तात्पर्य सांस्कृतिक उपचेतन के स्तर से है—जितनी फ्रांस में, जिसका बाह्य आपको पियरे लुई की 'किंग पॉसौल्स एडवेंचर्स' में मिल जाएगा। हिंदी में भी कृतित्व होगा और वह दिन दूर नहीं है, जब अच्छी कहानियाँ लिखी जाएँगी। उस समय लोग यह देखेंगे कि सरदार की कहानी उन कहानियों में से थी, जिसने नए रास्ते की तरफ मोड़ लिया।

—वामन पांडुरंग चरमरकर, पूना

3

कलकत्ता के एक पत्र में छपा–

कल ही एक महिला ने मेरे पास एक पत्र भेजा था। महत्त्वपूर्ण समझकर इसे आपके पास भेज रहा हूँ, क्योंकि इसमें एक साधारण पाठिका का स्वर है। हमारे दिग्गज लेखक अपने गुरुत्व में बैठे हैं, साधारण पाठक-पाठिकाओं का कोई ध्यान नहीं रखा जाता। सरदार की कहानी पर ध्यान देना आवश्यक है। पत्र यों है, संदर्भ-वाक्यों को उद्धृत करता हूँ—

अभी सरदार जसवंतसिंह की 'कुत्ते की दुम और शैतान' कहानी पढ़ी।

कहानी क्या है, जी हुआ, पत्रिका को जला दूँ। बारह आने और आठ घंटे का खून था। अच्छा होता, मैं इसे खरीदकर पढ़ने की बजाय सिनेमा देख आती।

यह आधुनिक युग! और उसमें एक स्त्री को सारी स्त्रियों का प्रतिनिधि बनाकर इस तरह 'पेंट' करना! पता नहीं किस तरह इस 'पैट्रिआर्किकल सोसायटी' के 'ट्रेडीशंस' को 'रिप्रेजेंट' करती है यह! जैसे स्त्री का कोई चिंतन नहीं, कोई अस्तित्व ही नहीं!! लेखक इस पर जरा भी जोर नहीं देता कि चंचल में पौरुष नहीं! घोड़े पर चढ़ते

डरता है, बस सिगरेटें फूँकता है! और काम क्या करता है कि झील को देखता रहता है!

मैं तो कहूँगी कि शायद वह सरदार जसवंतसिंह जैसे तृतीय श्रेणी के लेखक का प्रतिबिंब है, जो शायद ही कभी कुछ पढ़ने योग्य लिखते हों। वैसे मैं तो नाम देखकर ही उनकी कोई चीज नहीं पढ़ती, क्योंकि वह पढ़ने योग्य होगी भी क्या?

पर तुर्रा देखिए कि लेखक किस तरह चंचल से सहानुभूति और पक्षपात दिखाता है! वह चाहता है कि सुषमा सिर्फ यही ज्यों का त्यों मान ले कि जो चंचल अपने बारे में कहता है, वही ठीक है। क्यों माने वह? आजकल भी क्या मान जाने की विवशता कायम रह सकती है? गस्ताव फ्लॉबेअर, डिकेंस और दोस्तोएवस्की को पढ़ने वाले बिना तर्क के कभी भी कैसे स्वीकार कर लेंगे कि आज की कहानी का आयाम पहले से भी छोटा हो गया है? सरदार की कहानी की इनसे तुलना करने पर ही कला का दायित्व प्रकट होता है।

यों तो पत्र और भी हैं, पर इत्यलम्।

–जगभूषण मतवाला, नागपुर

4

बंबई के एक पत्र में छपा–

सरदार जसवंतसिंह प्रगतिशील लेखक कहलाते हैं, लेकिन प्रगति यदि 'भाभीवाद' और 'प्रियावाद' है तो वह कैसी प्रगति है, यह हमारी समझ में नहीं आता।

दोब्रोल्युवस्की और बेलिन्स्की के युग में जो कला का रूप था, वह प्लेखेनॉफ के युग में बदल चुका था। यहाँ मैं साफ कर दूँ कि लेनिन ने जो प्लेखेनॉफ के विषय में लिखा है, मैं उससे पूरी तरह सहमत हूँ, भले ही मुझे मार्क्स का ऐंगिल्स को लिखा हुआ वह पत्र याद है जिसमें उसने कहा है कि कला का स्थायी मूल्य भी होता है।

हाल में जो माओत्से तुंग ने कला और रूप के बारे में लेख लिखा है, उससे वह भ्रम भी दूर हो जाता है जो ल्यूकस को हुआ था। ल्यूकस की वर्गचेतना ने वही किया, जो बुर्जुआ देशों में लाइसैन्को के विरुद्ध हुआ है। कॉडवेल ने इस सुपरमैन थिअरी की जैसी काट की, वह 'संतवादियों' की हलकी चप्पलों को युग के सर्वहारा के भारी बूटों के सामने नहीं ठहरने देंगी।

तो सरदार की कहानी इस दृष्टि से देखने पर भले ही बाह्य रूप से इब्सेनियन प्रतीत हो, किंतु मैं उसे हास्य की एक विकृति मात्र कहूँगा। क्योंकि यदि आप कहानी के अंतिम अक्षर से प्रारंभ तक पलटकर लिखते जाएँ, तो आपको 'प्रयोगवाद' का नया स्थिर रूप मिल जाएगा।

मैंने, कुछ दिन हुए, राष्ट्रीय जागरण का जो रूप देवकीनंदन खत्री की 'चंद्रकांता संतति' के इंद्रदेव और भूतनाथ के संघर्ष में दिखाया था, उसी से स्पष्ट हो जाना चाहिए था कि नई कहानी का रूप क्या होना है। मैं बहुत दिन से कहता रहा हूँ

कि हमें प्रेमचंद की विरासत चाहिए, वही हमारे आंदोलन का रूप आगे बढ़ाएगी। यहाँ मैं आपको बता दूँ कि कला में वस्तु-विषय की समानता से प्रायः सार्वकालिक और सार्वजनीन रूप से हमारी करोड़-करोड़ मजदूर-किसान जनता को एक जैसा रूप मिलता है।

मुझे जो चीज बहुत पसंद है, वह यह कि प्रेमचंद और गोर्की की मूँछें बिलकुल एक-सी ही लगती हैं। महामानव निराला यदि मूँछें रखते और जरा सौम्य आकृति से फोटो खिंचाते, तो शायद वे भी उतने ही प्रभावशाली लगते। वैसे उनका व्यक्तित्व वे ही लोग जानते हैं, जिन्होंने उनके पास रहकर देखा है कि वे कितने जोर की चपत लगाते हैं। पंजा लड़ाने में तो साहित्य-क्षेत्र में उनका कोई मुकाबला ही क्या करेगा। वे ढुलमुल, स्त्रियों की तरह बनने वाले, सरकारी नौकर जो कि ऊर्ध्वचेतना की आड़ में एक हाथ में कामशास्त्र और दूसरे में दर्शनशास्त्र लिए फिरते हैं, वे यह सब क्या कर सकते हैं?

मुझे इस पर याद आया कि मेरे एक मित्र हैं, जो देखते भी हैं और नहीं भी देखते, और जब नहीं देखते तब देखते हैं और देखते समय नहीं देखते। किंतु समय आ गया है कि अब यदि उद्जन बमों का साम्राज्यवादियों को इतना घमंड है तो वे समझ लें कि जनशक्तियों के पास भी काफी बम हैं, जो इन शोषकों को दूर से ही खत्म कर सकते हैं।

और हमारी भारतीय जनता, विशेषकर हमारे हिंदी क्षेत्र की, यह पुकार-पुकारकर कहना चाहती है कि कांग्रेस को वह वोट देती है तो इसका यह मतलब नहीं कि वह प्रगतिशील ताकतों की तरफ नहीं है। वह है इधर ही, भले ही आज वह कुछ हद तक प्रतिक्रियावादियों की असलियत खोल देने को उन्हें समय दे रही है। केरल का सबक काफी है कि वह भारतीय च्यांग काई शेकों का तख्ता हिला डाले। वही बताता है कि रूसी साहित्य इसलिए नहीं कि उसकी आलोचना की जाए। हमें तो उससे कुछ सीखना है।

सरदार की कहानी में मुझे यह तार मिला। किंतु फिर भी उनका मित्र होने के नाते मैं कहूँगा कि यशपाल की यौन प्रवृत्ति (मेरा मतलब उनके साहित्य की प्रवृत्ति से है) अभी उनमें बाकी है। उसे दूर होना है। कला जनता में पलती है, जिसे स्तालिन ने प्रकट किया था। यह और बात है कि ख्रुश्चेव और अन्य सोवियत नेताओं ने इसके बारे में बुर्जुआ संस्कारों के कारण गड़बड़ पैदा की है। उसका इलिया एहरेनबुर्ग ने स्पष्ट उत्तर दिया भी है कि संस्कार नाम की मनुष्य में कोई चीज नहीं होती, केवल समाज-संसर्ग होता है। और क्रांति के लिए आवश्यक है कि हम अपने दिलों को टटोलें, प्रतिक्रियावादियों के भेजों को टटोलें। सरदार की कहानी उसी ओर इंगित करती है।

—रणछोड़दास, तुलसीदास के आँगन की कुटी, लखनऊ

5

अप्रैल

पूना के एक पत्र में छपा--

यूरोप का सांस्कृतिक ह्रास हमारे सामने यह प्रश्न लाकर खड़ा करता है कि व्यक्ति का विकास किस प्रकार हो? यह सर्वनाशी दानव, जो यांत्रिकता में व्यक्तित्व को घोंटकर एकदम सारे विकास को वनौकस यूथों की आदिम बर्बरता की ओर लौटाकर ले जाना चाहता है, जो दमन, आतंक और विद्रूप की सहायता से व्यक्ति की लघुता को ही उसकी स्थायी चेतना बनाकर खरल में डालकर घोंटते रहना चाहता है, वह केवल सरकारी मोल बिके चेतनाहीन लेखकों या उन केंद्रच्युत रेखाओं जैसे मानसों को संतोष दे सकता है, जो हर प्रकार से इस बर्बरता को सहायता देकर मूल प्रश्न को दूर रखना चाहता है। हम लोग, जो कि गुट नहीं बनाते, यह कह सकते हैं कि सारी साहित्य चेतना हमारे पास है, और वह आगे ले जाने वाली है। जो इसे नहीं मानता, वह गलत है और उसके दृष्टिकोण को मानने वाला है, जो संघ का रूप धारण करके नए आयामों को रोकता है।

सरदार जसवंतसिंह की 'कुत्ते की दुम और शैतान' को लेकर जो गलत प्रचार किए जा रहे हैं, वे सत्य से कितनी दूर हैं, इसे पढ़कर आश्चर्य होता है। इलियट जैसे भोज और हिंदी में उसके गंगू की बात मैं क्या कहूँ, परंतु अखाड़िए लोग उस कहानी को जो रूप दे रहे हैं, वह वास्तव में विचित्र है। कहानी अपने आप में पूर्ण है, उसका अपना त्रिकोणात्मक आयतन है, जो भले ही कोर्स की ही किताबें पढ़ाने वाले या सरकारी इनामों पर पलने वाले या गुटबंदी करके सरकारी पदों पर किसी तरह घुस बैठने वाले लोगों को पसंद न आए, लेकिन उसमें तीखा व्यंग्य है।

कला नया जीवन चाहती है। सरदार की पुरानी बोतल में नई शराब है। साधारणीकरण का अब पुराना राग अलापना व्यर्थ है। लेखक ही ऐसी मुश्किल क्यों उठाए? नए युग में पाठक को ही अब लेखक की कृति से साधारणीकरण करना होगा, अन्यथा वही भाव, वही चित्रण लेकर लेखक क्या बँधा बैठा रहेगा? पाठक को भी अपना विकास करना पड़ेगा। सरदार की कहानी में यद्यपि इसका पूर्ण निर्वाह नहीं है, फिर भी अपनी सारी कमजोरियों के बावजूद वह ध्यान देने लायक है। उसे लोग चाहे गिराना चाहें, परंतु हम जो गुटबंदी को स्वीकार नहीं करते, इस झगड़े से दूर रहकर ही साहित्य की सत्परंपरा का निर्वाह करना चाहते हैं।

—राजेश्वर गुरुनाथ तवक्कले, इलाहाबाद

6

जबलपुर के एक पत्र में छपा–

अभी आपका पत्र मिला। सरदार की कहानी पढ़ी। उस समय मेरे साथ वहाँ अन्य कई प्रतिष्ठित साहित्यिक भी थे। कहानी की चर्चा चल पड़ी।

श्री क्षेमराज हिंदी के गण्यमान्य ऋषि हैं। उनके विषय में गांधीजी के एक परम सुहृद् ने कहा भी है कि जब-जब क्षेमराज जी की कहानी पढ़ी, तब-तब उन्हें यही लगा कि टॉल्स्टॉय की आत्मा बोल रही है। तो क्षेमराज जी से इस कहानी पर बातचीत हुई। उन्होंने पढ़ी तो नहीं थी, पर उनकी राय का साहित्य में मान होना चाहिए। मैंने उसी समय उसे लिख लिया। क्योंकि यह राय क्या, दर्शनशास्त्र का एक टुकड़ा है; आपको भेजता हूँ–

'कहानी क्यों लिखी गई? क्योंकि शायद कहने को कुछ था नहीं। होता तो वह नहीं लिखी गई होती। कलाकार अभिव्यक्ति कब करता है? जब उसका व्यक्तित्व युद्ध चाहता है। युद्ध? किससे? औरों से? नहीं। और यानी आप! आपका यहाँ तात्पर्य किससे होगा? उस शांति से जो मनुष्य में होते हुए भी नहीं है। सरदार जसवंतसिंह ने कहानी लिखी है और जो मैं कहूँ, नहीं लिखी है, तो? लिखते सब हैं, मगर लिखता कौन है? सरदार नहीं लिखते। मैं नहीं लिखता। कला अभिव्यक्ति नहीं, दुराव है। किससे दुराव? गति से। तो गति ही जब फल है तो कोई करे भी क्या?'

मेरी अपनी राय यह है कि कहानी ठीक ही है। और अच्छी होती तो मैं उसे और श्रेष्ठ कहता। वैसे ठीक है। प्रेमचंद के बाद के अकाल के नए पौधों में उसका विशेष स्थान है।

–परशुराम त्रिपाठी, बनारस

7

बनारस के एक पत्र में छपा–

आपके पत्र में सरदार जसवंतसिंह की 'कुत्ते की दुम और शैतान' छपी। मैंने यही प्रयत्न किया कि उसे भी उस सारे साहित्य जैसा समझूँ जो नित्य कूड़े-करकट के रूप में हिंदी की पत्र-पत्रिकाओं में छप रहा है, परंतु उसकी इतनी चर्चा हुई कि मुझे बाध्य होकर पढ़ना पड़ा। किंतु पढ़कर इतनी अधिक निराशा हुई, जितनी शायद बिना पढ़े हुए साहित्य के प्रति भी नहीं है।

क्यों लिखते हैं लोग? कोई उद्देश्य है सामने? जनता को मिलता है कुछ? लेखक का व्यक्तित्व किन साधनों में से निकला है, जो वह कुंदन दे सकेगा? आरामकुर्सियों पर बैठकर कहानियाँ लिखना फैशन है तो जनता से संपर्क ही कहाँ है?

मैं कुत्सित समाजशास्त्रियों की बात नहीं करूँगा, क्योंकि वे हर चीज को रूस

का चश्मा लगाकर देखते हैं। इतना ही कहूँगा कि उस कहानी में नयापन है, मगर उसमें गहराई की कमी है, और इसीलिए उसमें वह चेष्टा नहीं है जो हमें आगे ले जाए, उदास बना सके। और मैं क्या कहूँ?

–श्रीधरसिंह पांडेय, आगरा

8

दिल्ली के एक पत्र में छपा–

किसी कहानी की कितनी प्रशंसा की जाए, यह एक विचारणीय प्रश्न है।

हिंदी में यह रोग हो गया है कि लोग या तो साहित्य पढ़ते नहीं, या पढ़ते हैं तो फिर अपनी-अपनी डफली, अपना-अपना राग छेड़ देते हैं। मैं उनमें नहीं, क्योंकि मुझे राग से ज्यादा डफली प्यारी है।

अभी आचार्य भगवतप्रसाद जी शर्मा से वर्तमान साहित्य पर बातें हुई थीं। वे उसी समय राष्ट्रपति से मिलकर आए थे। उन्होंने हँसकर कहा कि 'गुरुदेव कहा करते थे कि नए लेखकों को उनकी राह पर स्वतंत्र छोड़ना चाहिए, क्योंकि बुद्धि किसी एक पीढ़ी की नहीं होती। गुरुदेव महामानव थे और उनकी बात आज क्या सदैव लागू होगी। सरदार जसवंतसिंह में प्रतिभा है, तो वे अवश्य बढ़ेंगे, उन्हें कौन रोक सकता है?'

परंतु मैं यही कहूँगा कि कहानी कठिन बला की वस्तु है। किसी भी रचना को इतना तूल देना ठीक नहीं। आजकल हिंदी में डॉक्टरों की भरमार है, और जो कुछ भी लिखने लगता है, हमें मर्यादा से काम लेना चाहिए। अभी एक सज्जन का लेख पढ़ा कि कहानी वहुत रद्दी है, मगर मैं ऐसा नहीं कहूँगा। विद्वेष की दृष्टि से नीचे गिराना ही ध्येय हो तो सरदार ही क्या, कालिदास को भी नीचे गिराया जा सकता है।

कहानी मैंने सरसरी निगाह से पढ़ ली है, शास्त्रीय दृष्टि से नहीं। उस दृष्टि से पढ़कर उसके बारे में फिर लिखूँगा। आपका पत्र जिस लगन से साहित्य की सेवा कर रहा है, उसका अभिनंदन करता हूँ। मेरी ओर से सरदार जसवंतसिंह बधाई स्वीकार करें।

–डॉ॰ रघुनंदनसिंह, पटना

पुनश्च : इस कहानी में सर्वोदय विचारधारा का जो प्रभाव मिल रहा है, वह मुझे हिंदी में एक नए मोड़ की तरफ ले जा रहा है। मेरा विचार हो रहा है कि नई कहानी पर मैं एक निबंधमाला लिखूँ और उसमें विभिन्न विचारधाराओं का सांगोपांग विवेचन करूँ। हम सब शायद एक ही लक्ष्य की ओर खिंच रहे हों। हमें भरतमुनि से लेकर पंडितराज जगन्नाथ तक के काव्य-रूपों का अध्ययन करके उनका पाश्चात्य चिंतन से तुलनात्मक अध्ययन करना है। आप लिखें।

–डॉ॰ र॰ सिंह

9

जून

इलाहाबाद के उसी पत्र में छपा–

संपादकीय

हमारे पत्र में इधर जसवंतसिंह जी की 'कुत्ते की दुम और शैतान' कहानी छपी थी। उसके संबंध में हमें काफी गण्यमान्य लेखकों की सम्मतियाँ प्राप्त हुईं। वे सब हमने ज्यों की त्यों छाप दी थीं।

हमारा सिद्धांत यह है कि हम हर लेखक की विचार-स्वतंत्रता का सम्मान करते हैं और यही हमारे जीवन-दर्शन का मूलभूत आधार है। किसी कहानी की इतनी चर्चा हो, और वह भी जो हमारे पत्र में छपी हो, यह स्पष्ट प्रकट करता है कि हमारा पत्र कहानी को निरंतर आगे ले जा रहा है। शीघ्र ही हिंदी में भी टॉल्स्टॉय, गोर्की, मोपासाँ और बाल्जाक जैसे लेखकों का उदय होगा। हमारे एक मित्र का तो यहाँ तक कहना है कि सरदार में हरिश्चंद्र की चुटीली चोट है, तो मायकोव्स्की की कसक। सरदार सिनेमा क्षेत्र में भी खूब लिखते हैं। अभी हाल में उनका एक कहानी-संग्रह उज्बेक भाषा में छपना शुरू हुआ है, इससे हिंदी का नाम बढ़ेगा।

सरदार साहब बहुत लिखते हैं और इसीलिए मेरी अपनी राय है कि वे कुछ ढीले पड़ जाते हैं। उनकी यह कहानी अच्छी बन पड़ी है। वैसे कमियाँ इसमें भी हैं, पर मैं कहूँगा, अब वे शायद ही ऐसी कहानी लिख पाएँगे। शायद ही क्यों, बल्कि यही कहना ठीक होगा कि नहीं ही लिख पाएँगे। वे वैयक्तिक समस्याओं में समाज के संघर्ष को भूलते जा रहे हैं और इससे उनको 'मुक्ति' या 'मोक्ष' भले ही मिल जाए, किंतु कला का निश्चय ही ह्रास हो जाएगा।

10

जुलाई

इलाहाबाद के उसी पत्र में छपा–

संपादकीय

गत अंक छप चुका तब सरदार जसवंतसिंह का पत्र आया। उसे नीचे दे रहे हैं। आशा है, इससे पाठकों को नई रोशनी मिलेगी और आलोचकों को भी।

प्रिय भाई,

जनवरी में आपका एक पत्र कहानी के लिए आया था। मैं उस समय अपनी फिल्म के एक जरूरी काम से लोणावाला जा रहा था। मेरे क्लर्क उस दिन आए नहीं थे, इसलिए मैं अपनी श्रीमतीजी से कह गया था कि क्लर्क से कहकर मेज पर रखी कहानी आपको भिजवा दें।

दोपहर के करीब बारह बजे मेरे क्लर्क जब मेरे घर पहुँचे तो श्रीमतीजी ने उन्हें कहानी भेजने की बात बताई। दुर्भाग्य से उन्होंने मेरी एक अधूरी कहानी आपको भेज दी, परंतु वह कहानी भी काफी प्रभावोत्पादक रही।

मेरे पास कई पत्र आए हैं जिनमें कई युवकों ने प्रतिज्ञा की है कि जब तक वे प्रसिद्ध नहीं हो जाएँगे, तब तक विवाह या कोर्टशिप भी नहीं करेंगे। मश्कजी की राय से मैंने इस कहानी का ध्वनिनाटक रेडियो में भेजा, वह स्वीकृत हो गया, और अब इसी को बढ़ाकर उपन्यास लिखा, वह भी स्वीकृत हो गया। प्रकाशक महोदय ने कोर्स में लगवाने के लिए इसका एक संक्षिप्त संस्करण भी मुझसे तैयार करवाया है।

मैं कह सकता हूँ, यह कहानी विश्व साहित्य में रखी जा सकती है। हिंदी में आलोचक अच्छे पढ़े-लिखे लोग नहीं, वर्ना गुलेरीजी की तरह मुझे यही कहानी अमर करने को काफी थी। हाँ, मैं बड़ा आभारी होऊँगा यदि मेरी उस अधूरी कहानी का शेषांश भी छाप दें। शेषांश साथ में ही नत्थी है।

भवदीय

–सरदार जसवंतसिंह

शेषांश–

उसका जी किया कि वह फूट-फूटकर रो उठे। अब उसका सहारा ही कौन था? क्या यही था स्त्री का प्रेम? उसके मन में आ रहा था कि वह कमरे में जाकर अपनी लिखी हुई कॉपियों को फाड़-फूड़कर फेंक दे।

धीरे-धीरे चारों तरफ सन्नाटा छा गया था। रात का एकाकी विरही पक्षी पुकार उठा। आवाज चंचल के रोम-रोम में बिंध गई। उसे लगा, आसमान नीले पहलवान की तरह पेड़ों का काला जाँघिया पहने झील में उतर आया था। हवा लँगड़ाती हुई सन्नाटे की बैसाखियों पर चल रही थी। आलीशन इमारत में रहने वाले रईस की तरह मुफलिस-दिल चाँद निकल आया था।

दूर कहीं घंटे बजे···एक···दो···तीन···! पाँवों की चाप सुनकर उसने मुड़कर देखा। कौन? सुषमा! घंटे बज रहे थे···दस···ग्यारह···बारह! कलाकार स्नेह और सौंदर्य की भुजाओं में सिसक उठा।

11

अगस्त
किताब मंदिर प्रकाशन के अपने पत्र में छपा–
हिंदी की सर्वश्रेष्ठ पुस्तकों के सर्वश्रेष्ठ प्रकाशक

किताब मंदिर प्रकाशन
शाखा : बंबई, मद्रास, कलकत्ता, पटना, जबलपुर,
इंदौर, मैसूर, अजमेर, दिल्ली, इलाहाबाद, जयपुर
की नई भेंट
हिंदी के चोटी के कलाकार, सरदार जसवंतसिंह का नया कहानी-संग्रह–
'कुत्ते की दुम और शैतान' तथा अन्य कहानियाँ

यह प्रचार का युग है, अतः हम कुछ न कहकर हिंदी के गण्यमान्य लेखकों की राय उद्धृत करते हैं, जिनसे पाठकों को ज्ञात होगा कि शायद ही एक कहानी लिखकर किसी लेखक को इतना यश मिला हो–

'कुत्ते की दुम और शैतान' पढ़कर बड़ी राहत मिली। कहानी का अंत बहुत ही जानदार हुआ है।''मैं बड़े संतोष के साथ स्वीकार करूँगा कि सरदार के कथानक में एक व्यवस्था है।''जहाँ तक वातावरणपरक कौशल है, उसमें लॉर्ड डन्सनी से कम ताकत नहीं है। वह दिन दूर नहीं है जब''लोग यह देखेंगे कि सरदार की कहानी उन कहानियों में से थी, जिसने नए रास्ते की तरफ मोड़ लिया।

–वामन पांडुरंग चरमरकर, पूना। यशस्वी आलोचक, दिग्गज विद्वान्। मराठी और हिंदी पर समान अधिकार से राय देने की शक्ति रखने वाले हिंदी के शीर्षस्थ विचारकों में से एक।

'सरदार की कहानी पर ध्यान देना आवश्यक है।'

–जगभूषण मतवाला, नागपुर। प्रसिद्ध उदीयमान कहानीकार, जिनमें प्रेमचंद और चॉसर की सम्मिलित प्रतिभा है। इन्हें पुरानी पीढ़ी का नए कलेवर में विशेषांक भी कहा जा सकता है।

एक अप्रसिद्ध साधारण पाठिका लिखती हैं–और हमारे प्रकाशन ने सदैव लोकमत को बड़ा महत्त्व दिया है, इंग्लैंड-अमेरिका में तो सुव्यवस्थित प्रकाशन संस्थाएँ ऐसा करती ही हैं–

'गस्ताव फ्लॉबेअर, डिकेन्स और दोस्तोएवस्की को पढ़ने वाले लोग कभी भी बिना तर्क के कैसे स्वीकार कर लेंगे कि आज की कहानी का आयाम पहले से भी छोटा हो गया है? सरदार की कहानी की इनसे तुलना करने पर ही कला का दायित्व

प्रकट होता है।'

मार्क्सवादी आलोचना के कर्णधार, हिंदी की प्रखर खड्ग-प्रतिभा, श्री रणछोड़दास, लखनऊ, कहते हैं—

'क्रांति के लिए आवश्यक है कि हम अपने दिलों को न टटोलें, प्रतिक्रियावादियों के भेजों को टटोलें। सरदार की कहानी उसी ओर इंगित करती है।'

और—

' 'कुत्ते की दुम और शैतान' को लेकर जो गलत प्रचार किए जा रहे हैं, वे सत्य से कितने दूर हैं, इसे पढ़कर आश्चर्य होता है।...कहानी अपने आप में पूर्ण है, उसका अपना त्रिकोणात्मक आयतन है।...उसमें तीखा व्यंग्य है।...सरदार की पुरानी बोतल में नई शराब है। उसे लोग गिराना चाहें...परंतु हम...साहित्य की सत्परंपरा का निर्वाह करना चाहते हैं।'

—राजेश्वर गुरुनाथ तवक्कले, इलाहाबाद। नई समीक्षा की नींव रखने वाले मनस्वी गद्य-लेखक, जिनकी कलम में जादू है या गजब की छड़ी।

'सरदार नहीं लिखते। मैं नहीं लिखता।'

—श्री क्षेमराज, हिंदी के गण्यमान्य ऋषि। टॉल्स्टॉय की आत्मा के बिंब। परिचय की आपको आवश्यकता नहीं।

'प्रेमचंद के बाद के अकाल के नए पौधों में उनका विशेष स्थान है।'

—परशुराम त्रिपाठी, बनारस। नई कलम के सिद्धहस्त लेखक।

'मुझे बाध्य होकर पढ़ना पड़ा।...इस कहानी में नयापन है...और मैं क्या कहूँ?'

—श्रीधरसिंह पांडेय, आगरा। नए ढंग से सोचते हैं, लिखते हैं। बात में तथ्य हो इसी पर जान देते हैं।

'सरदार जसवंतसिंह में प्रतिभा है, तो वे अवश्य बढ़ेंगे, उन्हें कौन रोक सकता है?'

—आचार्य भगवतप्रसाद शर्मा। हिंदी के भीष्म। इनको कौन नहीं जानता? गुरुदेव ने इनकी प्रतिभा को स्वीकार किया था।

'विद्वेष की दृष्टि से नीचे गिराना ही ध्येय हो तो सरदार ही क्या, कालिदास को भी नीचे गिराया जा सकता है। मेरी ओर से सरदार जसवंतसिंह बधाई स्वीकार करें।'

—डॉ॰ रघुनंदनसिंह, पटना। शोध-क्षेत्र में कोलंबस।

जो इस संग्रह को नहीं पढ़ता—खरीदकर—(क्योंकि हमें हिंदी में यह राष्ट्रीय पैमाने पर आंदोलन करना है कि निजी पुस्तकालय बनाना भी सत्साहित्य के सिरजन के बराबर है) वह विश्व साहित्य की प्रगति के साथ नहीं बढ़ सकता। आज ही ऑर्डर बुक कराइए...

पृष्ठ संख्या 192, मूल्य छह रुपए और पचास नए पैसे।

12

अक्तूबर

दिल्ली की एक अंग्रेजी पत्रिका में छपा–

If I were to name something mentionable in modern Hindi literature, I, without the least delay, will put before the Western readers, the remarkable and unique short story of Sardar Jaswant Singh–'Kutte ki dum aur Shaitan.' Here you find one whole tradition that...

–Sr. J. Siene

अनुवाद–यदि मुझसे पूछा जाए कि वर्तमान हिंदी साहित्य में उल्लेखनीय कौन-सी रचना है, तो मैं अविलंब पश्चिम देशीय पाठक के सामने सरदार जसवंतसिंह की 'कुत्ते की दुम और शैतान' नामक जबरदस्त और अपने ढंग की एक ही कहानी रखूँगा। यहाँ आप एक पूरी परंपरा पाएँगे जो...

–एस-आर०जे० सीने

13

(नवंबर, दिसंबर, जनवरी, फरवरी, मार्च, अप्रैल, मई, जून तक कहीं कुछ नहीं छपा)

जुलाई

काशी के एक पत्र में तीन पुस्तकों की आलोचना प्रकाशित हुई। उनमें महत्त्वपूर्ण बातें ये थीं, जिन्हें यहाँ उद्धृत किया जाता है–

'नए लेखकों में सरदार जसवंतसिंह का भी कहानी के क्षेत्र में उल्लेख किया जा सकता है।' 'हिंदी साहित्य का विकास' / लेखक : आचार्य भगवतप्रसाद शर्मा और डॉ० रघुनंदनसिंह / पृ० 398, फुटनोट नंबर 3.

'कहानियों में सरदार जसवंतसिंह की कुत्ते की दुम और शैतान' उल्लेखनीय **है, जिसकी एस-आर० जे० सीने जैसे हिंदी के प्रेमी किसी फ्रेंच साहित्यकार तक ने प्रशंसा की है।'** 'हिंदी कहानी : नए आयाम और प्रमाण' / लेखक : राजेश्वर गुरुनाथ तवक्कले, पृ० 481.

'नए साहित्य में सरदार जसवंतसिंह की कहानी 'कुत्ते की दुम और शैतान' काव्य में नई ओर पग बढ़ाती है।' 'नया साहित्य–नई समीक्षा' / लेखक : रामदुलारे विजयवर्गीय / प्राध्यापक... / पृ० सं० 872.

[1960 से पूर्व]

□□